50 Lieblingsbücher zum Vorlesen und Selberlesen | **David Almond** – Zeit des Mondes • **Vita Andersen** – Petruschkas Lackschuhe • **Kirsten Boie** – Mit Jakob wurde alles anders • **Robert Bolt** – Der kleine dicke Ritter • **Zoran Drvenkar** – touch the flame • **Michael Ende** – Der satanarchäolügenialkohöllische Wunschpunsch • **Willi Fährmann** – Der lange Weg des Lukas B. • **Cornelia Funke** – Potilla • **John Reynolds Gardiner** – Steinadler • **David Grossman** – Zickzackkind • **Josef Guggenmos** – Was denkt die Maus am Donnerstag? • **Peter Hacks** – Liebkind im Vogelnest • **Peter Härtling** – Das war der Hirbel • **Christoph Hein** – Das Wildpferd unterm Kachelofen • **Sigrid Heuck** – Saids Geschichte • **W. und H. Hohlbein** – Drachenfeuer • **Janosch** – Lari Fari Mogelzahn • **Tove Jansson** – Die Mumins. Eine drollige Gesellschaft • **Diana Wynne Jones** – Zauberstreit in Caprona • **Erich Kästner** – Pünktchen und Anton • **Klaus Kordon** – Die roten Matrosen • **Irina Korschunow** – Die Wawuschels mit den grünen Haaren • **James Krüss** – Mein Urgroßvater und ich • **Guus Kuijer** – Wir alle für immer zusammen • **Marjaleena Lembcke** – Als die Steine noch Vögel waren • **Gunnel Linde** – Wie eine Hecke voll Himbeeren • **Astrid Lindgren** – Kalle Blomquist Meisterdetektiv • **Hugh Lofting** – Doktor Dolittle und seine Tiere • **Paul Maar** – Der tätowierte Hund • **Patricia MacLachlan** – Schere, Stein, Papier • **Henning Mankell** – Der Hund, der unterwegs zu einem Stern war • **Tilde Michels** – Kleiner König Kalle Wirsch • **A. A. Milne** – Pu der Bär • **Christine Nöstlinger** – Konrad oder Das Kind aus der Konservenbüchse • **Sheila Och** – Das Salz der Erde und das dumme Schaf • **Gudrun Pausewang** – Die Wolke • **Benno Pludra** – Das Herz des Piraten • **Mirjam Pressler** – Wenn das Glück kommt, muss man ihm einen Stuhl hinstellen • **Jan Procházka** – David und der Weihnachtskarpfen • **Bjarne Reuter** – So einen wie mich kann man nicht von den Bäumen pflücken, sagt Buster • **Jutta Richter** – Der Hund mit dem gelben Herzen • **Rafik Schami** – Eine Hand voller Sterne • **Hermann Schulz** – Auf dem Strom • **Jerry Spinelli** – Taubenjagd • **Andreas Steinhöfel** – Die Mitte der Welt • **Karlijn Stoffels** – Mojsche und Rejsele • **Annika Thor** – Eine Insel im Meer • **Uwe Timm** – Der Schatz auf Pagensand • **Pamela L. Travers** – Mary Poppins • **Mats Wahl** – Winterbucht | **Ausgewählt von der Kinder- und Jugendbuchredaktion der Süddeutschen Zeitung | 2005 – 2006**

James Krüss

Mein Urgroßvater und ich

Dieses Buch gehört

____

James Krüss

Mein Urgroßvater und ich

Zeichnung von Jochen Bartsch

Süddeutsche Zeitung Junge Bibliothek

Bibliografische Information Der Deutschen Bibliothek
Die Deutsche Bibliothek verzeichnet diese Publikation in der Deutschen Nationalbibliografie;
detaillierte bibliografische Daten sind im Internet über
http://dnb.ddb.de abrufbar.

Lizenzausgabe der Süddeutschen Zeitung GmbH, München
für die Süddeutsche Zeitung **Junge Bibliothek** 2005

Titelbild: Heiner Rothfuchs
Zeichnungen: Jochen Bartsch
Umschlaggestaltung und Layout: Eberhard Wolf
Projektleitung: Dirk Rumberg
Produktmanagement: Gabriella Hoffmann, Sabine Sternagel
Redaktion: Roswitha Budeus-Budde, Hilde Elisabeth Menzel
Satz: vmi, Manfred Zech
Druck und Bindearbeiten: Ebner & Spiegel, Ulm
Printed in Germany
ISBN 3-86615-108-X

Mein Urgroßvater und ich

Ergötzliche und nützlich zu lesende
Begebenheiten und Einfälle
aus der Hummerbude auf Helgoland,
der „Ledernen Lisbeth“ erzählt,
mit Versen verziert
von meinem Urgroßvater und mir
und für Kinder jeglichen Alters
sorgfältig zu Papier gebracht von

James Krüss

Die Tage, Geschichten und Gedichte des Buches

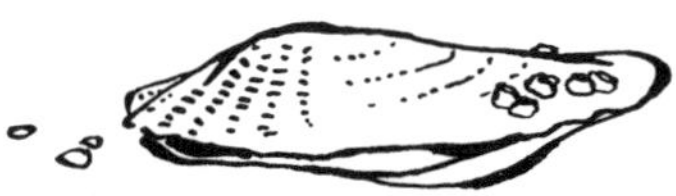

Der erste Tag, an dem ich meine Schwestern Anneken und Johanneken, meine Obergroßmutter, meinen Urgroßvater und mich selbst vorstelle. Zeigt, wie Abc-Gedichte entstehen, und gibt zwei Beispiele. Enthält nützliche Hinweise über das Alphabet, über unsere Art zu reden und über Erste Hilfe bei abgebrochenen Absätzen.

Mein Urgroßvater war ein weiser Mann. Als er fünfundsechzig Jahre alt war, zog er das Boot und die Fangkörbe, mit denen er sein Leben lang Hummer gefangen hatte, an Land und fing zu drechseln an. Er drechselte Drehkreisel und Gedichte für Kinder, was – wie jeder zugeben muss – eine weise Beschäftigung ist.

Zu meiner Zeit, das heißt, als ich zehn Jahre zählte, war mein Urgroßvater schon vierundachtzig. Aber er drechselte immer noch – allerdings mehr Gedichte als Drehkreisel.

Er wohnte auf dem Oberland der Insel Helgoland bei seiner Tochter, die meine Großmutter war und die ich, weil sie oben auf dem Felsen Helgolands wohnte, die Obergroßmutter nannte.

Meine andere Großmutter, die auf dem Unterland am Fuße des Felsens wohnte, nannte ich Untergroßmutter, aber die kommt erst später dran. Jetzt will ich von meiner Obergroßmutter reden, bei der mein Urgroßvater wohnte. Sie hatten ein Haus in der Trafalgarstraße auf dem Oberland. Aber mein Urgroßvater verbrachte fast alle Tage vom frühen Morgen bis zum späten Abend in der Hummerbude, die dem Wohnhaus gegenüber auf der anderen Straßenseite stand. Hier besuchte ich ihn, so oft ich konnte. Wir drechselten dort zusammen, aber keine Kreisel, sondern Reime.

Mein Urgroßvater hatte auch dafür gesorgt, dass ich zwei Jahre vorher, als Achtjähriger, zum Leuchtturm auf den Hummerklippen hatte fahren dürfen. Dort hatte ich eine ganze Woche lang Geschichten gehört.

Und nun, als ich zehn Jahre alt war, kam wieder so eine Geschichtenwoche auf mich zu, weil meine Schwestern Anneken und Johanneken die Masern hatten. Das ist zwar eine ärgerliche Krankheit, aber Anneken und Johanneken, die bald kein Fieber und gar keine Schmerzen mehr hatten, fanden die Masern am Ende ganz hübsch. Sie brauchten nicht zur Schule zu gehen, konnten den lieben langen Tag mit ihren Puppen spielen und bekamen obendrein noch Leckereien von den Nachbarn und Verwandten.

Den größten Vorteil von den Masern aber hatte ich. Weil es nämlich eine ansteckende Krankheit ist, wurde ich umquartiert.

Und so kam ich in die Trafalgarstraße zu meiner Obergroßmutter und meinem Urgroßvater.

„Hallo, Boy!“, rief der, als ich mit Sack und Pack dort angezogen kam. „Willst du das Schiff wechseln?“

„Jawoll, Käptn!“ antwortete ich und legte die linke Hand an die Pudelmütze.

„Man grüßt mit der rechten Hand“, sagte mein Urgroßvater. „Außerdem bin ich nicht der Kapitän. Der steht dort in der Tür.“ Er zeigte auf meine Obergroßmutter, die darüber

verdrießlich den Kopf schüttelte und „dummes Zeug“ brummte.

Meine Obergroßmutter, die oben auf dem Inselfelsen wohnte, war eine ernste Frau. Seitdem ihr Mann, mein Großvater, einen richtigen Motorkutter gekauft hatte und damit zwischen unserer Insel und dem Festland hin- und herfuhr, war sie noch viel ernster geworden.

„Der Kutter frisst uns noch die Haare vom Kopf“, sagte sie, als wir nach dem Mittagessen in der Küche saßen. „Früher, als wir bloß die Schaluppe hatten, brauchten wir jedes Jahr ein Knäuel Tauwerk, ein paar Planken, zwei Eimer Farbe und ein paar Flicken für das Segel. Aber was wir jetzt alles brauchen, du meine Güte, das kostet jeden Monat ein Vermögen!“

„Dafür verdient ihr fünfmal so viel wie früher“, lachte mein Urgroßvater.

„Verdienen?“, schrie meine Obergroßmutter. „Nennst du das verdienen, wenn ich jede Mark, die er mir bringt, gleich wieder hergeben muss für Proviant? Ich möchte wissen, wer diese Berge von Proviant auf dem Schiff eigentlich verzehrt! Davon könnten siebenundsiebzig ausgehungerte Klabautermänner satt werden!“

„Oje“, flüsterte mein Urgroßvater mir zu. „Wenn sie von Klabautermännern anfängt, dann hört sie erst beim Jüngsten Gericht wieder auf. Komm, wir verdrücken uns!“

Er stand auf und sagte: „Ich geh drechseln, Margaretha, und den Kleinen nehme ich mit.“

„Ja, macht ihr euch nur aus dem Staub und lasst mich mit meinen Sorgen allein“, rief sie. „Das verstehen alle Männer. Und bring das dem Jungen nur zeitig bei, damit er auch so ein Taugenichts wird wie du!“

Ich mischte mich in den Streit der Alten nie ein. Ich sagte: „Tschüs, Obergroßmutter!“, und wutschte hinter dem Urgroßvater zur Küchentür hinaus.

„Wenn ihr Kaffee mit heißen Wecken haben wollt, müsst ihr

um vier Uhr rüberkommen!", schallte es hinter uns her. „Ich setze keinen Fuß in euer Sodom und Gomorrha."

„Was ist denn Sodom und Gomorrha, Urgroßvater?"

„Das waren zwei Städte, in denen alles drunter und drüber ging, Boy. Du kannst es in der Bibel nachlesen."

„Aber was meint denn die Obergroßmutter mit Sodom und Gomorrha?", fragte ich.

„So nennt sie meine Werkstatt, Boy. Und nun setz deine Pudelmütze auf. Wir müssen über die Straße."

Auf der Insel war immer Wind, und in die Trafalgarstraße konnten die Winde vom Meer her ohne Umwege hineinpusten.

Im Herbst, wenn die Nordoststürme über die Insel fegten, war der Wind in den Gassen so stark, dass ein Kind wie ich sich bequem dagegen lehnen konnte, ohne umzufallen.

An diesem Tag allerdings war es nicht so schlimm, denn wir hatten – obwohl es Ende September war – mildes Wetter. Trotzdem waren meine Backen windgerötet, als ich die vier Schritte über die Straße gegangen und mit dem Urgroßvater in seine Hummerbude eingetreten war.

Ich wollte gleich die kleine Holztreppe hinaufklettern zur Drechselwerkstatt im ersten Stock. Aber mein Urgroßvater sagte: „Zurück, Boy! Wir bleiben unten."

„Ich will mir nur ein paar Kreisel zum Spielen holen", rief ich und kletterte weiter die Leiter hinauf.

„Vorsicht! Die Lederne Lisbeth ist oben!", sagte mein Urgroßvater.

„Die Lederne Lisbeth?", rief ich erschrocken. Und Schritt für Schritt stieg ich wieder abwärts.

„Du weißt doch, dass unser Hummerboot am Strand liegt", sagte mein Urgroßvater. „Und wenn das Boot nicht auf dem Wasser ist, wird die Lederne Lisbeth in der Hummerbude untergebracht. Stimmt's?"

„Ach ja", sagte ich und kletterte schnell die letzten Sprossen hinunter.

Die Lederne Lisbeth war eigentlich keine schlimme Frau. Sie war eine lebensgroße Puppe aus Leder, die mein Urgroßvater auf dem Hamburger Dom, dem Jahrmarkt, für viel Geld gekauft hatte. Sie lag seit vielen, vielen Jahren in der kleinen Kajüte des Hummerbootes, das natürlich auch *Lederne Lisbeth* hieß. Die Puppe war so eine Art Schutzgeist für das Boot und daher eine achtbare Person. Aber die Erwachsenen erzähl-

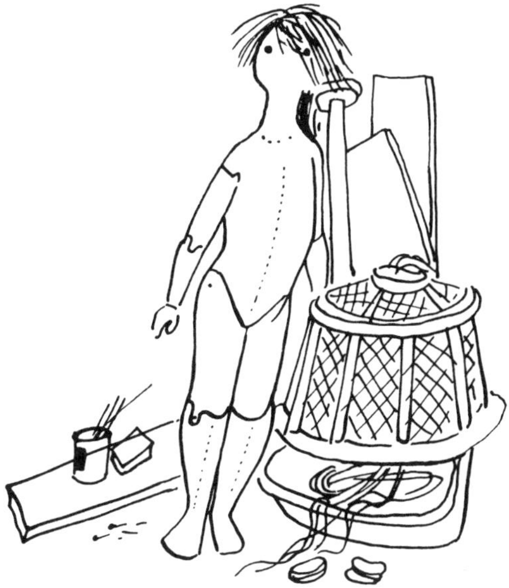

ten uns Kindern oft so gruselige Geschichten von ihr, dass sie uns nicht ganz geheuer schien. Nur mein Urgroßvater erzählte keine unheimlichen Geschichten. Er sagte: „Das ist lauter dummer Schnickschnack. Das Ding ist eine Puppe und weiter nichts. Basta!“

Trotzdem hatte er mir eben, als ich auf der Leiter stand, ein bisschen bange machen wollen. Aber ich wusste schon, warum: Er wollte mich in die Tienerbude locken. Denn wenn ich einmal oben in der Drechselwerkstatt war, ließ ich mich so leicht nicht wieder herunterholen.

Ich folgte meinem Urgroßvater nun in die Tienerbude, in der runde oder viereckige Körbe aus Holz und Tau standen, die mir damals bis fast an die Brust reichten. Das waren die Tiener, mit denen man Hummer fängt. Sie werden an langen Schnüren auf den Meeresgrund hinuntergelassen, und dort bleiben sie eine Nacht lang stehen. Durch die lange Leine, an der sie sozusagen hängen, findet man sie leicht wieder. Die Leine ist nämlich mit lauter Korkstücken besetzt. Sie sieht aus wie eine Kette, auf der man Kümmelbrötchen aus Kork aufgereiht hat. Oben über Wasser läuft die Leine in einen großen runden Korken aus, auf dem ein bunter Wimpel flattert.

Mein Urgroßvater hat in seinem Leben viele Tiener angefertigt. Er hat sie auch oft repariert, wenn die Stürme sie beschädigt hatten. Die Werkstatt, in der er sie herstellte und ausbesserte, hieß die Tienerbude, und hier machten wir es uns jetzt gemütlich.

„Setz dich auf die Korken, Boy!“, sagte mein Urgroßvater.

Da ließ ich mich auf die länglichen aufgestapelten Korkplatten nieder, aus denen man die Kümmelbrötchen für die Tienerleinen schnitzt. Mein Urgroßvater nahm eine andere Korkplatte, die an der Wand lehnte, holte sich das kurze, breite Messer und begann, Korken zu schnitzen, die er in einen Wäschekorb warf.

„Ich habe Krischon Hinker einen Korb voll Tienerkorken versprochen“, sagte er. „Dabei können wir uns unterhalten und meinetwegen auch reimen, wenn du willst.“

„O ja, reimen wir was!“, sagte ich.

„Erst erzähle ich dir eine Geschichte“, sagte mein Urgroßvater. „Anschließend reimen wir zur Erholung ein bisschen. Du hast doch Lust auf eine Geschichte?“

O ja, die hatte ich! Mein Urgroßvater konnte nämlich hübsch erzählen. Er fragte mich zuerst, wie Krischon Hinker mit richtigem Namen hieße. Aber das wusste ich nicht. Ich kannte die meisten Leute unserer Insel nur bei ihren Spitznamen.

„Also Krischon Hinker heißt eigentlich Christian Broders. Aber die ganze Familie wird seit hundert Jahren ‚Hinker' genannt. Und weißt du, warum?"

„Nein, Urgroßvater."

„Gut. Dann sollst du es aus meiner Geschichte erfahren."

Und nun erzählte mir mein Urgroßvater die Geschichte:

Der hinkende Jonathan

Jonathan Broders war ein Hummerfischer, der – soweit man zurückdenken konnte – hinkte und stotterte und deshalb nicht gern unter die Leute ging, sondern froh war, wenn man ihn mit sich und seinem Boot allein ließ.

Eines Tages im Mai, als er vom Hummer-Fangplatz zur Insel Helgoland zurückruderte, meinte er, vom offenen Meer her eine klagende Stimme zu vernehmen. Er legte eine Hand über die Augen, weil die Sonne ihn blendete, und sah in einiger Entfernung einen langen schwarzen Strich auf dem Wasser. Nach einem Menschen sah das nicht aus, eher nach einer Seeschlange. Aber Jonathan glaubte nicht an Seeschlangen. So wendete er kurz entschlossen sein Boot und ruderte auf den schwarzen Strich zu.

Er erkannte bald, dass es sich um einen treibenden Baumstamm handelte, und das war ihm sehr angenehm; denn auf der Insel Helgoland ist das Holz knapp und teuer.

Je näher Jonathan aber dem Baumstamm kam, um so deutlicher vermeinte er wieder, den klagenden Ruf zu hören. Da er mit dem Rücken in Fahrtrichtung saß, drehte er sich noch einmal um und sah nun zu seinem Schrecken, wie ein Kopf aus dem Wasser auftauchte und wie zwei schmale, weiße Hände nach dem Baumstamm griffen, aber sofort wieder abglitten, weil das treibende Holz sich drehte.

Mit aller Kraft legte Jonathan sich jetzt in die Ruder und erreichte nach vielleicht hundert Schlägen die Stelle, an der der Schiffbrüchige in immer längeren Abständen aus dem Wasser auftauchte. Gerade als er die Ruder eingezogen hatte, erschien der Kopf wieder über Wasser. Jonathan packte ihn mit der Rechten einfach bei den Haaren, beugte sich dann tief über den Bootsrand, fasste den Ertrinkenden mit der linken Hand unter einer Achsel, griff dann mit der rechten Hand unter die andere Achsel und zog mit großer Anstrengung und unter heftigem Schnaufen eine junge Frau ins Boot, die die Lippen bewegte, als ob sie sprechen wolle, aber nur ein Stöhnen hervorbrachte.

„N…n…nicht reden!“ stotterte Jonathan. „D…d…d…das strengt zu s…s…s…sehr an.“

Die junge Frau schien trotz ihrer halben Ohnmacht über den stotternden Jonathan zu lächeln, und der Hummerfischer merkte das wohl. Er errötete und sagte kein Wort mehr. Schweigend zog er seine dicke Jacke aus, faltete sie zusammen,

legte sie der Frau unter den Kopf und deckte sie mit einem Ölmantel zu.

Dann ging er an den Bug, holte unter den Bodenplanken ein Tau hervor, machte eine Schlinge, warf sie um den Baumstamm, zog die Schlaufe fest an, stakste über die liegende Frau und die beiden Ruderbänke ans Heck des Bootes und machte hier das andere Ende des Taus mit einem Schifferknoten fest.

Die junge Frau ließ die großen Augen in dem blassen Gesicht immer mit dem Fischer mitwandern, und wenn er sie zufällig einmal ansah, verzog sich ihr Mund zu einem ganz kleinen Lächeln. Aber Jonathan, der mit Frauen wenig Umgang hatte, setzte vor lauter Schüchternheit eine ärgerliche Miene auf und war froh, als er endlich wieder auf der Ruderbank sitzen und der Frau den Rücken zukehren konnte.

Angestrengt und mit gleichmäßigen Schlägen ruderte er nun zur Insel, was gut und gern drei Stunden dauerte, weil er ja den langen Baumstamm im Schlepptau hatte. Manchmal drehte er sich vorsichtig nach seinem seltsamen Fahrgast um. Aber die Frau hatte die Augen geschlossen. Sie schlief.

Als das Boot am Spätnachmittag auf den Strand der Insel aufknirschte, erwachte die fremde Frau von dem Ruck, öffnete die Augen und sagte mit schwacher Stimme: „I...i...i...ich d...d...danke Ihnen!“

Jonathan fuhr bei diesen Worten verblüfft herum. „W...was sagten Sie?“ fragte er schnell.

„I...i...ich sagte d...d...danke schön“, stotterte die junge Frau. Dann schien die Schwäche sie wieder zu überkommen, denn sie schloss die Augen und öffnete sie lange Zeit nicht wieder.

Der Hummerfischer betrachtete sie jetzt mit ganz anderen Augen. Ihr Stottern war in seinen Ohren Engelsmusik. Denn auf dieser Insel stotterte niemand außer ihm, und nun trug das Schicksal ihm auf den Wellen eine hübsche junge Frau zu, die genau wie er – stotterte. Das regte ihn ungeheuerlich auf. Sein Herz pochte

wild und seine Hände flogen. Zitternd nahm er die ohnmächtige Frau auf beide Arme, stieg spreizbeinig über den Bootsrand auf den Strand und trug das nasse fremde Fräulein zu seinem Häuschen, das im Norden am Fuße des hohen Inselfelsens stand. Allen Leuten, denen er unterwegs begegnete, rief er zu: „Ei...ei...eine Schiffbrüchige!"

Jonathans Haus war weiß gekalkt, hatte grüne Türen und Fensterläden und obendrauf ein knallrotes Ziegeldach. Er wohnte hier mit seiner Schwester Gintje, die große Augen machte, als ihr Bruder mit einer nassen ohnmächtigen Frau daherkam.

„Was bedeutet denn das?", rief sie erschrocken.

„Ei...ei...eine Schiffbrüchige", sagte Jonathan und legte die Fremde vorsichtig auf das Sofa. Dann dehnte und streckte er sich und sagte mit seiner allerfröhlichsten Stimme: „S...s...sie stottert a...a...auch!"

„Was?", fragte Gintje verdutzt. „Sie stottert? Wieso? Was soll das heißen? Sie ist ja halb tot. Hast du sie aufgefischt?"

Jonathan nickte.

„Und wo sind die Hummer?"

„Im B...B...Boot, Gintje."

„Dann los, geh und hol die Hummer!", befahl Gintje. „Ich kümmere mich inzwischen um die arme Frau. Der scheint das Meer schlimm mitgespielt zu haben."

Jonathan ging gehorsam hinaus, drehte aber in der Tür noch einmal den Kopf nach der Fremden um und stieß dadurch mit zwei Nachbarinnen zusammen, die gerade mit Decken, Kissen, Pillen und Fläschchen hereinkamen.

„Immer derselbe Tolpatsch!", sagten die beiden ärgerlich.

Dann huschten sie an dem Fischer vorbei ins Zimmer und berichteten Gintje flüsternd, dass die ganze Insel schon über die Schiffbrüchige rede. Jonathan konnte nun vor lauter Kissen, Decken und Weiberröcken nichts mehr sehen und ging seufzend hinaus. Er wanderte zurück zum Strand, um die Hummer und den Baumstamm zu holen.

In den folgenden Tagen erholte die Frau sich allmählich und erzählte, dass sie von einer Nachbarinsel stamme und dass sie mit ihrem Bruder in einem Boot gesessen habe, das bei schönstem Frühlingswetter von einer tückischen Grundwelle umgeworfen worden sei. Was mit ihrem Bruder geschehen war, wusste sie nicht; denn der Sog des sinkenden Bootes hatte sie in die Tiefe gezogen. Erst nach einiger Zeit war sie halb ohnmächtig wieder aufgetaucht und hatte sich an den treibenden Baumstamm geklammert, bis ihre Kräfte erlahmten. Da war zum Glück Jonathan gekommen.

Bei den Erzählungen der Frau stellte sich heraus, dass sie wirklich stotterte und dass sie außerdem ein Auge auf Jonathan geworfen hatte; denn immer, wenn er ins Haus kam, wurde sie besonders munter und gesprächig.

Die Nachbarinnen fanden das seltsam. „Sie scheint noch nicht richtig im Kopf zu sein“, sagte die linke Nachbarin.

„Sonst könnte sie keinen Gefallen finden an einem Manne, der stottert und hinkt“, fügte die Nachbarin von rechts hinzu.

„Aber wer weiß, vielleicht hinkt sie auch“, kicherte die von links.

Und tatsächlich: Als die fremde Frau zum ersten Mal aufstehen konnte, da hinkte sie.

„Ich hab's ja gesagt", lachte die linke Nachbarin.

Und die rechte flüsterte hinter der vorgehaltenen Hand: „Gleich und gleich gesellt sich gern!"

Nun war es aber in Wirklichkeit so, dass die fremde Frau vorher weder gestottert noch gehinkt hatte, beides war vielmehr eine Folge des Schiffbruchs. Sie bemühte sich daher nach Kräften, diese Gebrechen wieder loszuwerden. Zuerst versuchte sie, sich das Stottern wieder abzugewöhnen. Sie sprach nur noch ganz langsam und stellte sich manchmal mit einem Kieselstein im Mund an den Strand, wo die Brandung ihre Stimme übertönte, und sagte dort lange Gedichte auf.

Bei dieser Kur gegen das Stottern nahm sie den Jonathan oft mit. Sie sagte: „Dann kann er sich auch gleich das Stottern abgewöhnen. Das ist ein Aufwaschen!"

Und Jonathan, der zeit seines Lebens geglaubt hatte, dass er bis an sein Ende stottern werde, der menschenscheue, hinkende Jonathan, war plötzlich davon überzeugt, dass er sich

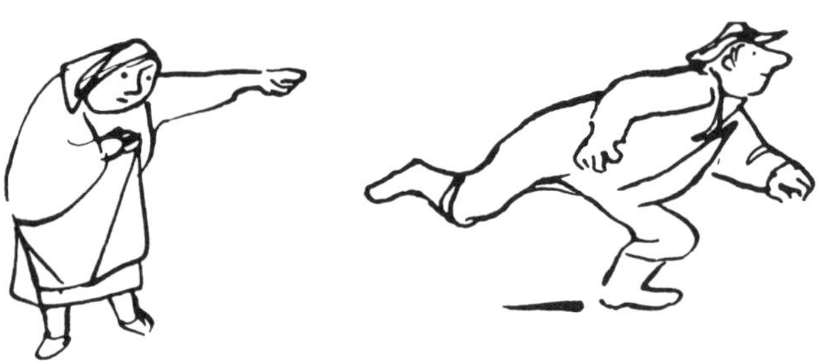

das Stottern abgewöhnen könne. Überhaupt war der Hummerfischer jetzt nicht wiederzuerkennen. Er machte Scherze, was früher nie vorgekommen war, er lachte Gintje einfach aus, wenn sie wie üblich zu schimpfen anfing, und er führte die junge Frau, die er jetzt bei ihrem Namen Peerke nennen durfte, an seinem Arm über die Insel, da sie zum Alleingehen noch zu schwach war.

Die beiden Nachbarinnen zerrissen sich tagtäglich die Mäuler über die beiden. Aber sie konnten nicht leugnen, dass das Stottern von Peerke und Jonathan wirklich mit jedem Tage schwächer wurde.

Anfang Juni stotterten sie fast nur noch, wenn sie aufgeregt waren, und Ende des Monats stotterten sie überhaupt nicht mehr.

Das Merkwürdigste aber war, dass sich mit dem Stottern auch das Hinken verloren hatte. Das wollte den beiden Nachbarinnen einfach nicht in den Kopf.

„Das ist Hexerei!“, sagten sie.

Aber niemand gab auf ihr Geschwätz Acht, nicht einmal Jonathans abergläubische Schwester Gintje, mit der die zwei Nachbarinnen sich bald für alle Ewigkeit verfeindeten.

Während ihrer Genesung bekam Peerke Nachricht von ihrer Heimatinsel und erfuhr, dass ihr Bruder noch am Leben sei. Er hatte sich nach dem Schiffbruch schwimmend an Land gerettet und seine Schwester, da sie vor seinen eigenen Augen versunken war, für tot gehalten. Als er nun von ihrer wunderbaren Rettung erfuhr, kam er eines Tages, Mitte Juli, in einem

Segelboot von der Nachbarinsel herüber, um seine Schwester heimzuholen.

Dem Jonathan, der sich an die muntere junge Frau gewöhnt hatte, war das gar nicht recht. Auch seine Schwester Gintje knurrte, weil sie – ehrlich gesagt – ein bisschen faul und schlampig war und weil Peerke ihr allmählich fast die ganze Arbeit im Haus abgenommen hatte.

„Aber des Menschen Wille ist sein Himmelreich“, sagten die beiden, und so ließen sie Peerke mit ihrem Bruder davonsegeln, obwohl die junge Frau ein tief betrübtes Gesicht machte.

„Weg ist sie“, sagte Jonathan seufzend, als er nach dem Abschied mit Gintje in der Küche saß.

„Traurig sah sie aus“, brummte Gintje. „Ich glaube, sie hat geweint.“

„Warum ist sie dann nicht hiergeblieben?“, fragte Jonathan.

„Das hätte keinen Schick gehabt“, antwortete Gintje. „Wenn sie deine Frau gewesen wäre, ja, dann hätte sie bleiben können, aber so ...“

„Ob sie denn meine Frau werden möchte?“, rief Jonathan verblüfft.

„Wieso, hast du sie denn nie danach gefragt, Jonathan?“

„Nein, Gintje, nie!“

„Oh du Dummkopf! Jetzt aber rasch hinterher und frag sie! Leih dir das Segelboot von unserem Schwager! Du Esel, du Tolpatsch, du Nichtsnutz, du Trampel!»

Während Gintje wie gewöhnlich weiterzeterte, raste Jonathan zum Schwager, um sich den Schuppenschlüssel zu erbitten, rannte vom Schwager zum Segelschuppen, um sich das Steuerruder zu holen, jagte vom Schuppen zum Strand und schob hier das schwere Boot ganz allein ins Wasser. Dann setzte er alle Segel auf und fuhr mit flottem Winde hinter Peerke und ihrem Bruder her.

Nach etwa einer Stunde kamen die beiden in Sicht, und nach zwei Stunden erkannten sie ihn durch das Fernrohr und refften die Segel. Eine halbe Stunde später fuhr Jonathans Segler rauschend neben den ihren, worauf sie einander die Taue herüberwarfen und die Boote gegenseitig festmachten.

Kaum war dies geschehen, da sprang Jonathan ins andere Boot und fragte – wobei er vor Aufregung wieder zu stottern anfing: „P...P...Peerke, willst du m...m...meine Frau w...w... werden?“

Die junge Frau wurde blass wie das Segel ihres Bootes und antwortete – wobei sie leider auch wieder zu stottern begann: „J...j...ja, J...J...Jonathan!“

Der Bruder Peerkes lachte Tränen über die stotternden Heiratskandidaten. Aber das störte die beiden überhaupt nicht. Denn dies war das letzte Mal in ihrem Leben, dass sie stotterten.

Später, nach der Hochzeit, haben sie nie wieder gestottert oder gehinkt, und ihre Kinder, sieben Buben und vier Mädchen, waren alle gesund und kräftig. Nur den Namen „Hinker“, den hat die Familie auf der Insel behalten, obwohl sie ja eigentlich Broders heißt.

Mein Urgroßvater schwieg, sah mich eine Weile an und sagte endlich: „Nun weißt du, warum Krischon, für den ich hier die Korken schnitze, ‚Hinker‘ heißt, nämlich nach seinem Großvater Jonathan.“

„Und warum hinkte Jonathan nicht mehr, als er das Stottern verlor?“

„Das ist eine gute Frage, Boy!" sagte mein Urgroßvater. „In dieser Frage liegt nämlich die Moral von unserer Geschichte."

„Wieso, Urgroßvater?"

„Weil du aus dieser Geschichte lernen kannst, dass ein Mensch meistens so ist, wie er spricht und wie er geht und sich benimmt. Zuerst war Jonathan schüchtern und scheu, und vor lauter Schüchternheit stotterte und hinkte er. Als er diese Scheu verlor, verlor er zugleich das Stottern und das Hinken, denn er hatte gesunde Beine. In unserer Art zu reden zeigen sich unsere Eigenheiten. Unsere Sprache gehört zu uns wie unser Blick und unser Gang. Das ist die Moral von unserer Geschichte."

„Du, Urgroßvater, machen wir jetzt Gedichte?", fragte ich.

„Meinetwegen, Boy. Aber mir kommt eben ein Gedanke. Die Geschichte von Jonathan hat, wie ich dir eben erklärte, mit der Sprache zu tun. Wie wär's, wenn wir in dieser Woche, die du bei uns zubringst, lauter Geschichten und Gedichte zum Besten gäben, die auch mit der Sprache zu tun haben?"

„Oooch", sagte ich, „das ist aber langweilig. Das ist ja wie Grammatik in der Schule."

„Wieso, Boy? Fandest du die Geschichte von Jonathan langweilig?"

„Nein, das nicht, Urgroßvater."

„Na bitte, dann sind wir uns einig. Also abgemacht: nur über die Sprache?"

„Abgemacht!", sagte ich.

Nun bereiteten wir uns auf das Gedichtemachen vor. Das heißt, wir kletterten hinauf in die Drechselwerkstatt zur Ledernen Lisbeth, nahmen uns jeder ein Kiefernbrett und einen dicken Zimmermannsbleistift und setzten uns in verschiedene Ecken, sodass wir einander nicht aufs Holz gucken konnten.

„Was dichten wir?", fragte mein Urgroßvater aus seiner Ecke.

„Abc-Gedichte", antwortete ich.

Mein Urgroßvater war einverstanden, denn das Abc hatte

etwas mit der Sprache zu tun. Es ist genau genommen sogar der Baukasten, aus dessen Steinen man die Sprache zusammensetzt. Darum war es klug, am Anfang der Woche Abc-Gedichte zu reimen.

Wir hatten schon öfter Abc-Gedichte verfasst. Darum brauchten wir uns nur noch die Überschriften zu überlegen.

Mein Urgroßvater sagte: „Ich mache ein Männer-Abc auf schwierige Art.“

„Gut“, sagte ich. „Dann mache ich ein Frauen-Abc – aber auf die einfache Art.“

„Einverstanden, Boy!“

Und schon fingen wir an zu reimen.

Mein Urgroßvater dichtete natürlich schneller und besser als ich. Aber weil er das schwierige Abc machte und ich das einfache, waren wir ungefähr zur gleichen Zeit fertig.

Wir knobelten, wer zuerst vorlesen dürfe, und ich gewann. So las ich mein Frauen-Abc von dem Kiefernbrett ab:

Das Frauen-Abc

A, Be, Ce, die schönen Damen
Aus dem Frauen-Alphabet
Haben wunderhübsche Namen,
Aufgezählt von A bis Zett.

Alma, **B**erta und **C**äcilie,
Dora, **E**mma, **F**lorentin'
Sind die Töchter der Familie
Schinkelmann aus Neuruppin.

Gina, **H**erta, **I**nge, **J**utta,
Karin, **L**isa, **M**argaret
Kriegen manchmal aus Kalkutta
Von dem Onkel ein Paket.

Nelly, **O**lga und **P**aulinchen,
Die **Q**uirina und die **R**uth
Backen Kuchen mit Rosinchen,
Denn der schmeckt besonders gut.

Suse, **T**hea und die **U**te,
Vera und **W**alpurga sind
Fast so artig wie der gute,
Sanfte, leise Abendwind.

Xenia, **Y**vonn' und **Z**illa
Wohnen, wo kein Regen fällt,
Nämlich in der Wolkenvilla
Ganz am Ende dieser Welt.

A, Be, Ce, die schönen Damen
Aus dem Frauen-Alphabet
Und die wunderhübschen Namen
Enden leider mit dem Zett!

„Ganz ausgezeichnet, Boy“, sagte mein Urgroßvater. „Diesmal hast du ein besseres Gedicht gereimt als ich.“

Über diese Bemerkung war ich sehr stolz, wenn ich sie auch nicht glaubte. Ich hatte ja nur ein einfaches Abc-Gedicht geschrieben. Mein Urgroßvater aber hatte sich die schwierige Art ausgesucht. Das heißt, er musste hübsch nach dem Abc lauter Männer aufzählen, die es wirklich oder doch in Büchern gegeben hat, und das ist schwer.

Aber für meinen Urgroßvater war das eine Kleinigkeit. Er hielt also sein Kiefernbrett etwas von sich ab, weil er weitsichtig war, und las dann langsam sein Männer-Abc vor:

Das Männer-Abc

Adam war der erste Mann.
Also fang' ich mit ihm an.
Brutus fand es gar nicht fein,
Zweiter Mann in Rom zu sein.
Cäsar hatte alle Macht.
Brutus hat ihn umgebracht.
Dickens schrieb (wie ihr wohl wisst)
Den Roman „Oliver Twist“.
Einstein trieb Mathematik
Und zuweilen auch Musik.
Franklins Name stimmt uns heiter:
Er erfand den Blitzableiter.
Gulliver fuhr einst umher
Zwischen Inseln, fern im Meer.
Herkules, der große Held,
Steht des Nachts am Sternenzelt.
Iwan aus dem Kreml war
Russlands allerschlimmster Zar.
Jonas saß mit trübem Sinn
In dem Bauch des Walfischs drin.
Knigge sagt uns würdevoll,

Wie man sich benehmen soll.
Lohengrin kam mit dem Schwan
Prompt zu Elsas Rettung an.
Mozart, der berühmte Mann,
Schrieb die Oper „Don Juan“.
Noah rettete im Boot
Tiere vor der Wassernot.
Onkel Tom, der Neger, ward
Oft geschlagen, bös und hart.
Peter Pan, der Bube klein,
Wollte nie erwachsen sein.
Querkopf nennt man einen Mann,
Den man nicht belehren kann.
Riesen sind auch Männer. Bloß –
Sie sind unwahrscheinlich groß.
Sindbad hatte ungeheuer
Viele Meeresabenteuer.
Tutanchamon (wie bekannt)
Herrschte im Ägypterland.
Urian fuhr ohne Geld
Ganz alleine um die Welt.
Varus starb, besiegt und alt,
In dem Teutoburger Wald.
Wilhelm von Oranien
Kämpfte gegen Spanien.
Xerxes war ein König, der
Peitschte einst aus Zorn das Meer.
Yankees gibt’s in USA,
Also in Amerika.
Zeus, vergib mir (wenn es geht)
Dieses Männer-Alphabet!

Ich wollte gerade in die Hände klatschen, da rief es von draußen: „Der Kaffee wird kalt!“

„Das ist die Obergroßmutter, Boy“, sagte mein Urgroßvater. „Sie wartet mit den heißen Wecken auf uns. Gehen wir.“

Da nahmen wir jeder unser Brett unter den Arm, setzten für den Gang über die Straße unsere Mützen auf, sagten der Ledernen Lisbeth höflich Auf Wiedersehen und gingen hinüber ins Haus, wo die Obergroßmutter zur Ehre meines Besuches im Wohnzimmer gedeckt hatte.

Die heißen Wecken rochen wunderbar. Aber bevor ich sie verschmauste, las ich der Obergroßmutter unsere beiden Gedichte vor und erklärte ihr die besonderen Schwierigkeiten der Abc-Gedichte. Doch sie sagte nur: „Iss und trink, sonst werden die Wecken kalt!“ Dann trug sie mit spitzen Fingern die beiden Bretter auf den Flur hinaus.

„Siehst du“, sagte mein Urgroßvater schmunzelnd, „sie versteht nichts von Poesie. Das habe ich ja immer gesagt, obwohl sie meine Tochter ist.“

„Das wird sie schon noch lernen“, sagte ich. Dann fing ich auch zu essen an.

Nach dem Kaffeetrinken, von dem die Obergroßmutter sich in die Küche zurückgezogen hatte, nahmen wir unsere Bretter wieder unter die Arme, riefen der Obergroßmutter zu, dass die Wecken ausgezeichnet gewesen wären, und zottelten über die Straße in die Hummerbude zurück. Mein Urgroßvater war dabei erstaunlich schweigsam. Außerdem kniff er die Augen zusammen und schob die Unterlippe vor. Da wusste ich, dass er über eine neue Geschichte nachdachte.

Und tatsächlich: Kaum waren wir in der Tienerbude, da sagte mein Urgroßvater: „Setz dich hin, Boy. Ich erzähle dir jetzt die zweite Geschichte.“

Ich setzte mich also auf die Korkplatten, und mein Urgroßvater hockte sich auf einen Tiener und erzählte mir die Geschichte:

Si und io
oder:
Die schönen Tage von Neapel

Diese Geschichte ist vor mehr als hundert Jahren passiert. Also wird sie wohl wahr sein. Außerdem hat ein Seemann sie berichtet. Und Seeleute – das weiß man ja – schwindeln nie oder selten.

Also: Vor mehr als hundert Jahren lebte in Hamburg ein Junge namens Andreas. Er war der geschickteste Segeltuchflicker in der ganzen Hafenstadt. Daher nahmen die großen Dreimaster ihn gern mit auf die Reise. Er hatte auf den Schiffen nichts anderes zu tun, als Segel zu flicken, und wenn die Schiffe wochenlang in fremden Häfen lagen, um ihre Ladung zu löschen, durfte Andreas an Land gehen und sich dort nach Herzenslust umsehen.

Eines Tages fuhr Andreas mit dem Segelschiff *Die kleine Liebe* nach Neapel. Sie hatten guten Wind und angenehmes Wetter. Nur auf der Höhe des Golfes von Biskaya gab es einen Sturm, bei dem Andreas auf die spitze Ecke des Kajütendaches geschleudert wurde und eine Narbe auf der linken Wange davontrug.

Als sie eine Woche später im Hafen von Neapel anlegten, sagte Kapitän Carsten Petersen zu dem jungen Segeltuchflicker: „Wir haben hier vierzehn Tage zu tun, Andreas. Wenn du willst, kannst du ein bisschen durch das Königreich Neapel strolchen."

„Mach ich!", antwortete Andreas, nahm seinen Seesack, in dem er die Andenken von seinen vielen Reisen aufbewahrte, und ging an Land.

Als er zu dem Platz kam, der „Piazza Vittoria" heißt, sah er dort viele Menschen versammelt, die nach Art aller Italiener

ein großes Getöse machten. Auf dem Sockel eines Denkmals der Blumengöttin Flora stand ein Mann in kostbarer, fantastischer Uniform und schrie den Leuten auf italienisch etwas zu.

Andreas drängte sich durch die Menge bis zu dem Denkmal vor, um den prächtig gekleideten Herrn besser betrachten zu können. Außerdem wollte er ausprobieren, ob man ihn verstehe, wenn er Italienisch spräche. Er kannte nämlich zwei italienische Wörter. Das eine hieß *si* und bedeutet *ja*, das andere hieß *io* und bedeutet *ich*.

Andreas wartete einen günstigen Moment ab, und als der Mann auf dem Denkmal eine Frage zu stellen schien, die niemand beantworten konnte, schrie Andreas ganz laut: „Io!“

Nun war es aber so, dass der König von Neapel gestorben und sein Sohn, der Prinz Angelo, seit drei Wochen verschwunden war. Niemand wusste, wo er sich aufhielt. Deshalb fragte der Ausrufer die Leute, wer den Aufenthalt des Königssohnes kenne. Als nun Andreas „io“ rief, da meinte jeder, dass der junge Segeltuchflicker den Aufenthaltsort des Prinzen kenne.

„Ist er etwa in Neapel?“, fragte der Ausrufer.

Andreas antwortete: „Si!“, und das heißt *ja*.

Der Ausrufer staunte und fragte: „Ist er vielleicht hier auf dem Platz?“

„Si!“, rief Andreas.

„Aber wer ist der Prinz?“, fragten die Leute und sahen sich suchend nach allen Seiten um.

„Io!“, rief Andreas. Und das heißt *ich*.

Die Menge staunte und wollte es zuerst nicht glauben. Aber der prächtig gekleidete Ausrufer stieg vom Denkmal herunter, ging auf Andreas zu, betrachtete ihn von allen Seiten und sagte: „Sein schwarzes Haar ist blond geworden. Das ist merkwürdig. Aber er hat eine lange Narbe auf der linken Wange, genau wie unser Königssohn. Also muss er der Prinz Angelo sein!“

„Si!“, sagte der junge Segeltuchflicker, denn er hatte nur das Wort Angelo verstanden und meinte, das hieße Andreas.

Nun drängten von allen Seiten die Leute herzu, um ihren wieder gefundenen Prinzen aus der Nähe zu sehen. Andreas meinte, dass er als ausländischer Matrose die Neugier der Neapolitaner errege. Deshalb sagte er immer abwechselnd *si* und *io*, öffnete seinen Seesack und zeigte den Leuten die Andenken, die er von seinen Reisen mitgebracht hatte. Er zeigte ihnen den kleinen Elfenbein-Elefanten aus Indien, die Nussschalen-Kette von Jamaika, die Ebenholz-Sphinx aus Ägypten und die Perlmutter-Pfeife von den Fidschiinseln. Aber den größten Eindruck machte er mit einer Matrosenpuppe aus Hamburg, die „ahoi“ sagte, wenn man auf ihren Bauch drückte.

Als die Neapolitaner die Kostbarkeiten aus dem Seesack sahen, zweifelten sie keinen Augenblick mehr daran, dass Andreas der Prinz Angelo sei. Man geleitete ihn zur königlichen Kutsche am Rande des Platzes und sagte dem goldbetreßten Kutscher, dass dies der wieder gefundene Königssohn sei, der von seiner Reise einen Sack voller Kostbarkeiten mitgebracht habe.

„Si, io!“, rief Andreas und stieg unter dem Jubelgeschrei des Volkes in die Kutsche ein, die ihn unverzüglich auf das Schloss brachte. Hier kleidete man ihn in herrliche Gewänder, steckte ihm siebenundzwanzig Orden an die Brust, sodass er fast ein Übergewicht nach vorn bekam, und dann führte man ihn auf den Balkon, damit er sich dem Volke zeige.

Andreas begriff nicht recht, was das alles bedeuten solle, fand es aber sehr lustig und holte schnell seine Matrosenpuppe aus dem Seesack, da sie den Leuten auf dem Platz so ausnehmend gefallen hatte. Als er dann, von zwei schrecklich vornehmen Dienern begleitet, auf den Balkon hinaustrat, drückte er schnell auf den Bauch des Matrosen, der gehorsam sein Ahoi in die Gegend rief.

Die Diener mit den langen Gesichtern und den noch längeren schwarzen Schnurrbärten verkniffen sich das Lachen, denn Königsdiener müssen ernst bleiben. Aber als Andreas zum zweiten Mal auf den Bauch der Puppe drückte und der Matrose zum zweiten Mal „ahoi“ quiekte, da fingen die Schnurrbärte bedenklich zu zittern an, die langen Gesichter verzogen sich in breite Lachfalten, und dann prusteten die würdigen Lakaien los und lachten so sehr, dass ihre goldenen Tressen und Schnüre hin und her schaukelten wie Segeltaue im Wind.

Die Volksmenge, die unten vor dem Schloss stand und zum Balkon hinaufsah, lachte dröhnend mit, so komisch fand sie den neuen König mit seinen beiden Dienern. Den Frauen liefen Tränen über die Wangen und dicke Männer hielten sich die Bäuche aus Angst, dass sie vor Lachen platzten.

Wenn die Leute einmal nicht lachten, hoben sie die Arme in die Höhe und riefen: „Lang lebe König Angelo!“ Dann winkte Andreas gnädig vom Balkon herab, rief *si* oder *io* und ließ die Matrosenpuppe „ahoi“ quieken. Alsbald begann das Gelächter von neuem, und schließlich schrie die ganze Menge vor dem Schloss im Chor: „Lang lebe König Angelo Ahoi! Lang lebe König Angelo Ahoi!“

Unter dem Namen Angelo Ahoi wurde Andreas tatsächlich König von Neapel. Er musste jeden Tag von zehn bis ein Uhr regieren. Und weil er immer *si* und *io* sagte, waren seine Minister sehr zufrieden mit ihm. Denn Minister haben es gern, wenn Könige ja sagen.

Zwölf Tage lang lebte Andreas herrlich und in Freuden. Wenn sein Kammerdiener ihn morgens auf italienisch fragte, ob Majestät das Frühstück wünsche, dann antwortete Andreas *si*, und sogleich brachte man ihm auf goldenem Tablett Trinkschokolade, geröstetes Weißbrot, Apfelgelee, Pampelmusen, Oliven, Schinken, Parmesankäse und gebratene Sardellen.

Nach dem Frühstück sagte Andreas *io*. Dann kamen die Diener und zogen ihn zwei volle Stunden lang an. Er wurde frisiert, manikürt, gepudert, gebürstet und mit Orden behängt, und erst, wenn er das alles hatte über sich ergehen lassen, durfte er in Begleitung des gesamten Hofstaates in den Thronsaal gehen und regieren.

Neapel wurde unter der Regierung König Angelo Ahois die lustigste Stadt Italiens und alle Tage wurden Feste gefeiert. Einmal war auch die Besatzung des Dreimasters *Die kleine Liebe* zu einem Bankett ins Schloss geladen. Aber sie saßen so weit entfernt vom König, dass er nicht mit ihnen sprechen konnte, und niemand von den Seeleuten erkannte in dem prächtigen, gepuderten König am Ende der Tafel den Segeltuchflicker Andreas.

Am dreizehnten Tag seiner Regierung saß Andreas wieder einmal regierend im Thronsaal, als zwei Gardesoldaten einen schwarzlockigen jungen Burschen hereinschleppten, der fürchterlich zeterte und mit rollenden Augen und ausgestreckter Hand auf König Angelo Ahoi zeigte.

„Dieser Knabe“, sagten die Soldaten auf italienisch, „dieser Knabe hier behauptet, dass er der richtige König von Neapel sei. Sollen wir ihn laufen lassen oder …?„

„Si!“, rief Andreas, bevor die Gardesoldaten weiterreden konnten.

Über diese Antwort war der ganze Hofstaat verblüfft.

„Sollen wir ihn wirklich laufen lassen?“, fragten die Soldaten.

Andreas sagte zum zweitenmal *si*, und das heißt bekanntlich *ja*.

Hierüber war man im Thronsaal noch verblüffter. Aber am erstauntesten war der schwarzlockige fremde Knabe selber. Er trat zögernd an den Thron und fragte auf italienisch, ob er im Schloß bleiben dürfe.

„Si!“, sagte Andreas.

„Aber zwei Könige können nicht zusammen regieren“, meinte der fremde Junge. „Einer von uns muss gehen. Fragt sich nur, wer?“

„Io!“, sagte Andreas, und das heißt bekanntlich *ich*.

Jetzt begann im Thronsaal ein allgemeines Köpfeschütteln. Nur der Herr Oberhofzeremonienmeister hielt seinen gepuderten Kopf steif und würdig wie immer. Er trat zu dem schwarz gelockten Knaben, betrachtete ihn aufmerksam und sagte dann: „Er hat eine Narbe auf der linken Wange. Und schwarze Haare hat er auch. Er muss der richtige König sein.“

„Si!“, sagte Andreas auf dem Thron.

Nun war die Verwirrung allgemein. Man schrie, sprang herum und gestikulierte mit Händen und Füßen, wie es nur in Neapel möglich ist. Andreas auf seinem Thron blieb als Einziger ruhig sitzen und betrachtete vergnügt das Durcheinan-

der, denn er hatte keine Ahnung, was in Wirklichkeit vor sich ging.

Als der fremde Knabe sich vor ihm verbeugte und auf die Krone und das Zepter zeigte, gab Andreas ihm beides, ließ den Jungen sogar auf dem Throne sitzen und machte vor ihm ebenfalls eine Verbeugung, wie er sie seinen Ministern abgeguckt hatte.

Das fand man im Thronsaal so absonderlich, dass der ganze Hofstaat mit einem Schlage still war und offenen Mundes auf die beiden Knaben starrte. Der schwarzlockige Junge aber schien nichts Absonderliches daran zu finden. Er fand die Sache vielmehr komisch und fing so heftig zu lachen an, dass alles ringsum davon angesteckt wurde. Der ganze Thronsaal hallte wider von Gelächter. Den Frauen liefen Tränen über die Wangen und dicke Männer hielten sich die Bäuche aus Angst, dass sie vor Lachen platzten. Als Andreas gar seinen Seesack holte und dem neuen König seine Matrosenpuppe vorführte, da fing selbst der gepuderte Kopf des Herrn Oberhofzeremonienmeisters vor Lachen zu wackeln an, und in allen siebzehn Türen des Thronsaales erschienen die verwunderten Gesichter der Schlossangestellten.

So endete die Regierungszeit des Königs Angelo Ahoi genauso, wie sie angefangen hatte, nämlich mit Gelächter. Andreas aber musste die kostbaren Gewänder wieder ausziehen und das Schloss verlassen. Und das fand er ganz in Ordnung, denn am folgenden Morgen sollte sein Schiff wieder in See stechen. Er sagte dem neuen König auf Wiedersehen, küsste ihn nach italienischer Sitte auf beide Wangen, bekam von ihm einen prächtigen Dolch mit Edelsteinen für seinen Seesack geschenkt und verließ dann zu Fuß das Königsschloss.

Als er durch das Tor hinausging, präsentierten die Wachen das Gewehr und der Gardeleutnant sagte: „Die schönen Tage von Neapel sind vorbei!"

„Si", antwortete Andreas. Dann wanderte er zu dem Dreimaster *Die kleine Liebe* im Hafen und verbrachte die letzte Nacht in Neapel in der Hängematte seiner Koje.

In dieser Nacht aber machte die Geschichte vom falschen König in ganz Neapel die Runde, und als das Segelschiff *Die kleine Liebe* am nächsten Morgen den Hafen verließ, standen alle Neapolitaner an der Mole, lärmten, pfiffen, schwenkten ihre Hüte und riefen: „Lang lebe Andreas Ahoi! Lang lebe Andreas Ahoi!"

Kapitän Carsten Petersen und seine Mannschaft sahen ihren Segelflicker verwundert an und fragten: „Was sind denn das für Leute?"

„Alte Bekannte", sagte Andreas, und dann stellte er sich ans Heck, winkte den Leuten zu, rief „si" und „io" und ließ seine Matrosenpuppe dreimal „ahoi" quieken.

Bald darauf segelten sie ins offene Meer hinaus, und Andreas fing wie gewöhnlich an, ein Segeltuch zu flicken, das beim Verladen beschädigt worden war.

Als ein Matrose ihm dabei erzählte, dass die ganze Mannschaft der *Kleinen Liebe* zum Bankett beim König gewesen sei, fing Andreas schrecklich zu lachen an und konnte sich gar nicht beruhigen.

„Was hast du denn?", fragte der Matrose.

„Stell dir vor", rief Andreas, „eben merke ich, dass ich König von Neapel gewesen bin."

Mein Urgroßvater stand, als er die Geschichte erzählt hatte, von dem Tiener auf und sah mich forschend an.

„Ich hoffe", sagte er, „die Geschichte hat dir gefallen, Boy."

„Natürlich, Urgroßvater. Aber ich möchte dich gerne etwas fragen: Meinst du, dass man mit zwei Wörtern durch die Welt kommen kann?"

„Das ist wieder eine kluge Frage, Boy. Deshalb will ich versuchen, dir darauf eine kluge Antwort zu geben: Wer Glück, Witz, Verstand und ein heiteres Herz hat, der kann mit zwei Wörtern viel ausrichten in der Welt. Aber zwei Wörter allein nützen so gut wie gar nichts. Kennst du das Gedicht von der Frau Januzis, das ich vor ein paar Jahren gedichtet habe?"

„Nein, das kenne ich noch nicht, Urgroßvater."

„Dann will ich es dir auswendig hersagen, Boy."

Mein Urgroßvater ging in der Tienerbude auf und ab und sagte dabei das Gedicht auf. Es hieß:

Die kluge Frau Januzis

In einer Stadt in Griechenland,
Da hinkte Frau Januzis
Mit einem Absatz in der Hand
Und fragte: „Puh papuzis?“
Es war zur sechsten Abendstund’
Und schon ein wenig duster.
Sie fragte: „Puh papuzis?“ Und
Das heißt auf deutsch: Wo Schuster?

Sie ging auf einem Absatz nur,
Die arme Frau Januzis.
Es wurde langsam sieben Uhr.
Sie fragte: „Puh papuzis?“
Sie fragte, wo ein Schuster wär,
Zur Rechten oder Linken.
Sie musste weiter kreuz und quer
Die kleine Stadt durchhinken.

Doch fand sich, ach, kein Schuster für
Die arme Frau Januzis.
Sie ging umsonst von Tür zu Tür
Und fragte: „Puh papuzis?“
Es wurde neun, es wurde zehn,
Es wurde zappenduster.
Doch nirgends war ein Schild zu sehn
Von irgendeinem Schuster.

Am Ende war sie schrecklich matt,
Die arme Frau Januzis.
Sie fragte in der kleinen Stadt
Nicht weiter: Puh papuzis?
Sie setzte sich auf eine Bank,
Massierte sich die Beine,
Besann sich zehn Minuten lang
Und half sich dann alleine.

Sie nahm den zweiten Schuh, schwipp-schwapp,
Die kluge Frau Januzis,
Und riss auch dessen Absatz ab,
Als wär' sie ein papuzis.
Sie ging auf Sohlen weiter fort.
Und das verdenkt ihr keiner.
Denn gar kein Absatz (auf mein Wort)
Ist besser als nur einer!

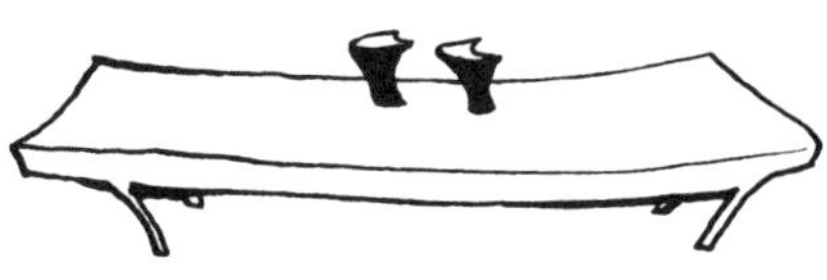

„Du siehst, Boy", sagte mein Urgroßvater nach diesem Gedicht, „manchmal lässt sich mit zwei Wörtern überhaupt nichts ausrichten. Denn wo es keinen Schuster gibt, da nützen die Wörter *wo Schuster?* überhaupt nichts."

„Das ist genau wie beim Papagei", sagte ich. „Kennst du den Reim vom Papagei, Urgroßvater?"

„Nein, Boy, den kenn ich nicht. Hat er etwas mit zwei Wörtern zu tun?"

„Ja, das hat er, Urgroßvater."

„Also dann lass hören!"

Da stand ich von den Korken auf, machte eine Verbeugung und trug vor:

Ein Papagei in Kopenhagen,
Der lernte „gute Nacht" zu sagen.
Nun sagt er früh, wenn man erwacht:
„Gut' Nacht!"

„Das ist ein sinnvoller Reim", sagte mein Urgroßvater. „Er zeigt, dass man alles, was man sagt, auch verstehen muss. Sonst soll man lieber schweigen."

Mein Urgroßvater kniff nach diesen Worten die Augen zusammen und schob die Unterlippe vor. Anscheinend fiel ihm schon wieder eine Geschichte ein. Aber in diesem Augenblick flötete jemand auf der Straße dreimal. Das war mein Freund Henning, der mich zum Spielen abholen wollte. Ich wusste nicht recht, was ich tun sollte, denn mein Urgroßvater hatte gerade einen Einfall, und dann durfte ich ihn nicht stören. Aber plötzlich, als Henning zum zweiten Mal flötete, zog mein Urgroßvater die Unterlippe ein, machte wieder sein gewöhnliches Gesicht und sagte: „Dein Freund Henning ist draußen. Geh nur hinaus, aber sei pünktlich zum Abendessen zurück. Die Obergroßmutter wird sonst böse."

Ich versprach, pünktlich wieder da zu sein, und huschte hinaus. Mein Urgroßvater sah mir nach und rief: „Morgen erzähle ich dir die Geschichte vom Murmeltier Maxl. Erinnere mich daran."

„Ja, Urgroßvater!", rief ich zurück. Dann sprang ich hinüber zu meinem Freund Henning, der mit mir am Strand in einem Boot Kolumbus spielen wollte.

Natürlich kam ich vom Strand viel zu spät zum Abendessen zurück. Aber meine Obergroßmutter schimpfte kein bisschen. Sie war an diesem Abend überhaupt sehr sanft und ein bißchen zerstreut. Daher durfte ich auch länger aufbleiben als gewöhnlich und mir im Bett noch die vier Seemannskalender meines Großvaters ansehen, in denen Geschichten und Berichte von der Seefahrt abgedruckt waren. Erst um zehn Uhr kam die Obergroßmutter herauf, um das Licht auszumachen. Dabei fragte sie, welches Wort sich auf Nattern reimt.

Ich sagte: „Schnattern, Obergroßmutter!"

Da dachte sie einen Augenblick nach und sagte: „Schnattern ist gut. Schlaf schön, Boy!"

„Gute Nacht, Obergroßmutter. Dichtest du jetzt auch?"

„Ach Unsinn! Das fiel mir nur so ein. Leg dich hin und schlaf!"

Bums – schlug sie die Tür hinter sich zu und stapfte mit lautem Schritt in ihre Kammer. Ich aber überlegte, wofür sie wohl einen Reim auf Nattern brauchte. Doch bevor ich eine Erklärung gefunden hatte, schlief ich schon.

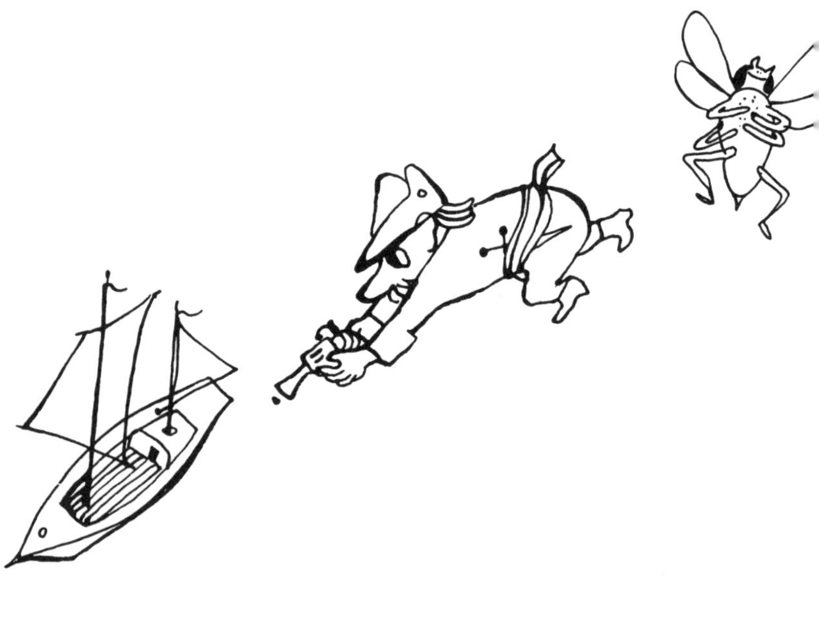

Der zweite Tag, an dem Jonny Flöter, meine Untergroßmutter, mein Untergroßvater und der Hund Urax vorgestellt werden. Lehrt an einem Murmeltier und vielen Schaben, dass Wörter wie Kleider sind, mit denen man die Welt anzieht. Enthält die beiden schwierigsten Abc-Gedichte der Welt. Erzählt vom Vogelzimmer, von einer Dachkammer und vom Drei-Schichten-Pudding.

Am nächsten Morgen kam mein Urgroßvater mich wecken. Er machte ein verdrießliches Gesicht und sagte: „Mir fällt und fällt die Geschichte nicht ein, die ich dir heute erzählen wollte."

„Du wolltest vom Murmeltier Maxl erzählen, Urgroßvater."

„Richtig, Boy, stimmt!"

Sein Gesicht hellte sich auf, er kniff die Augen zusammen, schob die Unterlippe vor, betrachtete geistesabwesend die Seemannskalender auf dem Nachttisch und sagte nach einer langen Pause: „Ich will dir die Geschichte gleich erzählen, sonst vergesse ich sie wieder."

„Aber die Obergroßmutter wartet mit dem Frühstück, Urgroßvater!"

„Pst! Pst! Stör mich nicht, Boy! Ich bin gerade in Stimmung. Setz dich bequem hin und hör zu."

Da stopfte ich das Kopfkissen in einem Knäuel hinter meinen Rücken, lehnte mich gemütlich dagegen, und mein Urgroßvater setzte sich auf die Bettkante und erzählte die Geschichte:

Maxl, das Murmeltier

Wenn der erste Schnee fällt und die Rehe und die Hasen unter der weißen Schneedecke nach Futter suchen, dann liegen die Murmeltiere unter den Bergwiesen in ihrem Bau und schlafen. Sie schlafen, wie nur Murmeltiere schlafen können, und erst im März oder April tapsen sie schlaftrunken wieder ins Freie, um auf den Hängen der Berge herumzutollen und das frische Gras zu knabbern.

Nun lebte einmal ein Murmeltier, das Maxl hieß und das bei einer Bergbauernfamilie in einem hölzernen Käfig saß. Die Leute waren sehr gut zu ihm, und es bekam jeden Tag sein Futter. Aber dennoch sehnte sich Maxl nach den Bergen und den Almen und dem Leben in der Freiheit. Und eines Tages im Dezember, als die Bäuerin vergaß, den Riegel vor den Käfig zu schieben, stieß das Murmeltier die Klappe auf, rannte aus der Scheune ins Freie und sauste, so schnell es konnte, hinauf auf den Geigelstein, den großen Berg hinter dem Dorfe.

Maxl staunte sehr über das kalte weiße Zeug, das überall lag und das an den Pfoten so merkwürdig prickelte. Da begegnete ihm August, das Eichhörnchen, und Maxl fragte: „Sag einmal, August, was ist denn das für ein feuchtes Pulver, das überall auf der Erde verstreut ist?“

„Ja, weißt du denn nicht, dass das Schnee ist?“, fragte das Eichhörnchen erstaunt. „Jeden Winter, wenn ihr Murmeltiere unter der Erde schlaft, fällt der Schnee vom Himmel. Und jedes Jahr im Frühling, wenn ihr euren Winterschlaf beendet habt, kommt der warme Föhn und schmilzt den Schnee zu Wasser.“

„Komisch“, sagte Maxl, „ich habe mir den Schnee immer wie Sand vorgestellt. Ich wusste gar nicht, dass er feucht ist. Was man doch alles lernen kann, wenn man im Winter nicht schläft!“ Dann huschte er weiter den Hang hinauf.

Auf halber Höhe des Hanges traf er das Reh Karla, das fürchterlich jammerte.

„Was gibt's, Karla?", fragte das Murmeltier. „Warum stöhnst du so?"

„Ach, ach, ach!", seufzte das Reh. „Ich bin auf dem Eis gestürzt und nun hinke ich auf dem linken Vorderlauf."

„Hatte denn das Eis einen Buckel?", fragte Maxl erstaunt.

„Was du für dumme Fragen stellst!", wunderte sich Karla. „Das Eis ist doch glatt und glitschig! Deshalb bin ich gestürzt."

„Wieso ist das Eis glatt?", fragte Maxl verwundert.

„Weiß ich, warum!", erwiderte das Reh. „Geh, schau dir doch den gefrorenen Tümpel an und probier es selbst!"

Maxl wollte noch mehr fragen, aber da war Karla, das Reh, schon wieder davongehinkt, um nach Futter zu suchen.

Da lief Maxl zu dem gefrorenen Tümpel, der blank und eben wie ein Spiegel war. Er versuchte, darauf zu gehen, rutschte aber – alle viere von sich gestreckt – auf dem Eise herum und war froh, als er wieder auf festem Boden stand.

„Komisch", sagte das Murmeltier, „ich habe mir das Eis immer stumpf und trocken wie Kalkstein vorgestellt. In Wirklichkeit ist es glatt und feucht. Was man doch alles lernt, wenn man im Winter nicht schläft!" Dann huschte es zwischen den Fichten weiter den Berg hinauf.

Inzwischen hatte Maxl Hunger bekommen. Aber nirgends war auch nur ein einziger Grashalm zu sehen. Da begegnete er Karl-Theodor, dem Kolkraben, der auf einem Felsvorsprung hockte und mit den Flügeln schlug.

„Hallo, Karl-Theodor!“, rief das Murmeltier. „Weißt du nicht, wo ich hier Futter kriege? Ich habe Hunger und finde kein Gras.“

„Futter gibt es beim Förster!“, krächzte der Rabe. „Gleich rechts vom Wege findest du seinen offenen Schuppen, in dem Heu liegt.“

„Beim Förster? Das ist doch ein Räuber mit schwarzem Bart!“, sagte Maxl erstaunt.

„Was für ein Unsinn!“, lachte der Rabe. „Der Förster ist kein Räuber, sondern ein guter Mensch, der den Tieren im Winter Futter gibt, damit sie nicht hungern.“

Maxl wollte den Raben noch mehr fragen, aber Karl-Theodor war schon davongeflattert.

„Was man doch alles lernt, wenn man im Winter nicht schläft!“ dachte das Murmeltier und rannte zu dem offenen Schuppen rechts vom Weg, in dem duftendes Heu lag.

Es setzte sich auf den Boden des Schuppens, wünschte sich selbst guten Appetit und begann, mit Behagen zu knabbern und zu schmatzen. Als es genug gegessen hatte, legte es sich ins Heu und tat einen gesunden Schlaf.

Plötzlich aber wurde Maxl aus dem Schlaf aufgeschreckt, und als er verwundert ins Licht blinzelte, sah er einem freundlichen Mann ins Gesicht, der ihn auf dem Arm trug.

„Ach, du lieber Himmel!“ dachte das Murmeltier. „Nun wird er mich sicher mit nach Hause nehmen, und ich werde wieder in den Käfig gesperrt.“

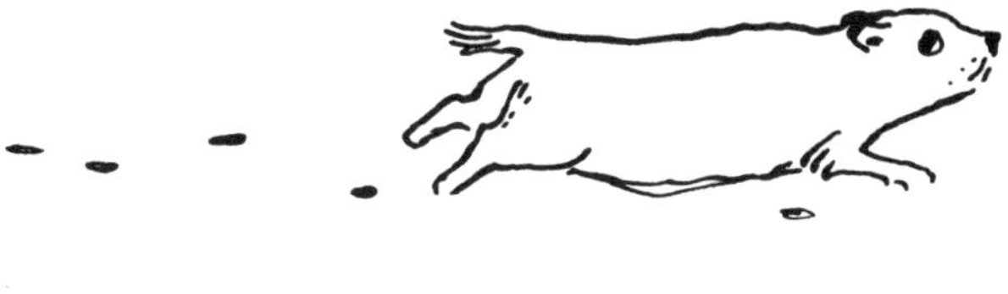

Aber der Mann ging keineswegs nach Hause. Er blieb vielmehr mit Maxl auf dem Arm im Schuppen sitzen und redete freundlich auf das Tier ein. Es war nur schade, dass Maxl die Menschensprache nicht verstand.

Nach einer Weile setzte der Mann den kleinen Kerl wieder zu Boden, und da rannte das Murmeltier, so schnell es konnte, davon.

„Komisch“, dachte es beim Laufen, „das war bestimmt der Förster. Und ich Dummkopf habe ihn immer für einen bösen Räuber mit schwarzem Bart gehalten. Was man doch alles lernt, wenn man im Winter nicht schläft!“

Dann huschte das Murmeltier weiter den Berg hinauf, denn bald musste die Almwiese kommen, auf der es früher seinen Bau gehabt hatte.

Als es gar nicht mehr weit von der Alm entfernt war, begegnete ihm der Gamsbock Wastl.

„Nanu“, sagte Maxl erstaunt, „was machst denn du in dieser Gegend, Gamsbock Wastl? Hier ist doch die Almhütte in der Nähe, und du fürchtest doch die Menschen.“

„Ja, weißt du denn nicht, dass die Almhütten im Winter leer sind?“, wunderte sich der Gamsbock.

„Leer?“, fragte Maxl. „Ja, wo sind denn die Kühe und die Leute?“

„Die Kühe sind unten im Dorf in den Ställen“, antwortete der Gamsbock, „und auch die Sennerinnen und die Senner sind unten im Tal.“

„Das ist ja hochinteressant!“, rief Maxl und wollte Wastl noch mehr fragen. Aber da war der Gamsbock schon wieder davongesprungen, und das Murmeltier war wieder allein.

„Komisch“, murmelte es, „ich habe immer gedacht, dass man die Almhütten fliehen muss. Dass sie im Winter leer sind, hat mir nie jemand erzählt. Was man doch alles lernt, wenn man im Winter nicht schläft!“ Dann umschnupperte es furchtlos die Hütte und huschte weiter den Berg hinauf.

Inzwischen hatte ein Wind zu blasen angefangen und Schnee begann zu fallen. Je höher Maxl kam, umso wilder wurde der Wind und umso toller das Schneetreiben. Ständig musste er sich mit den Pfötchen die Schneeflocken aus den Augen reiben, und obendrein war ihm sehr unbehaglich in der Kälte und Nässe.

Schließlich kam das Murmeltier auf die heimatliche Almwiese, aber die Schneeflocken stoben so heftig, dass es keine zwei Schritt weit sehen konnte.

„Der Winter mag ja ganz schön sein“, dachte es, „aber gemütlicher ist es halt doch im Bau. Wenn ich nur wüßte, wo der Eingang zu meiner früheren Wohnung ist!“ Da hörte Maxl plötzlich aus einem Loch im Boden ein entferntes Schnarchen.

„Hm“, dachte er, „da scheint ein Murmeltier zu schlafen.“ Und er kroch ein Stück in den Bau hinein. Drinnen kam ihm manches bekannt vor, und so rief er: „Hallo, hallo, wer wohnt hier?“

Da hörte das Schnarchen auf und eine Stimme, die Maxl zu kennen meinte, rief brummig: „Wer ist da? Wer stört meinen Winterschlaf?“

„Hier ist das Murmeltier Maxl!“, antwortete der Heimgekehrte. „Ich suche einen Schlafplatz für den Winter.“

„Wer ist da?“, rief es von drinnen. „Maxl? Das ist wohl nicht gut möglich! Mein Bruder Max ist nämlich von den Menschen gefangen und sitzt irgendwo im Käfig."

„Aber nein! Ich bin hier!", brüllte Maxl. Denn mit einem Male merkte er, dass er in seiner früheren Wohnung war. Er huschte hinunter in die Tiefe des Baus und rief: „Grüß Gott, Bruder Mucki!"

Dann umarmten sich die Brüder nach Murmeltierart mit den Vorderpfoten und feierten das Wiedersehen. Bis tief in die Nacht hinein saßen die beiden noch beisammen und erzählten und schwätzten. Maxl berichtete dem Bruder alle seine Erlebnisse und am Ende sagte er: „Weißt du, Bruder Mucki, man lernt viel, wenn man im Winter nicht schläft. Aber gemütlicher ist es um diese Jahreszeit halt doch im Bau!"

Zehn Minuten später lagen die beiden schon tief im Schlaf und schnarchten um die Wette. Und so schnarchen sie fort bis März oder April und schlafen so tief, wie nur Murmeltiere schlafen können.

Mein Urgroßvater atmete erleichtert auf, als die Geschichte zu Ende war.

„Wenn ich in Stimmung bin, dann muss ich sofort erzählen oder dichten", sagte er. „Sonst kriege ich Schnupfen oder Kopfschmerzen."

„Urgroßvater“, sagte ich, „als du erzählt hast, bewegte sich die Stubentür manchmal. Ob jemand dahinter gestanden hat?“

„Ach, Unsinn, Boy. Das war der Wind. Wer sollte hinter der Tür stehen? Es ist niemand im Haus als die Obergroßmutter. Und die interessiert sich nicht für Geschichten.“

„Das stimmt!“, sagte ich. Aber in demselben Augenblick sah ich ganz deutlich, wie ein Schatten, der vor der Tür gewesen war, verschwand. Kurz darauf rief die Obergroßmutter von der Treppe her: „Wo bleibt ihr denn? Soll ich ewig mit dem Frühstück warten?“

Da hatte ich eine Ahnung. Aber ich sagte nichts, sondern behielt meine Vermutung für mich.

Während ich mich wusch und anzog, unterhielten wir zwei Männer uns über die Geschichte von Maxl, dem Murmeltier.

„Du siehst an diesem kleinen Knirps“, sagte mein Urgroßvater, „dass Wörter wie *Schnee* oder *Eis* oder *Förster* wenig nützen, wenn man die Dinge nicht kennt, die man so nennt. Das ist, als hättest du einen Geigenbogen, aber keine Geige dazu.“

„Du, Urgroßvater“, fragte ich, „kommt in deinem Gedicht von der Schabenzeitung nicht auch ein halb verstandenes Wort vor?“

„Nein, Boy, die Schaben in meinem Gedicht prahlen ganz einfach mit einem Wort, das sie überhaupt nicht verstanden und das sie obendrein entstellt haben. Ich will dir das Gedicht noch einmal aufsagen.“

Und mein Urgroßvater sagte auf:

Höpftbönnöff

Eine Zeitung für die Bienen,
Die vor Jahren schon erschienen,
Kennt man gut in Stadt und Land.
Aber dass die Küchenschaben
Auch schon eine Zeitung haben,
Das ist weniger bekannt.
Täglich liest man dort
Nur das eine Wort:
Höpftbönnöff!

Bei den dummen Küchenschaben
Gibt es manchen klugen Knaben,
Der verschiedne Sprachen spricht.
Das sind hochgescheite Wesen,
Aber schreiben oder lesen
Können Schaben leider nicht.
Schreiben sie was hin,
Gibt es keinen Sinn:
Höpftbönnöff!

Als die Schaben ihre Zeitung
Gründeten mit viel Bedeutung,
Gingen sie zur Druckerei.
Und sie sagten: „Druckt uns heute
Eine Zeitung, liebe Leute!
Was ihr druckt, ist einerlei.“
Sie verschwanden dann.
Und so druckte man:
Höpftbönnöff!

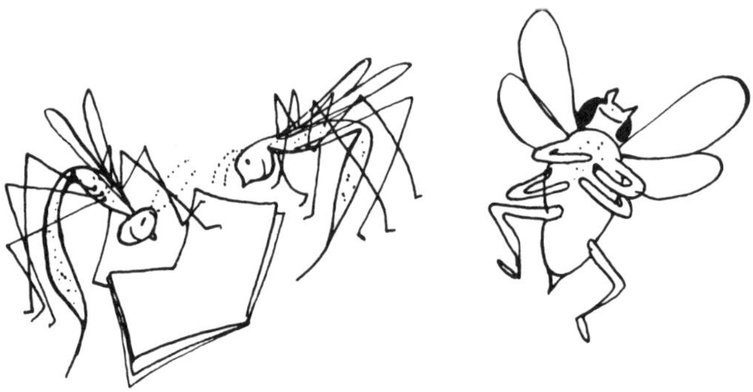

Niemand von den Küchenschaben,
Welche eine Zeitung haben,
Kann sie lesen und verstehn.
Trotzdem kaufen sie sich Brillen,
Und dann tun sie ganz im Stillen,
Als sei Lesen wunderschön.
Doch in Wirklichkeit
Steht dort groß und breit:
Höpftbönnöff!

Wenn die Bienen oder Mücken
In die Schabenzeitung blicken,
Lachen sie sich krumm und schief.
Aber wenn die Küchenschaben
In der Hand die Zeitung haben,
Dann bewundern sie sie tief.
Voll Bewunderung
Lesen sie mit Schwung:

„Komische Viecher, diese Schaben“, sagte ich. „Was mag das Wort Höpftbönnöff bedeuten, Urgroßvater?“

„Wahrscheinlich sollte es Hauptbahnhof heißen, Boy. Aber du kannst dir wohl denken, dass Küchenschaben sich unter einem Hauptbahnhof schwerlich etwas vorstellen können. Man muss die Dinge eben erlebt haben, über die man spricht. Sonst sind die Wörter so leer und komisch wie deine Hose und dein Hemd da auf dem Stuhl.“

„Dann sind die Wörter ja Kleider, mit denen man die ganze Welt anzieht, Urgroßvater!“

„Jawohl, Boy, so ungefähr ist es. Ohne Sprache ist die Welt so nackt, wie du jetzt bist. Aber durch die Sprache wird sie so gesittet und ordentlich wie du durch deinen Anzug.“

„Herrschaften, wie lange soll ich eigentlich noch warten?“, rief meine Obergroßmutter jetzt von unter her. „Der Kakao wird kalt!“

Schnell schlüpfte ich in meine Kleider, und dann gingen wir hinunter in die Küche. Es gab Milchbrötchen mit Kakao, mein Lieblingsfrühstück.

Wir unterhielten uns wieder über Abc-Gedichte. Die Obergroßmutter schwieg und machte ein Gesicht, als ob sie das nicht interessiere. Aber plötzlich sagte sie: „Ihr mit euren Abc-Gedichten! Was ist denn schon dabei? Wenn ich will, kann ich so was auch. Aber ich will nicht. Ich habe keine Zeit für solchen Unfug. Dazu ist das Leben viel zu ernst!“

Oje, dachte ich, jetzt fängt sie wieder mit dem Jammern an.

Aber sie jammerte nicht. Vielmehr sagte sie: „Wenn ihr etwas Schwieriges machen wollt, dann macht doch mal ein Gedicht, in dem jedes Wort mit einem anderen Buchstaben vom Abc anfängt, genau nach der Reihe.“

„Puh“, rief ich, „das kann kein Mensch! Das ist viel zu schwer.“

„Jawohl“, sagte mein Urgroßvater. „Das ist viel zu schwer!“

Da lachte die Obergroßmutter uns aus und sagte, was Ordentliches könnten wir eben doch nicht.

Diese Worte kränkten uns Dichter tief. Aber wir antworteten nichts, sondern gingen hinüber in die Hummerbude. Dort setzte mein Urgroßvater sich zwischen die Tiener und schnitzte Korken für Krischon Hinker. Er sah dabei düster vor sich hin und schob die Unterlippe vor. Aber komischerweise fing er keine neue Geschichte an. Er sagte nur: „Die Idee von der Obergroßmutter ist ja ganz schön. Aber so ein Gedicht ist schwer, sehr schwer!"

„Jawohl", sagte ich. „Das ist viel zu schwer. Das kann keiner!"

Mein Urgroßvater nickte und schob wieder die Unterlippe vor.

„Urgroßvater", fragte ich leise, „darf ich oben mit den Kreiseln spielen?"

Er nickte und kniff seine Augen zusammen. Da schlich ich mich hinaus und kletterte hinauf zur Ledernen Lisbeth. Ich hatte heute gar keine Angst vor ihr. Ich war viel zu sehr beschäftigt. Denn im Kopf hatte ich schon ein Gedicht angefangen, in dem jedes Wort mit einem anderen Buchstaben des Abc anfing, ganz genau nach der Reihe. Das wollte ich nun reimen und dann den Urgroßvater damit überraschen.

Ich nahm mir ein unbeschriebenes Kiefernbrett und einen Zimmermannsbleistift und fing sofort mit glühendem Kopfe zu dichten an. Ich wollte der Obergroßmutter schon zeigen, was ich konnte.

Ich schrieb das ganze Abc von oben nach unten auf das Brett und schrieb hinter jeden Buchstaben ein Wort, bis ich nach vieler Mühe und langer, langer Zeit tatsächlich ein Gedicht zustande gebracht hatte. Da umarmte ich vor Freude die Lederne Lisbeth, ließ das Kiefernbrett einfach die Leiter hinunterrutschen und kletterte flink hinterher.

„Urgroßvater, Urgroßvater!“, schrie ich. „Stell dir vor: Es geht doch! Ich habe ein Abc-Gedicht geschrieben, wie es die Obergroßmutter haben will!“

„Hast du von A bis Z oder von Z bis A gedichtet?“, fragte er.

„Von A bis Z natürlich.“

„Hm“, sagte mein Urgroßvater. „Das ist erstaunlich!“ Dann kniff er die Augen zusammen, sah mich scharf an und fragte: „Meinst du, dass man dasselbe von rückwärts machen kann, von Z bis A?“

„Nein, bestimmt nicht! Das ist ganz unmöglich!“, rief ich.

„Hm“, sagte mein Urgroßvater zum zweiten Mal. „Was meinst du wohl, was ich auf diesem Brett hier gedichtet habe?“

„Ich weiß nicht, Urgroßvater.“

Aber plötzlich bekam ich einen Verdacht. Ich fragte: „Hast du vielleicht von Z bis A …?“

„Jawohl, jawohl!“ rief mein Urgroßvater und sprang dabei in der Tienerbude herum. „Ich habe ein Gedicht von Z bis A gedichtet. Jedes Wort mit einem anderen Buchstaben, genau der Reihe nach.“

„Donnerwetter, Urgroßvater, was wir doch für Kerle sind!“

„Ja, das hätte ich selbst nicht gedacht, Boy! Aber jetzt lesen wir vor. Du fängst an!“

Mein Urgroßvater lehnte sich mit ernsthaftem Gesicht an die Tür, und ich nahm mein Kiefernbrett und las mit großem Stolz das schwierige Gedicht vor. Es heißt:

Das Räuber-Abc

Als
Bauer
Christoff
Düwels-
Eck
Fünf
Gulden
Hatte
Im
Jackett,
Kam
Leider
Mit
'Ner
Ollen
Pistol
Quintilius
Räuberrabenstätt,
Stahl
Taler
Und
Verschied'nes
Weg,
X
Y
Z!

Damit man sieht, dass es ein richtiges Gedicht ist, schreibe ich es hier noch mal in sechs Zeilen hin:

Das Räuber-Abc

Als Bauer Christoff Düwels-Eck
Fünf Gulden Hatte Im Jackett,
Kam Leider Mit ’Ner Ollen Pistol
Quintilius Räuberrabenstätt,
Stahl Taler Und Verschied’nes Weg,
X, Y, Z!

Mein Urgroßvater sagte: „Teufel noch mal, das hast du gut ausgetüftelt! Da wird die Obergroßmutter staunen! Aber jetzt hör dir mein Gedicht an.“ Und er begann:

Die unberechenbare Yacht

Zantens
Yacht
Xanthippe
War
Völlig
Unberechenbar,
Trieb
Stets
Regelwidrig
Quer,
Prosperierte
Oft
Nicht
Mehr,
Landete
Kreuz-
Jammerbar
Im
Haiti-Hafen
Gar,

Fuhr
Entgegenkreuzend
Dann
Cubas
Blumenküste
An.

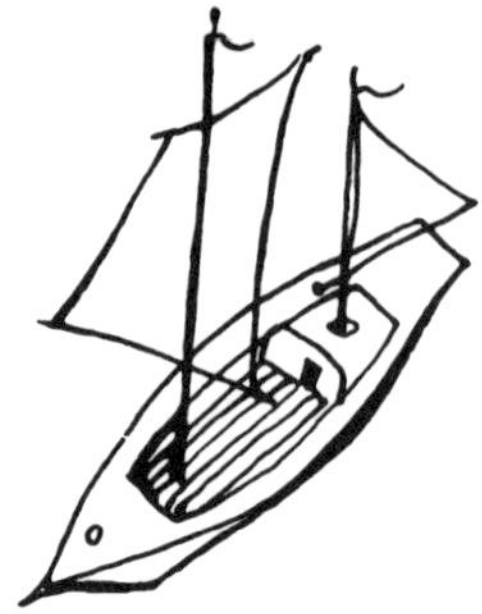

Auch dieses Gedicht meines Urgroßvaters schreibe ich zur besseren Übersicht noch einmal in Strophenform:

Die unberechenbare Yacht

Zantens Yacht Xanthippe War
Völlig Unberechenbar,
Trieb Stets Regelwidrig Quer,
Prosperierte Oft Nicht Mehr,
Landete Kreuz-Jammerbar
Im Haiti-Hafen Gar,
Fuhr Entgegenkreuzend Dann
Cubas Blumenküste An.

„Urgroßvater", sagte ich, „das hast du fein hingekriegt! Ich weiß nur nicht, was prosperieren heißt!"

„Prosperieren, Boy, bedeutet vorankommen. Aber jetzt auf zur Obergroßmutter! Es ist sowieso Mittagszeit."

Wir setzten die Mützen auf, nahmen die Bretter unter die Arme und gingen über die Straße, die an diesem Tage voller Wind war, hinüber ins Haus. Meine Obergroßmutter war noch mit dem Kochen beschäftigt, als wir in die Küche kamen. Sie sagte: „Raus, hier habt ihr nichts zu suchen!"

„Aber Obergroßmutter", rief ich, „wir haben zwei tolle Gedichte gereimt!"

„Dann stellt die Bretter in die Küche. Ich schau sie mir schon an. Ihr beiden aber verschwindet! Es wird im Wohnzimmer gegessen!"

Mein Urgroßvater und ich zuckten die Schultern, gingen ins Wohnzimmer und blätterten dort in den Seemannskalendern. Aber aus Neugierde ging ich nach einer Weile doch wieder in die Küche zurück.

Da saß die Obergroßmutter am Tisch und schrieb.

„Dichtest du?“, fragte ich.

„Papperlapapp“, fuhr sie auf. „Wann sollte ich wohl Zeit zum Dichten haben? Ich schreibe ein Kochrezept auf.“

„Hast du unsere Gedichte schon gelesen, Obergroßmutter?“

„Jaja“, sagte sie, „ich habe einen Blick auf die Dinger geworfen. Ganz hübsch! Ich hätte nicht gedacht, dass man das fertig bringt. Aber wenn man keine Männer und keinen Motorkutter zu versorgen hat, dann hat man ja Zeit für so was. Ich armes Weib muss ja Tag und Nacht schuften und kochen und flicken und waschen ...“

„... und Kochrezepte schreiben“, fügte ich hinzu.

„Jawohl“, sagte sie, „und Kochrezepte schreiben muß ich auch!“

Aber sie wurde verlegen, als sie das sagte, und ich ahnte schon, warum. Aber ich behielt meine Vermutung für mich und trug gehorsam die Schüssel mit Pellkartoffeln ins Wohnzimmer.

Dann aßen wir.

Am Nachmittag legte mein Urgroßvater sich schlafen. Das schwierige Gedicht hatte ihn in seinem Alter wohl angestrengt. Ich benützte diese Gelegenheit, um meine kranken Schwestern Anneken und Johanneken zu besuchen.

Wegen der Ansteckungsgefahr durfte ich nicht zu ihnen hineingehen. Deshalb pfiff ich von der Straße aus. Da kamen sie ans Fenster gelaufen und kicherten und alberten, wie kleine Mädchen es so an sich haben. Sie schielten auf ihre Nasenspitzen, kämmten sich die Haare ins Gesicht oder machten den Mund so rund wie eine Flunder.

Eine halbe Stunde lang hielt ich das aus und guckte den beiden von der Straße aus zu. Aber als Jonny Flöter vorbeikam und sich über meine albernen Schwestern kranklachte, wurde ich böse und schrie Anneken und Johanneken zu, dass sie vom Fenster verschwinden sollten. Das taten die beiden wirklich. Aber vorher streckten sie mir ganz lang ihre Zungen heraus.

Jonny Flöter sagte: „Alle Mädchen sind albern. Kommst du mit ins Unterland? Wir könnten Krebs-Wettläufe machen!“

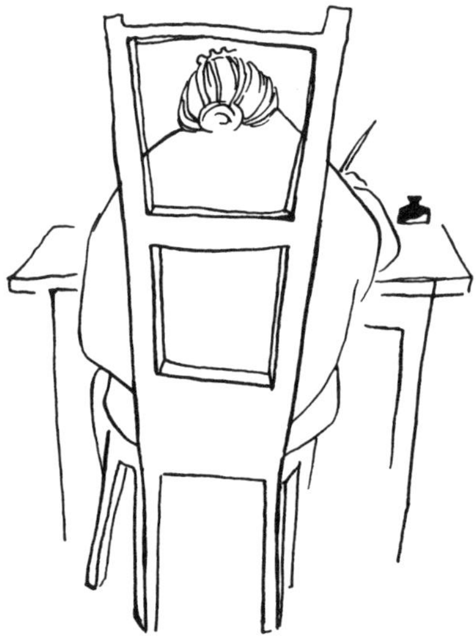

Dazu hatte ich Lust, und so schlenderte ich mit Jonny Flöter durch die engen Gassen des Oberlandes zur Treppe, die an der roten Felswand im Zickzack nach unten lief. Wir rutschten auf dem eisernen Geländer hinunter, denn das ging erstens schneller und zweitens machte es mehr Spaß.

Im Unterland gingen wir nicht durch die Gassen, sondern durch die breite Kaiserstraße, die zur Landungsbrücke führt. Hier hingen in den Kastanienbäumen schon kleine, stachlige grüne Bälle. Aber Jonny Flöter sagte, die Kastanien wären noch nicht reif. Er wusste so was immer ganz genau. Er wusste auch, dass Kastanienbäume uralt werden können, und er erzählte mir, dass es in Italien einen Kastanienbaum gäbe, der um den ganzen Stamm herum sechzig Meter messe.

„Dieser Baum stand bestimmt schon zur Zeit vom Kaiser Nero“, sagte Jonny.

„Meinst du?“, fragte ich erstaunt.

„Ganz sicher“, sagte Jonny Flöter. „Das habe ich vom Lehrer.“

Nun, wenn der Lehrer es gesagt hatte, dann stimmte es wohl. Aber erstaunlich war es doch!

Während wir die Kaiserstraße hinuntergingen, musste ich unentwegt an diesen Baum denken.

Plötzlich fragte Jonny: „Warum kneifst du denn die Augen zu und schiebst die Unterlippe vor?“

„Tue ich denn das, Jonny?“

„Jetzt tust du es nicht mehr, aber eben hast du es getan, Boy.“

„Mensch, Jonny, dann hab ich einen Einfall! Ich muss schnell zu meiner Untergroßmutter! Wir können morgen Krebs-Wettläufe machen!“

Schon rannte ich davon. Jonny Flöter war sehr verdutzt und rief mir nach, ich wäre gemein, und morgen hätte er keine Lust zu Krebs-Wettläufen. Aber das war mir gleich. Ich hatte nämlich einen Einfall für eine Geschichte über den Kastanienbaum. Und die wollte ich aufschreiben.

Meine Untergroßmutter wohnte in einem großen gelben Haus mit drei gewaltigen Kastanienbäumen davor. Sie war viel lustiger als die Obergroßmutter. Außerdem hatte sie einen Bernhardiner, der Urax hieß.

Urax lag dösend im Flur, als ich kam. Aber kaum hatte er mich gesehen, da wedelte er heftig mit dem Schwanze, sprang auf mich zu und legte die Vorderpfoten auf meine Schultern, sodass ich fast umgefallen wäre.

„Brav, brav, Urax!“ rief ich. „Du darfst mich nicht stören. Ich habe einen Einfall!“

Der Hund verstand mich sofort. Er ließ von mir ab und schlich leise hinter mir her, als ich ins Vogelzimmer ging.

Hier standen lauter ausgestopfte Vögel unter Glas, Schnepfen, Kiebitze, Spatzen, ein Pirol und zwei Möwen. Zwischen den Vögeln saß meine Untergroßmutter und stickte ein Kissen.

„Tag, Untergroßmutter, ich brauche Bleistift und Papier!", rief ich.

„Willst du denn schon wieder dichten, Boy? Dein Kopf ist ja noch viel zu klein. Du kannst davon eine lebenslängliche Migräne bekommen. Das ist ganz ungesund, in so jungen Jahren zu dichten."

„Aber Untergroßmutter, ich will nur eine Geschichte aufschreiben, die ich von Jonny Flöter gehört habe!", rief ich.

„Jonny Flöter ist überhaupt kein Umgang für dich, Boy! Gestern hat er dem alten Brückenkapitän ein unanständiges Wort zugerufen. Die ganze Insel weiß es schon."

„Der Brückenkapitän ruft ja selbst unanständige Wörter", sagte ich. „Der hat gar keinen Grund, auf Jonny zu schimpfen."

„Was für Wörter sagt denn der Brückenkapitän, Boy?"

„Wenn du mir Papier und Bleistift gibst, dann schreibe ich sie dir auf, Untergroßmutter."

„Also schön, Boy, da im Sekretär findest du beides."

Ich huschte zum Sekretär, während Urax neben mir herschwänzelte, holte mir mehrere Bogen Papier und einen langen Bleistift und schrieb dann auf einen kleinen Zettel die unanständigen Wörter, die der Brückenkapitän gesagt hatte.

Meine Untergroßmutter war tief empört über diese Ausdrücke. Sie stach sich vor Empörung sogar mit der Sticknadel in den Daumen.

Ich aber rannte mit dem Schreibzeug hinauf auf den Dachboden und machte die Bodentür dem Urax vor der Nase zu.

Beim Geschichtenschreiben muss man allein sein. Hunde stören dabei. (Aber Katzen nicht.)

Vor dem kleinen runden Fenster unter dem Dachfirst machte ich es mir auf einer alten Matratze bequem, legte das Album „Aus deutscher Geschichte" auf meine Knie und begann, die Geschichte vom Kastanienbaum zu schreiben.

Manchmal schlug ich zwischendurch das Album „Aus deutscher Geschichte" auf, und wenn es gerade gut passte, schrieb ich daraus dies oder das ab.

Als es dunkel wurde und ich mit meiner Geschichte fast fertig war, kam mein Untergroßvater auf den Dachboden und sagte, dass ich mir hier die Augen verdürbe und dass ich jetzt aufhören müsste zu dichten. Urax, der hinter ihm hergewedelt kam, bellte dazu und lehnte sich wie gewöhnlich mit seinen Vorderpfoten auf meine Schultern, sodass die beschriebenen Papiere von meinen Knien rutschten und durcheinander auf den Fußboden fielen. Darüber wurde ich so zornig, dass ich dem Urax einen Klaps gab. Aber mein Untergroßvater sagte, Urax habe es doch nur gut gemeint und er werde handscheu, wenn man ihn schlage.

„Wir können die Papiere unten im Vogelzimmer ordnen", sagte er. „Da kannst du mir die Geschichte gleich vorlesen, Boy."

„Aber sie ist noch nicht fertig, Jakob", sagte ich.

„Umso besser, Boy, dann helfe ich dir beim Schluss."

Das war ein guter Vorschlag. Ich raffte die Papiere zusammen, legte das Album „Aus deutscher Geschichte" wieder auf die Matratze und ging mit meinem Untergroßvater und Urax ins Vogelzimmer hinunter.

Mein Untergroßvater hatte krauses schwarzes Haar wie ein Neger. Es fühlte sich an wie das Fell eines Schafes. Er trank sehr gern Grog und war sehr gutmütig. Deshalb nannte ich ihn einfach bei seinem Vornamen Jakob, aber nur, wenn wir allein waren. In Gegenwart der Untergroßmutter sagte ich Untergroßvater zu ihm.

Meine Geschichte fand er sehr schön. Aber vieles darin gefiel ihm nicht. Deshalb verbesserten wir sie zusammen und zusammen dachten wir uns auch den Schluss der Geschichte aus. Urax wedelte dazu eifrig mit dem Schwanze, als verstehe er etwas vom Dichten.

Als wir die Geschichte endlich fertig geschrieben hatten, brachte die Untergroßmutter für Jakob einen Grog und für mich einen Drei-Schichten-Pudding.

Diesen Pudding in den Farben unserer Inselfahne hatte die Untergroßmutter eines Nachts im Bett selber erfunden. Deshalb hieß er Pudding Anna. Er war unten grün von Waldmeister, in der Mitte rot von Erdbeeren und obendrauf weiß von geschlagenem Eiweiß. Ich aß an diesem Abend die ganze Schüssel leer. Denn Dichten macht hungrig.

Danach aber rannte ich mit der eingerollten Geschichte unter dem Arm, so schnell ich konnte, ins Oberland. Trotzdem kam ich viel zu spät zum Abendessen, und die Obergroßmutter schimpfte mich fürchterlich aus.

Als ich ihr sagte, dass ich bei der Untergroßmutter schon einen ganzen Pudding gegessen hätte, wurde es noch viel schlimmer.

„Wie kann man so unverständig sein und einem Kind einen ganzen Pudding geben!“, rief sie. „Davon werden ja siebenundsiebzig Klabautermänner satt! Was denkt sich denn die Untergroßmutter dabei? Das geht doch nicht! Sag du doch auch mal was, Vater! Muss ich denn immer alles allein in Ordnung bringen?“

„Ja, ja“, brummte mein Urgroßvater unter seinem Schnurrbart. „Ein ganzer Pudding ist ein bisschen viel für ein Kind, das ist wahr.“

„Siehst du!“, rief meine Obergroßmutter triumphierend. „Dein Urgroßvater schimpft dich auch aus!“

„Aber Margaretha, ich schimpfe ja gar nicht. Ich sagte nur …“

„Das genügt! Nimm den Jungen nur nicht in Schutz! Und jetzt, marsch, ins Bett mit dir, Boy! Und mach sofort das Licht aus! Und nimm keinen Seemannskalender mit nach oben! Los, hopp, hopp!”

Ich hielt es für geraten, gleich zu parieren, denn die Obergroßmutter war sehr aufgebracht. Ich sagte „Gute Nacht allerseits“, trollte mich nach oben, kleidete mich aus und schlief so schnell ein, dass ich ganz vergaß, meine Geschichte noch einmal zu lesen.

Der dritte Tag, an dem Jonny Flöter ein bisschen genauer vorgestellt wird. Erklärt, wie die Sprachen sich ändern und warum es „das Huhn“ und nicht „die Huhn“ heißt. Enthält Er-Sie-Es-Gedichte und die Beschreibung eines beinahe wirklichen Schiffbruchs. Macht klar, warum Hutschachteln voll Brillanten nicht in Rettungsboote gehören und warum mein Urgroßvater und ich Tuttifruttis und Larifaris sind.

Als mein Urgroßvater am nächsten Morgen in mein Zimmer kam, war ich schon gewaschen und angezogen, denn ich war begierig darauf, ihm meine Geschichte vorzulesen. Vor lauter Ungeduld aß ich zum Frühstück nur drei Milchbrötchen mit Butter, sodass meine Obergroßmutter ganz erstaunt war.

„Das kommt von der unklugen Pudding-Schleckerei gestern abend“, brummte sie. „Deine Untergroßmutter ist eine unvernünftige Frau. Bestell ihr das ruhig, wenn du sie wieder besuchst!“

„Aber Margaretha“, sagte mein Urgroßvater tadelnd, „was sind das für hässliche Bestellungen! Komm, Boy, wir gehen in unser Sodom und Gomorrha!“

„Bestell der Untergroßmutter ruhig, was ich gesagt habe“, rief die Obergroßmutter uns nach. „Es tut ihr ganz gut, wenn sie mal den Wind von vorn bekommt!“

„Weiberzank!“, brummte mein Urgroßvater zwischen den Zähnen. Dann gingen wir über die Straße hinüber in die Hummerbude.

In der Tienerbude zog ich gleich meine Blätter aus der Tasche und sagte: „Meine Geschichte heißt: Der alte Baum im fernen Tal."

„Holla, holla, nicht so hastig!", rief mein Urgroßvater. „Beim Erzählen und Vorlesen muss man sich Zeit lassen und den Zuhörer nicht überfallen. Setz dich gemütlich auf die Korken, Boy! So, und nun fang schön bedächtig an."

Da las ich meinem Urgroßvater langsam die Geschichte vor, die ich zusammen mit dem Untergroßvater geschrieben hatte:

Der alte Baum im fernen Tal

In einem fernen, abgelegenen Tale steht ein uralter Baum, der so dick ist, dass vier Männer seinen Stamm mit knapper Not umfassen können. Die Blätter des Baumes stehen von den Stengeln ab wie die fünf Finger einer Hand, und seine volle Laubkrone trägt abwechselnd weiße Blütenkerzen oder stachlige grüne Früchte.

Als der Baum noch jung war, in grauer Vorzeit, kamen einmal ein Vater und ein Sohn, die sich auf der Bärenjagd verirrt hatten, in dieses abgelegene Tal. Der Vater, der ein Gewand aus Bärenfell trug, hieß Urax. Der Sohn, der ein niedliches Wams aus Ziegenfell anhatte, hieß Urakelchen.

Es war ein sonniger Herbsttag, und die beiden legten sich im Schatten des Baumes zur Ruhe nieder. Aber kaum hatten sie die Augen geschlossen, da begann es ringsherum verdächtig zu knacken und zu knistern. Urax, der Vater, sprang sofort auf und nahm seine Keule zur Hand. Er dachte, ein Wolf oder ein Bär sei in der Nähe. Urakelchen fuhr gleichfalls in die Höhe und griff sich einen dicken Ast, der am Boden lag.

Aber als die beiden sich umschauten, war nirgendwo ein gefährliches Tier zu sehen. Friedlich lag das grüne Tal im Sonnenschein. Das Knacken und Knistern jedoch hielt weiter an.

Einmal knackte es links, einmal knisterte es rechts.

Urax und Urakelchen drehten ständig die Köpfe nach allen Seiten wie witternde Rehe, und es wurde ihnen ein bisschen unheimlich zumute.

Plötzlich aber rief Urakelchen: „Ta! Ta! Tuck! Tuck!“ Das heißt: „Da guck mal, Vater!“

Der alte kräftige Urax im Bärenfell, der sich auf seine Keule gestützt hatte, folgte mit den Augen dem ausgestreckten Zeigefinger seines Sohnes und sah nun, wie von den Zweigen des Baumes stachlige grüne Früchte herunterfielen und auf dem Boden mit knackendem Geräusch zerplatzten.

Da lachten Urax und Urakelchen, und der Kleine im Ziegenfell lief hin und sammelte die glänzenden dunkelbraunen

Dinger ein, die aus den aufgesprungenen grünen Hüllen herausfielen.

„Knäck, Knäck!“, sagte Urakelchen und zeigte auf die blanken braunen Kugeln.

Vater Urax nickte, zeigte auf den Baum und sagte: „Knäck-Baum!“

Als die beiden am Nachmittag heimwanderten, trug Urakelchen in seinen Ziegenfelltaschen viele der dunkelbraunen Baumfrüchte nach Hause. In der Höhle im Walde zeigte er sie der Mutter Uriane und Urilein, der Schwester, und sagte: „Ta, ta, tuck, tuck, Knäck-bumm!“ Das hieß: „Seht mal her, diese Dinger sind von dem Knäck-Baum heruntergefallen.“

Seit diesem Tage wurde der Baum im Tale der *Knäckbaum* genannt, und alle Kinder, die ringsum in den Höhlen des Waldes wohnten, holten sich im Herbst die braunen Kugeln zum Spielen.

Viel Zeit verfloss, und tausend Jahre gingen ins Land. Die Menschen verließen die Höhlen und bauten sich Hütten aus Holz. An den Baum im fernen Tal erinnerte sich niemand mehr.

Aber eines Tages, Anfang November, kamen eine Mutter und eine Tochter mit einem Ochsenkarren durch das abgelegene Tal gezogen. Die Mutter, die ein Kleid aus Wolle trug und einen Gürtel mit einer großen goldenen Schnalle, hieß Thusnelda. Das Töchterchen, das einen rot gefärbten Lammfellmantel anhatte, hieß Tuttchen. Sie waren seit vielen Tagen unterwegs und hatten ihren Mundvorrat aufgezehrt. Es war kalt und in der Krone des Baumes brauste der Novemberwind.

Die Mutter ließ die Ochsen stillstehen, hob das Töchterchen vom Karren herunter und setzte sich mit ihm in den Windschatten des Baumstammes, der inzwischen kräftig und dick geworden war. So ruhten sie sich eine Weile vom Schütteln des Karrens und vom Pusten des Windes aus.

Tuttchen sagte: „Hungra!“ Das hieß: „Ich habe Hunger!“

Aber die Mutter konnte ihr leider nichts zu essen geben, nicht einmal eine Handvoll Hirsekörner zum Knabbern. Um ihr Töchterchen abzulenken, zeigte sie daher auf die vielen braunen Kugeln, die im Grase herumlagen, und kullerte sie ein wenig hin und her wie Murmeln. „Das sind Knäcksten", sagte sie, denn sie erinnerte sich, dass sie auf einer beschriebenen Lederrolle ihrer Ur-Ur-Ur-Ur-Urgroßmutter ein ähnliches Wort gelesen hatte. Tuttchen, die nur ans Essen dachte, griff gleich nach einer der braunen Kugeln, und als sie sah, dass unter der aufgeplatzten Schale weißes Fruchtfleisch hervorschimmerte, brach sie schnell die braune Schale ab und steckte das weiße Innere in den Mund.

Mutter Thusnelda bekam einen Schrecken, denn sie glaubte, ihr Töchterchen werde sich vergiften. Aber ehe sie Tuttchen warnen konnte, geschah etwas viel Schlimmeres. Es trottete nämlich ein gewaltiges Wildschwein mit zwei langen spitzen Hauern zum Baume. Der Mutter blieb fast das Herz stehen vor Angst. Aber das Wildschwein, das in dieser abgelegenen Gegend nie einen Menschen gesehen hatte, war ganz zutraulich. Es schnüffelte an Mutter Thusneldas Kleid herum und schnaubte behaglich, als Tuttchen es arglos in den Borsten kraulte.

Das große Tier mit seinem Schweinsrüssel suchte im Grase nach braunen Kugeln und verzehrte sie schmatzend. Erst nach einer Stunde, als es satt zu sein schien, trottete es wieder davon.

Mutter Thusnelda fiel ein Stein vom Herzen, aber nicht nur wegen der Gefahr, sondern auch wegen des Hungers. Denn nun wusste sie, dass man die Dinger aus den stachligen grünen Schalen essen konnte. Sie trug viele Hände voll in den Ochsenkarren, und auf der Weiterreise knackte sie mit Tuttchen, ihrer Tochter, die Kugeln auf, und beide knabberten nach Herzenslust. Als sie am Abend heimkamen, erzählten sie dem Vater und den Brüdern von ihrem Erlebnis, zeigten ihnen die Baumfrüchte und rösteten sie in ihrem Holzhaus am Feuer.

Weil nun der Verstand der Menschen in der Zwischenzeit feiner geworden war, deshalb war die Sprache genauer geworden. Tausend Jahre zuvor hatte man plump und einfach *knäck* gesagt. Jetzt aber nannte man eine einzelne Frucht *Knäckste*, und wenn man von mehreren Früchten sprach, sagte man *Knäcksten*. Drum hieß der Baum jetzt nicht mehr *Knäckbaum*, sondern *Knäckstenbaum*; und alle Kinder, die rings im Lande in Holzhäusern wohnten, holten sich die Knäcksten im Herbst zum Naschen.

Viel Zeit verfloss, und tausend Jahre gingen ins Land. Die Menschen verließen die Holzhäuser und bauten sich steinerne Burgen auf Bergen. An den Baum im fernen Tal erinnerte sich niemand mehr.

Da kam eines Tages, Ende Oktober, ein Ritter mit seinem Sohn durch das abgelegene Tal geritten. Der Ritter, der eine blitzende silberne Rüstung trug, hieß Wolfhardt von Baldewein. Sein Söhnchen, das ein klirrendes Kettenwams anhatte, hieß Wölfchen. Vater Wolfhardt, der seinen Sohn nicht nur im Reiten und Fechten, im Bogenschießen und in der Falkenjagd, sondern auch im Reimebinden unterwies, benutzte diesen Ausritt, um seinem Sohn die schöne Kunst der Dichter beizubringen.

Wölfchen hatte gerade ein Gedicht angefangen. Es begann mit den Worten:

„Ich han ußerhalb der Vesten …"

Das heißt: „Ich habe außerhalb der Burg …"

Als er nun im Dahinreiten einen Reim suchte, um den Vers zu beenden, fiel sein Blick auf den Baum, der in den zweitausend Jahren übermächtig groß geworden war. Er fragte seinen Vater Wolfhardt, wie der Baum wohl heiße. Aber der Ritter wusste es nicht, bis er sich mit einem Male eines Pergamentes von seinem Ur-Ur-Ur-Ur-Urgroßvater erinnerte, das von einem Baum mit Fingerblättern und stachligen grünen Früchten berichtete. Dieser Ur-Ur-Ur-Ur-Urgroßvater hatte auf dem Pergament auch den Namen des Baumes genannt, aber Ritter Wolfhardt von Baldewein konnte sich dieses Namens nicht mehr genau erinnern. Er grübelte und grübelte, denn der Name lag ihm auf der Zunge, aber er kam einfach nicht darauf. Erst als er eine volle halbe Stunde nachgedacht hatte, fiel ihm endlich der Name ein. Aber weil ihn vorher sein Sohn nach einem Reim auf *Vesten* gefragt hatte, brachte er beides durcheinander und nannte die Baumfrüchte nicht *Knäcksten*, sondern *Kästen*, und diesen Namen sagte er seinem Sohne.

„Oh!“, rief Wölfchen. „Das ist aber ein Zufall! Denn jetzt habe ich einen schönen Reim auf *Vesten*.“

Und er dichtete im Weiterreiten seinen Vers zu Ende:

„Ich han ußerhalb der Vesten
Wohl gesehen gruoße Kästen!“

Das heißt:

„Ich habe außerhalb der Burg
Große Kästenbäume gesehen!“

Vater Wolfhardt war mit seinem Sohne sehr zufrieden. Als sie am Abend in der Burg ankamen und im großen Rittersaal beim Nachtmahl saßen, musste Wölfchen seinen Vers zur Laute vorsingen, und es gab großen Beifall unter den Damen und Herren wie auch unter den Knappen und Mägden.

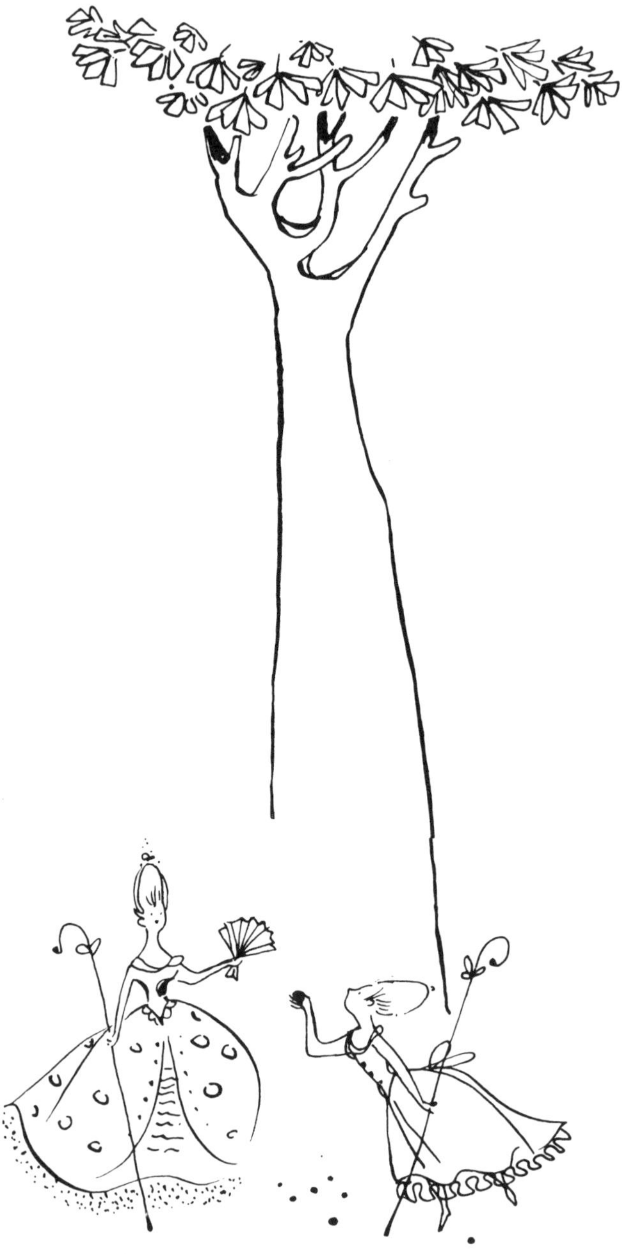

Seit diesem Tage wurde der Baum im Tale nicht mehr *Knäckbaum* und auch nicht mehr *Knäckstenbaum*, sondern *Kästenbaum* genannt; denn der Geist der Menschen war durch die höfische ritterliche Zucht feiner geworden und die Sprache ebenfalls. Das Wort *Knäckstenbaum* klang den Sängern nicht gut in den Ohren. Es schien so roh und ungeschlacht. Das Wort *Kästenbaum* klang feiner, ebener und war leichter zu singen. So sagte man fortan *Kästenbaum*, und alle Kinder, die rings auf den Bergen in Burgen wohnten, ritten oft im Herbst in das Tal, um unter der Krone des Baumes zu singen.

Viel Zeit verfloss, und tausend Jahre gingen ins Land. Die Menschen verließen die Burgen und bauten sich steinerne Städte. An den Baum im fernen Tal erinnerte sich niemand mehr.

Aber eines Tages, an einem warmen Herbsttag, lustwandelte eine Dame mit ihrem Töchterchen in dieser fernen Gegend und sah mit Erstaunen den uralten Baumriesen im Tale. Die Dame, die einen glockigen Reifrock trug und aufgestecktes gepudertes Haar, hieß Laura. Das Töchterchen, das ein seidenes Wämslein anhatte und dazu einen langen Taftrock, hieß Laurinchen. Jede hatte einen blumengeschmückten Schäferstab in der Rechten und einen Fächer in der Linken.

Als sie sich eine Weile ausruhend unter dem Baume niederließen, fanden sie im Grase die stachligen grünen Früchte und die darin verborgenen braunen Kugeln.

„Oh, wie liebreizend!“, zwitscherte Laurinchen.

„In der Tat! Sehr liebreizend!“, antwortete die Dame Laura.

Dann legten die beiden Fächer und Schäferstab zur Seite und warfen einander die braunen Kügelchen zu.

Laurinchen fragte die Mama, wie diese Früchte hießen. Aber Frau Laura konnte sich nicht gleich daran erinnern. Ihr fiel nur ein, dass sie den Namen einmal in einem Buche ihrer Ur-Ur-Ur-Ur-Urgroßmutter gelesen hatte. Auch meinte sie sich zu erinnern, dass diese Bäume in Spanien wüchsen. Weil Mutter Laura nun gar zu gern in Reimen sprach, so sagte sie:

„Die Früchte wachsen in Spanien
Und heißen Käst... heißen Kast...anien!"

„Oh, Kastanien! Welch artiger Name", zwitscherte Laurinchen. „Erlaubt Ihr, Mama, dass ich etliche einsammele und heimtrage für die Gespielen?"

„Sammle nur, meine kleine Nachtigall", antwortete die Dame Laura.

So kam es, dass Laurinchen in den Taschen ihres seidenen Wämschens vier Kastanien heimbrachte. Die Schwestern und ihre französische Gouvernante fanden die Kügelchen allerliebst, und an einem schönen Herbsttage fuhren sie alle in einer Kutsche in das abgelegene Tal, um einen ganzen Blumenkorb voll zu sammeln.

Seit diesem Tage wird der uralte Baum *Kastanienbaum* genannt. Und alle Bäume, deren Blätter an den Stengeln stehen wie die fünf Finger einer Hand, haben denselben Namen.

So hat sich der Name in dreitausend Jahren dreimal verändert. Aber der Baum im fernen Tal ist immer noch derselbe, nur größer und dicker ist er geworden.

Als ich mit dem Vorlesen fertig war, rief mein Urgroßvater: „He, he, das war aber eine schwierige Geschichte! Hast du sie wirklich ganz allein geschrieben?"

Ich antwortete, dass ich manche Stellen von dem Album „Aus deutscher Geschichte" abgeschrieben und dass mir außerdem der Untergroßvater geholfen hätte.

„Aber ausgedacht habe ich die Geschichte allein, Urgroßvater!"

„Ja, Boy, das merkt man wohl! Du stellst dir die Entwicklung der Sprache ein bisschen zu einfach vor. In Wirklichkeit entwickelt sie sich viel träger und breiter. Wie ein Strom, dem von allen Seiten Bäche, Wässerchen und Flüsschen zufließen. Aber eines hast du hübsch herausgefunden: Nämlich dass jede Zeit anders lebt, anders denkt und anders spricht als die vorhergehende. Aber natürlich denken die Menschen sich die Wörter nicht einfach blindlings aus. Jede Sache braucht ein Wort, das zu ihr passt. Ein Zwerg heißt anders als eine Blume und eine Blume heißt anders als ein Kraut. Das beweist mein Gedicht vom Tal Ramunde."

„Wie geht das Gedicht, Urgroßvater?"

„Hör zu! Ich sag dir's auf."

Da setzte ich mich bequem zurecht und lauschte dem Gedicht, das ich noch nicht kannte:

Das Tal Ramunde

Im Land der tausend Berge,
Da liegt ein großes Tal,
Da wohnen viele Zwerge,
Zweihundert an der Zahl.
Die Zwerge heißen Tüpfelfritz
Und Kipfelschnitz und Zipfelmütz.
Der höchste Berg heißt Gipfelspitz.
Ramunde heißt das Tal.

Es liegt im Tal Ramunde
Ein Garten, groß und grün.
Weithin auf seinem Grunde
Die schönsten Blumen blühn.
Die Blumen heißen Plustermohn
Und Schustersohn und Dusterkron.
Die schönste heißt Flibusterthron.
Der Gärtner heißt Herlin.

Der Gärtner pflegt die Blüten,
Die in Ramunde sind.
Die Zwerge aber hüten
Die Blumen vor dem Wind.
Die Winde heißen Brausewald
Und Lausekalt und Sausehald,
Der keckste Wind heißt Flausebald
Und Kai des Gärtners Kind.

Des Gärtners kleiner Bube
Hat einen roten Schal.
Er sammelt in der Stube
Die Kräuter aus dem Tal.
Die Kräuter heißen Mistelwurz
Und Distelfurz und Christelschurz
Und Fistelpurz und Quistelkurz
Und Abendsonnenstrahl.

Wer in das Tal will wandern,
Der nehm' die Reiseschuh'
Und zieh' mit vielen andern
Kindern dem Tale zu.
Die Kinder heißen Liselott
Und Stieseltrott und Liebegott
Und Wieselflott und Kieselpott,
Und manches heißt wie du!

„Du siehst", sagte mein Urgroßvater nach diesem Gedicht, „Wörter, die zu einer Sache passen sollen, müssen wohlüberlegt sein. Unsere Lederne Lisbeth könnte zum Beispiel niemals Regina heißen. Das passt einfach nicht zu ihr. Und wenn du das Wort *Tüpfelfritz* hörst, dann ahnst du schon, dass es ein Name für etwas Kleines, Neckisches sein muss, also für einen Zwerg. Das Wort *Plustermohn* zum Beispiel klingt ganz anders. Das musst du mit vollen Backen sprechen: Pluster-mohn! Hörst du's? Das klingt rund und voll und reif wie eine große aufgegangene Blume. Stimmt's?"

„Ja, Urgroßvater! Aber sag mal: Wer hat sich denn nun all die vielen Wörter, die es gibt, ausgedacht?"

„Hoho, Boy, die hat sich nicht einer allein ausgedacht, sondern alle Leute haben dabei mitgeholfen. Die Sprache ist die Schatzkammer eines Volkes. Darin bewahrt man alle Erinnerungen und alle Erfahrungen von vielen tausend Jahren auf. Und die Schatzmeister, welche die Schätze bewachen und putzen und zählen, das sind die Gelehrten, die Schriftgelehrten, die Sprachforscher. Sie haben die Wörter gesammelt und geordnet wie damals am Flusse Euphrat in den Wipp-Wapp-Häusern."

„Wipp-Wapp-Häuser? Was sind denn das für Häuser?"

„Das ist schwierig zu erklären, Boy! Das ist eine lange Geschichte. Haben wir noch genügend Zeit bis zum Mittagessen?"

„Ich glaube schon, Urgroßvater."

„Schön, dann will ich dir die Sache ganz genau berichten. Setz dich auf die Korken und spitze die Ohren, denn diese Geschichte ist nicht ganz einfach!"

Ich ließ mich gespannt auf die länglichen Korkplatten nieder und mein Urgroßvater erzählte die Geschichte:

Die Wipp-Wapp-Häuser

Vor langer Zeit – es mag hundert oder zweihundert Jahre her sein – fuhr einmal ein Schiff den Fluss Euphrat hinunter, auf dem sich eine Gesellschaft von Schriftgelehrten befand. Diese Sprachforscher waren drei Jahre unterwegs gewesen, um

alle Sprachen der Welt zu studieren, und nun suchten sie ein geeignetes Plätzchen, um für jede Sprache ein Wörterbuch zu schreiben und die Sprachen fein zu ordnen. Als sie nun mit ihrem Schiff an der Stelle vorbei kamen, wo einst die Stadt Babylon gestanden hatte, sahen sie etwas sehr Merkwürdiges:

Am Ufer stand ein hoher Hügel, und quer über dem Kamm des Hügels lagen Balken, die links und rechts weit über den Hügel hinausragten und wie eine riesige Wippe aussahen. Das Absonderlichste aber war, dass auf den beiden äußersten Enden der Balken zwei flache Häuser aus Stein standen und dass diese Häuser tatsächlich leise im Winde auf und ab schaukelten wie Kinder auf einer Wippe.

„Was ist denn das?“, riefen die Gelehrten wie aus einem Munde.

„Das ist der letzte Rest des Babylonischen Turmes“, sagte der Kapitän des Schiffes, ein alter Araber. „Hier hat der Turm zu Babel gestanden.“

„Wie war das doch mit dem Turm zu Babel?“, fragte ein chinesischer Gelehrter.

„Das war so“, erklärte der Kapitän: „Als die Menschen den Turm zu Babel bauten, der bis hinauf in den Himmel reichen sollte, da wurde Gott im Himmel zornig über ihren Hochmut. Er blies ihnen über Nacht verschiedene Sprachen ein, sodass sie einander nicht mehr verstehen konnten und sich in schrecklicher Verwirrung in alle Himmelsrichtungen verstreuten.“

„Jaja“, sagte der chinesische Gelehrte. „Jetzt erinnere ich mich an die Geschichte. Sie steht in der Bibel. Aber was wurde aus dem Turm?“

„Das war so“, erklärte der alte Araber: „Als die Menschen davongegangen waren, blieb der Turm mit seinen Ziegelmauern, Leitern und Gerüsten allein in Babel zurück. Es kamen Wind und Regen, Sandstürme und Orkane, heiße Tage und kalte Nächte. Die Holzgerüste faulten, die Mauern brachen ein und die nahe Wüste wuchs mit Sand und Erde über den halben Turm hinweg, bis er zu diesem weichen, runden Hügel geworden war. Nur ein einziger Teil des Turmes blieb von Wind und Regen, Sonne und Wüste unberührt. Das waren die zehn langen Balken aus Mahagoniholz dort oben, die mit festen Baststricken zusammengehalten sind. Sie haben ursprünglich die Decke zwischen dem siebten und achten Stockwerk des Turmes gebildet. Und weil ihr Holz hart und dauerhaft ist,

haben sie das Faulen und Umfallen, Einstürzen und Umkippen überdauert."

„Aber was sind das für Häuser, die auf den Balken stehen?"

„Diese Ziegelhäuser mit den flachen Dächern waren einmal die Wachthäuser des achten Stockwerkes."

„Höchst merkwürdig", riefen die Gelehrten im Chor und betrachteten kopfschüttelnd die riesige Wippe am Ufer: Da war der Hügel, quer darüber lagen die Mahagonibalken, und auf ihren Enden saßen wie wippende Kinder die beiden Ziegelhäuser und schaukelten im Winde leise auf und ab.

„Die Karawanen, die vorüberziehen, nennen sie die Wipp-Wapp-Häuser", sagte der Kapitän. „Und alle Schiffe, die vorüberfahren, lassen die Fahne am Mast dreimal auf- und niedergleiten, wenn sie den Hügel passieren."

„Das ist eine seltsame Fügung", sagten die Gelehrten. „An dieser Stelle hat Gott den Menschen verschiedene Sprachen gegeben, und ausgerechnet an dieser Stelle fahren wir vorbei, um einen Ort zu suchen, an dem wir die vielen Sprachen ordnen können."

„Vielleicht", rief ein englischer Lord, „vielleicht ist dies der Ort, den wir suchen!"

„Kein Zweifel", erwiderte der Chor der übrigen Gelehrten,

„dies ist der Ort, nach dem wir suchten! Herr Kapitän, hier landen wir!“

Das Schiff legte am Ufer an, die Gelehrten gingen von Bord, wanderten zu dem Hügel, erkletterten ihn und balancierten vom Gipfel aus auf den Mahagonibalken in die Ziegelhäuser hinein. Wenn einer von ihnen nach links ging, so ging der andere nach rechts, damit das Gleichgewicht der Mahagoniwippe nicht gestört wurde. Bald saß die Hälfte der Sprachforscher im linken, die andere im rechten Wipp-Wapp-Haus.

„So“, sagte dann der älteste Gelehrte. „Nun wollen wir beginnen, Ordnung in die verschiedenen Sprachen der Welt zu bringen. Wir sitzen in diesen Häusern wie auf einer Waage, das wird uns helfen, die Gesetze der Sprache fein abzuwägen.“

Also fingen sie mit ihren Beratungen an und unterhielten sich durch die offenen Türen von Haus zu Haus.

Wenn sie sich einmal nicht einigen konnten und der oder jener von ihnen ärgerlich auf den Hügelkamm zurückbalancieren wollte, dann begannen die Wipp-Wapp-Häuser heftig zu schwanken und jeder schrie und bangte um sein Leben. Allsogleich balancierte der verärgerte Gelehrte zurück in das Häuschen, brachte die Wippe wieder ins Gleichgewicht und einigte sich am Ende mit den anderen.

Während der Beratung ernährten die Sprachforscher sich von den Schiffsvorräten, welche die Matrosen ihnen ans Land

brachten und die sie an langen Stricken zu den Häusern hinaufzogen. Natürlich mussten sie dabei sehr auf das Gleichgewicht achten. Wenn man ins linke Haus einen halben Zentner gedörrtes Hammelfleisch hinaufzog, so hangelte man im rechten Haus einen Korb mit 50 Pfund Oliven in die Höhe. Wenn man rechts ein 30 Kilogramm schweres Weinfass heraufholte, so zog man links einen Sack mit 60 Pfund Maisbrot herauf.

Als solcherart eine Woche vergangen war, hatte man alle Sprachen ziemlich in Ordnung gebracht. Zum Schluss musste man nur noch darüber beraten, welche Hauptwörter männlich, welche weiblich und welche sächlich sein sollten. Das war keine leichte Sache.

Die Engländer machten es sich sehr einfach. „Wir Engländer", erklärte ein hagerer Lord mit einem langen Pferdekopf, „wir Engländer sagen vor jedem Hauptwort einfach *the*. Das heißt gleichzeitig *der, die, das*. So brauchen wir uns nicht darüber zu unterhalten, ob es *der Schiff, die Schiff* oder *das Schiff* heißen soll. Wir sagen ganz einfach *the ship*. Fertig! O. K.!"

Damit war die englische Sprache in Ordnung gebracht und der hagere Lord balancierte vom linken Häuschen aus zurück auf den Hügelkamm, während von rechts ein breitschultriger Amerikaner mit breitem Kinn zum Hügel balancierte, damit das Gleichgewicht der Wipp-Wapp-Häuser nicht gestört würde.

Die chinesischen Gelehrten machten es noch schlauer. Sie ließen die Hauptwörter einfach so, wie sie waren; denn sie meinten, weise Leute wüssten von selbst, ob ein Hauptwort männlich, weiblich oder sächlich sei.

„Nehmen wir zum Beispiel das Wort *tschi*", sagte ein Gelehrter in gelbseidenem Kimono und zeigte dabei auf eine Spinne, die auf dem Mahagonibalken herumkroch. „Das Wort *tschi* bedeutet entweder Spinne oder Axt! Meinen wir eine Spinne, dann denken wir daran, dass eine Spinne strickt und ihre Augen überall hat. Das ist weiblich. Meinen wir die Axt, dann bedenken wir, dass Äxte stark sind, aber geschliffen werden müssen. Das ist männlich. Sela! Fertig!"

Auf diese kluge Art waren die chinesischen Hauptwörter im Handumdrehen geordnet, und von jedem Ziegelhäuschen aus balancierte ein Gelehrter im Kimono zurück auf den Hügel. Andere Gelehrte, die es den Chinesen nachmachten, balancierten hinterher.

Die Franzosen, Italiener, Spanier und Portugiesen einigten sich darauf, nur männliche und weibliche Hauptwörter zu bilden. Ein schwarzlockiger junger Gelehrter aus Neapel sagte: „Das Wort *bambino* bedeutet Kind. Ein Kind ist die Plage der Mutter, aber die Freude des Vaters. Also ist das Wort männlich und wir sagen *il bambino*, das heißt *der Kind*. Das Wort *strada* bedeutet Straße. Auf der Straße wird gelacht, geweint, geschwätzt und manchmal alles gleichzeitig. Das ist weiblich. Also sagen wir *la strada*, das heißt *die Straße*. Punktum! Finito!"

So einigten sich Italiener, Franzosen, Spanier und Portugiesen ohne große Schwierigkeiten. Von links und rechts balancierten je vier dunkelhäutige Gelehrte über die Mahagonibalken zum Hügelkamm und in den Wipp-Wapp-Häusern blieben nur noch Russen, Holländer, Deutsche und einige andere Gelehrte zurück.

Die Holländer waren die nächsten, die sich einigten. Sie teilten ihre Hauptwörter auch in zwei Haufen ein, aber anders als die Italiener. Weil sie der Meinung waren, dass Mann und

Frau zusammengehörten, taten sie die männlichen und weiblichen Hauptwörter zusammen auf einen Haufen und setzten das Wörtchen *de* davor. Der Mann hieß *de man*, die Frau *de vrouw*. Alle Wörter, die sächlich waren, konnten an dem Wörtchen *het* erkannt werden. Das Kind hieß *het kind*, das Huhn *het kip*. Fertig! Klaar! In orde!

Auf so praktische Art einigten sich die Holländer und ihre Einteilung wurde von vielen anderen Gelehrten übernommen, welche über die Mahagonibalken von links und rechts auf den Hügel balancierten.

Nun waren die Russen an der Reihe. Sie teilten ihre Hauptwörter fein säuberlich in männliche, weibliche und sächliche, hängten aber zur Unterscheidung einen Buchstaben ans Ende des Wortes. Wenn ein Mann *Oblomow* hieß, dann wurde seine Frau einfach *Oblomowa* genannt und sein Sohn *Oblomowitsch*. Basta. Charoscho!

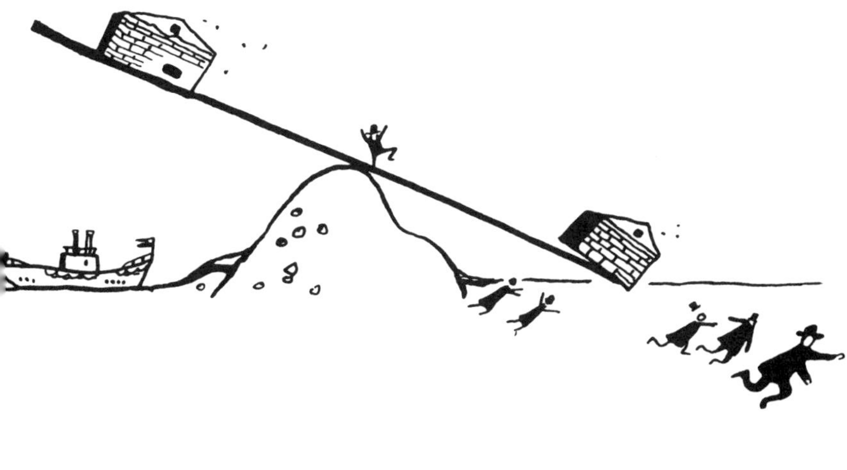

Die russische Einteilung dauerte eine Weile. Aber schließlich war man auch damit fertig und die meisten Gelehrten, die noch in den Ziegelhäusern saßen, machten es den Russen nach und balancierten im gleichen Takt von links und rechts zum Hügel und stiegen dann erleichtert hinunter in die Ebene.

Nun saßen nur noch die Gelehrten, die Deutsch sprachen, in den Wipp-Wapp-Häusern, die Deutschen, die Österreicher und die Schweizer, je drei im linken und im rechten Häuschen. Leider, leider einigten sich diese sechs Gelehrten am allerschwersten. Fast bei jedem dritten Wort gab es Zank und Streit, und mehr als einmal fing die Mahagoniwippe so heftig zu schaukeln an, dass die beiden Wipp-Wapp-Häuser ein wenig zu rutschen begannen und die Gelehrten, die unten in der Ebene standen, entsetzt davonliefen, weil sie meinten, die Häuser stürzten ab. Zum Glück beruhigten die sechs Forscher in den Häusern sich bald, aber leider nur für kurze Zeit. Denn immer wieder fing ein Streit an.

„Axt ist männlich! Denn Äxte bezwingen das härteste Holz!", rief ein stattlicher Schweizer aus dem linken Ziegelhäuschen. „Es muss *der Axt* heißen."

„Nein, Axt ist weiblich!", rief ein österreichischer Hofrat von rechts. „Äxte haben spitze Zungen! Es muss also *die Axt* heißen!"

„Alles falsch!“, fistelte ein deutscher Professor von rechts. „Eine Axt ist beides zusammen. Sie hilft der Frau im Haus und dem Mann in der Werkstatt. Es muss *das Axt* heißen!“

Wieder schaukelten die Wipp-Wapp-Häuser gewaltig auf und ab und wieder rannten die Gelehrten unten auf der Ebene nach allen Seiten auseinander. Sie hatten Angst, dass ihnen ein Häuschen auf den Kopf plumpsen könnte. Das Geschrei oben in der Luft wurde immer heftiger.

„Es heißt *der Spinne* … nein, *das Spinne* … falsch, *die Spinne* … *der Straße* … *das Straße* … *die Straße*!“ So flogen die Rufe durch die Luft und erschreckten sämtliche Vögel der Umgebung.

Als die Gelehrten, die am Fuße des Hügels standen, die beiden Wipp-Wapp-Häuser immer heftiger auf und ab schwanken sahen, beschlossen sie, ihren sechs Kollegen in den Häuschen das Leben zu retten und ihnen bei der Einteilung ihrer Hauptwörter zu helfen. Sie sammelten am Ufer des Euphrat lauter kleine flache Steine, ritzten in jedes Steinchen ein deutsches Hauptwort und warfen die Wörtersteine auf einen Haufen, sodass ein richtiger kleiner Hügel daraus entstand.

Nun ließen sie sich von jedem Wipp-Wapp-Haus einen Strick herunterwerfen, und an jeden Strick hängten sie zwei Meter über dem Boden einen großen leeren Schiffskorb. Einen dritten Korb stellten sie neben den Haufen der Wörtersteinchen. Hinter diesen Korb stellte sich der größte der Sprachforscher, ein zwei Meter fünfzig hoher Massai-Gelehrter aus Afrika.

„Meine Herren", rief er, „jetzt nehme ich die Sache in die Hand. Sonst werden sich die Herren Schweizer, Österreicher und Deutschen, fürchte ich, niemals einig. Bitte, geben Sie mir durch Zuruf bekannt, ob ein Wort mit *der*, mit *die* oder mit *das* geschrieben werden soll! Die der-Wörter werfe ich in den rechten Korb, die die-Wörter in den linken und die das-Wörter in den Korb, der hier vor mir steht. Aufgepasst! Ich fange an!"

Der große Massai-Gelehrte nahm ein Steinchen vom Haufen und rief: „Berg!"

Da brüllte der Chor der Gelehrten: „Der Berg!"

Schwupp – flog das Steinchen in den rechten Korb.

„Tante!", rief der Herr aus Afrika.

Die Gelehrten antworteten: „Die Tante!"

Schwipp – flog das Steinchen in den linken Korb.

„Schiff!", rief der Massai-Gelehrte.

„Der, die, das Schiff!", schallte es von oben und von allen Seiten. Aber am lautesten wurde *das Schiff* gerufen. Deshalb warf der große Gelehrte das Steinchen in den Korb vor sich.

Nun ging es Wort für Wort und Schlag auf Schlag lustig weiter. Aber nach einiger Zeit hatten sich im linken Korb zu viele Steine angesammelt, sodass die Wippe zu schwanken und links bedenklich zu sinken begann. Da warf der Massai-Gelehrte rasch drei Handvoll Steine in den rechten Korb, ohne sich darum zu kümmern, was für Wörter darauf standen. Da aber neigte die Wippe sich nach rechts. Die sechs Gelehrten in den Ziegelhäuschen fingen Zeter und Mordio zu schreien an, denn sie glaubten wahrhaftig, sie stürzten ab. Also warf der große Forscher aus Afrika eine beliebige Handvoll in den linken Korb und griff sich sogleich noch eine zweite Handvoll aus dem Steinhaufen. Aber diesmal war die Wippe im Gleichgewicht und der dunkle Gelehrte warf den Rest der Steine aufatmend und gedankenlos in den Korb zu seinen Füßen.

Zufällig hatte der afrikanische Herr bei diesem Zwischenfall lauter Wörter gegriffen, die mit dem menschlichen Körper zu tun hatten. So kommt es, dass die Körperteile in der deutschen Sprache kunterbunt bald männlich, bald weiblich, bald sächlich sind. Es heißt *der* Schenkel, aber *die* Wade und *das* Knie, *der* Hals, aber *die* Achsel und *das* Kinn, *der* Mund, *die* Nase, *das* Ohr, *der* Schädel, *die* Stirn, *das* Genick, *der* Fuß, *die* Zehe, *das* Bein, *der* Finger, *die* Hand, *das* Handgelenk.

Zuerst wollten die Gelehrten die falschen Steine wieder herausklauben und in den richtigen Korb werfen. Aber das war erstens schwierig, zweitens langwierig und drittens gefährlich, weil die Wippe wieder zu schwanken anfangen konnte. So ließ man es seufzend bei dem Durcheinander bewenden und bemühte sich dann, die folgenden Wörtersteinchen mit besonderer Sorgfalt zu verteilen.

Aber als dem Massai-Gelehrten nach einer Weile die Arme lahm wurden, warf er ein paar Steinchen, die in den linken Korb gehört hätten, aus Bequemlichkeit einfach in den Korb zu seinen Füßen.

So kommt es, dass im Deutschen die Wörter, *Weib, Fräulein, Mädchen* und *Huhn* das-Wörter sind und nicht, wie es sich eigentlich gehört, die-Wörter.

Hierüber schüttelten viele Gelehrte sorgenvoll ihre Köpfe. Aber am Ende waren sie doch froh, als die deutschen Hauptwörter eingeteilt waren und die letzten sechs Gelehrten die Wipp-Wapp-Häuser verließen und zu je drei und drei über die Mahagonibalken zum Hügelkamm zurückbalancierten.

Froh gestimmt und tief befriedigt über die Ordnung, die sie geschaffen hatten, bestiegen alle Gelehrten wieder das Schiff, fuhren den Euphrat hinunter nach Basra oder weiter zum Persischen Golf und begaben sich dann so schnell wie möglich in ihre Heimatländer, um über die neu geordneten Sprachen dicke Bücher zu schreiben.

Die Wipp-Wapp-Häuser schaukelten weiter im Winde auf und ab, bis eines Tages amerikanische Altertums-Forscher kamen und Häuser und Mahagonibalken mit riesigen Kränen herunterholten, um anschließend den halben Turm zu Babel aus dem Hügel herauszubuddeln. Seitdem gibt es keine Wipp-Wapp-Häuser mehr. Aber jedes Wörterbuch und jede Grammatik sind ein Beweis dafür, dass es sie früher einmal gegeben hat.

Als der Urgroßvater zu Ende erzählt hatte, fragte ich: „Ist diese Geschichte wirklich passiert?"

„Lieber Boy", bekam ich zur Antwort, „wenn eine Geschichte einen Sinn hat, dann ist sie wahr, selbst wenn sie nicht passiert ist! Verstanden?"

„Nein, nicht verstanden!"

„Macht nichts, Boy! Man muss nicht alles verstehen, wenn man zehn Jahre alt ist. Hast du Hunger?"

„Wie ein Haifisch, Urgroßvater!"

„Gott sei Dank, Boy! Dann hat die Obergroßmutter keinen Grund mehr, über das Puddingschlecken zu schimpfen. Setz deine Mütze auf! Wir gehen über die Straße."

Und das taten wir. Mit Mütze und Schal überquerten wir die enge Trafalgarstraße, in der der Wind an diesem Tage fürchterlich pustete, und gingen zum Mittagessen.

Es gab gebratene Makrelen mit Kartoffelsalat, und die Obergroßmutter war so sanft wie ein Lamm. Sie sagte kein Wort mehr über den Pudding, sondern fragte nur, wo die Kiefernbretter mit den neuen Abc-Gedichten wären.

„Wir haben heute Gedichte aus dem Kopf hergesagt", brummte mein Urgroßvater, denn er glaubte felsenfest, dass meine Obergroßmutter nichts von Poesie verstünde.

„Nach dem Essen dichten wir wieder auf Holz", sagte ich,

um sie zu versöhnen. „Dann bringen wir dir die Gedichte ins Haus!"

„Schon gut, ist nicht so wichtig", sagte die Obergroßmutter. Aber es kam mir vor, als ob es ihr heimlich doch wichtig wäre.

Der Urgroßvater war nach dem Essen nicht so recht aufgelegt zum Dichten. Er hatte nämlich fünf Makrelen gegessen. Aber mir zuliebe ging er mit hinauf zur Ledernen Lisbeth in die Drechselwerkstatt, nahm sich ein Kiefernbrett und einen Zimmermannsbleistift und ließ sich schwerfällig auf den Hobelspänen nieder.

„Zu richtigen Abc-Gedichten habe ich keine Lust", sagte er. „Wie wäre es mit Der-Die-Das-Gedichten? Die passen zu der Geschichte von den Wipp-Wapp-Häusern."

„Der-Die-Das-Gedichte sind zu leicht, Urgroßvater! Aber Ich-Du-Er-Sie-Es-Gedichte sind hübsch."

„Einverstanden, Boy! Ich mache ein Gedicht, in dem die erste Strophe mit *ich bin* anfängt, die zweite mit *du bist*, die dritte mit *er ist* und so weiter."

„Dann schreibe ich ein Gedicht, in dem die erste Strophe mit *ich habe* anfängt, Urgroßvater, die zweite mit *du hast*, die dritte mit *er hat* und so fort."

„Schön, Boy, wir sind uns einig."

Mein Urgroßvater kniff die Augen zusammen, schob die Unterlippe vor, und ich tat wahrscheinlich dasselbe, denn ich hatte auch einen Einfall.

Leider dichtet man mit gebratenen Makrelen im Bauch sehr langsam. Erst nach drei Stunden hatten wir es geschafft und diesmal war ich sogar eher fertig als mein Urgroßvater.

Wir knobelten, wer zuerst anfangen sollte. Mein Urgroßvater hatte „Schere", und ich hatte „Papier". Also war er als Erster an der Reihe. Er hielt das Kiefernbrett etwas von sich ab und las mir von den Hobelspänen aus sein Ich-Du-Er-Sie-Es-Gedicht vor:

Der Kaiser Kasimir

Ich bin der Kaiser Kasimir
Mit meiner Kaiserkrone.
Ich sitz als einzger Kaiser hier
Auf meinem Kaiserthrone.

Du bist der Kaiser Kasimir
Mit deinem Kaiserpudel.
Du trinkst das starke Kaiserbier
Und futterst Kaiserstrudel.

Er ist der Kaiser Kasimir.
Sein Rock ist kaiserblaue.
Nun geht er durch die Kaisertür
Zu seiner Kaiserfraue.

Sie ist die schöne Kaiserin
Im Kaiserinnen-Stübchen.
Sie reicht dem Kaiser freundlich hin
Ihr muntres Kaiser-Bübchen.

Es ist das Kasi-Kaiserlein,
Das runde Kaiserbenglein.
Es leuchten rot und kaiserklein
Die Kasi-Kaiser-Wänglein.

Wir sind die Herrn im Lande des
Gewaltgen Kaiser-Reiches.
Wir wohnen an dem Strande des
Berühmten Kaiser-Teiches.

Ihr seid die Herren auf dem Thron
In unserm Kaiser-Ländchen.
Doch gebt ihr oft die Kaiserkron
Dem Kaiserlein ins Händchen.

Sie sind verliebt ins Kaiserlein.
Sie krönen (sagt ein Weiser)
Das runde Kasi-Kaiserlein
Wahrscheinlich bald zum Kaiser.

„Ein komisches Gedicht, Urgroßvater!“, sagte ich.

„Und weißt du, warum es komisch ist, Boy? Weil man sich dabei immer eine andere Maske aufsetzen muss. Wie im Theater.“

„Das verstehe ich nicht, Urgroßvater.“

„Die Sache ist so, Boy: Wenn man in meinem Gedicht *ich* sagt, dann ist man der Kaiser selber und trägt eine Krone.“

„Klar, Urgroßvater!“

„Wenn man *du* sagt, ist man jemand, der den Kaiser duzen darf, zum Beispiel sein Bruder, der Herzog.“

„Ah, jetzt verstehe ich, was du meinst, Urgroßvater! Wenn man *er* sagt, dann steht man dem Kaiser ferner, kennt ihn aber doch, wie zum Beispiel ein Diener.“

„Stimmt, Boy! Aber jetzt lies du dein Gedicht bitte vor!“

Da stand ich auf, stellte mich ordentlich hin, machte eine Verbeugung und las von dem Kiefernbrett mein Gedicht ab:

Der törichte Star

Ich habe zu Haus einen richtigen Star.
Du hast keine Ahnung, wie töricht der war:
Er hat voll Erstaunen auf Trinchen geschaut.
Sie hat nämlich Häuser aus Klötzchen gebaut.
Es hat ihn erstaunt und gewundert. Ganz klar:

Wir haben ja viel mehr Verstand als ein Star.
Ihr habt das wohl selber schon einmal erkannt:
Sie haben als Stare halt Starenverstand.
Sie haben (und damit erklär ich es mir),
Sie haben halt kleinere Köpfe als wir.

„Das hast du fabelhaft hingekriegt!“, sagte mein Urgroßvater voller Bewunderung. „Aber das mit den großen und kleinen Köpfen, Boy, das ist so eine Sache. Sieh mal, der klügste Mann der ganzen Insel, der Doktor Schlump, hat einen kleinen Kopf. Und der dümmste Mann, nämlich Eier-Hein, hat einen großen Wasserkopf.“

„Aber das mit den Köpfen habe ich doch nicht ernst gemeint, Urgroßvater“, rief ich. „Das hab ich nur zum Spaß gereimt!“

„Entschuldige, Boy! Spaßmachen ist nicht verboten.“

Plötzlich pfiff jemand schrill von der Straße herauf und rief: „Hallo, Boy!“

Das war die Stimme von Jonny Flöter. Er kam gleich darauf in die Hummerbude, kletterte die Leiter herauf und sagte zu meinem Urgroßvater, ich hätte versprochen, heute Krebs-Wettläufe mit ihm zu machen.

„Was man versprochen hat, muss man halten“, meinte mein Urgroßvater, und so ging ich mit Jonny Flöter hinaus. Ich tat es ganz gern, denn Krebs-Wettläufe sind nach dem anstrengenden Dichten eine Erholung. Ich nahm die beiden Kiefernbretter, brachte sie zur Obergroßmutter hinüber ins Haus und stapfte dann mit Jonny Flöter gegen den Wind hinunter zum Strand.

Jonny versuchte zu flöten, aber der Wind war so stark, dass er ihm jeden Ton gleich vom Munde riss. Übrigens konnte Jonny im Grunde nicht besser flöten als andere Jungen. Den Namen „Flöter“ hatte er von seinem Großvater Michel geerbt, der alle Nachmittage an der Landungsbrücke stand und Seemannslieder vor sich hin pfiff.

Am Fuße dieser Landungsbrücke, auf der Flöter-Michel *La Paloma* und *Der einsame Matrose* zu pfeifen pflegte, wollten Jonny und ich jetzt Krebs-Wettläufe veranstalten. Wir gingen gewöhnlich barfuß ins flache Wasser, suchten uns zwischen Seetang und Steinen Einsiedlerkrebse, die in Muscheln wohnen, und setzten sie auf irgendeinen Stein, der aus dem Wasser herausragte.

Die Einsiedlerkrebse blieben zuerst verschüchtert in ihren Häusern sitzen, aber plötzlich fingen die buntgestreiften Muschelhäuser sich zu bewegen an, ein paar dünne rote Beinchen mit feinen Haaren tasteten sich unter den Muschelschalen vor, und dann kroch der Krebs mit dem Häuschen auf dem Rücken über den Stein, bis er an einer Stelle über den Rand des Steines hinüberkroch und sich ins Meer fallen ließ. Derjenige, dessen Krebse zuerst ins Wasser geplumpst waren, hatte gewonnen.

Meistens gewann Jonny Flöter, weil er sich die Krebse sorgfältig aussuchte. Ich dagegen nahm mir immer die ersten Besten und hatte daher oft einen dummen Krebs dabei, der den Rand des Steines nicht zu finden vermochte.

Leider konnten wir an diesem stürmischen Tage keine Krebs-Wettläufe machen, denn die Brandung am Strand war gewaltig. Hohe Wellen wälzten sich heran, brachen am flachen Ufer in schneeweißen Schaum auseinander, gischteten schäumend den Strand hinauf, warfen Seetang, Flaschen, Holzstückchen und tote Fische an den Strand, leckten zurück und brachen aufs Neue vor.

Das war kein Wetter für Krebs-Wettläufe. Außerdem pustete der Seewind uns durch sämtliche Jacken und Pullover, sodass wir uns bald in unser Hummerboot, die *Lederne Lisbeth*, verkrochen und „Schiffbruch“ spielten. Wir taten so, als ob wir in einem Rettungsboot auf stürmischem Meere trieben. Jonny führte das Steuer und ich musste die Passagiere trösten. Es war eine gefährliche Reise, auf der wir von Haien und Schwertfischen bedroht wurden. Ich musste immerzu rufen: „Halten Sie sich ruhig, meine Herrschaften!“ Und Jonny hatte es am Steuer auch nicht leicht.

Aber als es dunkel wurde, erreichten wir endlich das rettende Ufer. Wir kämpften uns durch die Brandung und holten unter Lebensgefahr eine Millionärin aus dem Wasser, die in der Brandung von Bord gefallen war. Dafür schenkte sie uns eine Hutschachtel voller Brillanten und außerdem bekam jeder von uns einen goldenen Orden, den Jonny mit seinem Taschenmesser aus einem angetriebenen Tienerkorken schnitzte.

Als ich zum Abendessen nach Hause kam und meiner Obergroßmutter den Orden zeigte, sagte sie nur: „Igittigitt“, denn leider war an dem Korken ein bisschen Teer. Aber mein Urgroßvater lobte Jonny und mich, weil wir eine Millionärin aus der Brandung gerettet hatten. Nur über die Hutschachtel mit den Brillanten war er furchtbar entrüstet.

„Hutschachteln mit Brillanten“, rief er, „gehören nicht in ein Rettungsboot! In so einem Boot ist jeder Platz kostbar! Da gehören Wasserbehälter, Kisten mit Schiffszwieback und Ersatzruder hinein. Das sind Kostbarkeiten für Schiffbrüchige. Brillanten gehören über Bord! Sie sind sinnloser Ballast!“ Mein Urgroßvater war richtig zornig über die Brillanten.

Aber meine Obergroßmutter schüttelte den Kopf und sagte spitz: „Ihr redet, als ob ihr soeben von der Nordsee angespült worden wäret. Mit solchen Gedanken spielt man nicht. Denkt lieber an unseren Motorkutter. Wer weiß, ob er jetzt nicht auf See ist. Und nun, marsch, ins Bett mit euch! Die Seemannskalender liegen im Wohnzimmer.“

Gehorsam verließen mein Urgroßvater und ich die Küche, holten uns jeder zwei Seemannskalender und gingen hinauf in unsere Kammern, in denen es sehr gemütlich war, weil draußen der Wind heulte und die Fensterläden klapperten.

Als ich schon im Bett lag und die Geschichte von einem Matrosen las, der die Seehundssprache redete, hörte ich vom Flur her leise Schritte. Dann quietschte die Kammertür und herein schlich mein Urgroßvater mit einem Kiefernbrett.

„Boy“, sagte er, „ich habe heute Nachmittag noch ein sehr schweres Gedicht verfasst. Willst du es hören?“

„Natürlich! Ist es ein Ich-Du-Er-Sie-Es-Gedicht?“

„Selbstredend, Boy! Es ist die ganze Ich-Du-Er-Sie-Es-Weisheit in sechs Zeilen. Hör zu!“

Mein Urgroßvater räusperte sich und sagte dann das kurze Gedicht auf:

Ich bin der Kaiser,
Und *Du* bist mein Freund.
Er, Sie und *Es* sind Bekannte.
Wir sind die erste Familie im Land.
Ihr gebt uns herzlich als Freunde die Hand.
Sie sind nicht Onkel noch Tante.

„Na, Boy, wie findest du das Gedicht?“, fragte mein Urgroßvater und lehnte sich stolz auf sein Kiefernbrett.

Ich sagte, es wäre kurz und treffend. Und das freute ihn. Dann sagte er gute Nacht und schlich mit dem Kiefernbrett wieder hinaus.

Aber leider, leider hatte die Obergroßmutter etwas gemerkt. Ich hörte sie die Treppe heraufpoltern und ganz fürchterlich schimpfen. „Fangt ihr auch noch in der Nacht das Dichten an?“, rief sie. „Ihr seid wohl nicht bei Trost? Solche Künstlerallüren gibt's in meinem Haus nicht, verstanden? Wir sind einfache Leute mit einem Motorkutter und keine Larifaris und Tuttifruttis!“

„O Margaretha“, stöhnte mein Urgroßvater. „Benutze keine Fremdwörter! Du verstehst sie doch nicht!“

Aber diese Bemerkung war nur Wasser auf die Redemühle meiner Obergroßmutter. „Tuttifruttis seid ihr!“, wiederholte sie. „Larifaris! Ich weiß schon, was ich rede! Und jetzt her mit dem Kiefernbrett und marsch ins Bett!“

Ich hörte meinen Urgroßvater davonschlurfen und so machte ich schnell das Licht aus und tat, als ob ich schliefe.

Die Obergroßmutter steckte aber nur kurz den Kopf zur Tür herein, sagte „Gute Nacht“ und ging dann hinunter in ihr eigenes Schlafzimmer.

Ich aber schlief bald ein, ohne die Geschichte von dem Matrosen, der die Seehundssprache redete, zu Ende gelesen zu haben.

Der vierte Tag, an dem mein Obergroßvater, meine Onkel Harry und Jasper und vier Goldfische vorgestellt werden. Lässt heftig vermuten, dass die Obergroßmutter heimlich dichtet. Berichtet freudig von der Ankunft unseres Motorkutters und lehrt zwischendurch und nebenbei, dass kleine Wörter ebenso wichtig wie große und dass Seeleute gewaltige Schlemmer sind.

Der Wind war am nächsten Morgen schwächer als am Vortag. Zwar hörte ich, als ich die Fenster öffnete, die Brandung an den Strand schlagen, aber die Fensterläden klapperten kein bisschen mehr, und unten in der Trafalgarstraße sah ich Spatzen herumhüpfen. Also war der Wind schwach.

Die Obergroßmutter nannte uns beim Frühstück weder Tuttifruttis noch Larifaris, sondern sagte nur: „Das Ich-Du-Er-Sie-Es-Gedicht steht im Flur."

Da zwinkerte mein Urgroßvater mir zu. Das bedeutete: Die Luft ist rein.

Als wir Schals umgebunden und Mützen aufgesetzt hatten, um über die Straße zu gehen, nahm mein Urgroßvater das Kiefernbrett mit dem Er-Sie-Es-Gedicht unter den Arm und ich holte einen Seemannskalender. Aber mein Urgroßvater fragte: „Was willst du mit dem Seemannskalender?"

„Ich will dir die Geschichte von dem Matrosen vorlesen, der die Seehundssprache spricht, Urgroßvater."

„Das ist an sich lobenswert, Boy, aber die Unterschiede der Sprachen kommen noch nicht dran. Außerdem will ich dir dazu eine andere Geschichte erzählen. Die ist schöner als die Matrosengeschichte. Lass das Buch da und komm!"

Da brachte ich den Seemannskalender ins Wohnzimmer zurück.

Wir gingen über die Straße, in der drei Spatzen schimpfend aufflogen, und kletterten in der Hummerbude hinauf zur Ledernen Lisbeth. Mein Urgroßvater wollte gerade sein Kiefernbrett zu den anderen Gedichten auf Holz stellen, als er plötzlich die Augen zusammenkniff, das Brett näher betrachtete und mich dann fragend ansah: „Gibst du meinen Gedichten etwa Zensuren, Boy?"

„Nein, Urgroßvater, wieso?"

„Hier unter dem Gedicht steht eine Zwei-bis-drei."

„Aha! Die Obergroßmutter!", rief ich triumphierend.

„Was soll das heißen, Boy?“

„Ich hab mir immer schon gedacht, dass die Obergroßmutter sich heimlich mit Gedichten beschäftigt, Urgroßvater.“

„Du liebe Güte!“, rief mein Urgroßvater mit ehrlichem Entsetzen. „Was sind das für Gedanken, Boy! Wenn deine Obergroßmutter dichtet, das ist, als ob ein Fisch fliegen wollte.“

„Es gibt ja auch fliegende Fische, Urgroßvater.“

„Schon, schon, Boy. Aber deine Obergroßmutter ist bestimmt kein fliegender Fisch. Dann schon eher deine Untergroßmutter. Der würde ich es zutrauen.“

„Großer Irrtum, Urgroßvater. Die Untergroßmutter hat riesige Angst vor dem Dichten. Weißt du, sie ist sehr lustig und nett. Aber nachdenken mag sie gar nicht gern. Die Obergroßmutter ist nicht so lustig, aber sie denkt mehr nach.“

Mein Urgroßvater sah mich erstaunt an und brummte: „Was es doch für kluge Knirpse gibt!“

Dann lenkte er von dem Gespräch ab und untersuchte die anderen Kiefernbretter nach Zensuren. Tatsächlich stand unter jedem Gedicht eine Zahl. Ich hatte für den „Törichten Star“ eine Eins bekommen und mein Urgroßvater für sein Gedicht „Die unberechenbare Yacht“ auch eine Eins. Sonst gab es meistens Zweien und manchmal eine Zwei-bis-drei.

„Wenn die Zensuren wirklich von deiner Obergroßmutter stammen, Boy, dann versteht sie etwas vom Dichten. Aber ich glaub's nicht, ich glaub's nicht!“

„Ich werde es dir schon beweisen, Urgroßvater.“

„Meinetwegen, Boy, ich lasse mich gern belehren. Ich bin ja erst vierundachtzig und kann noch eine Menge lernen.“

Während er sprach, holte mein Urgroßvater hinter dem Werkzeugschrank bemalte längliche Holztafeln in den verschiedensten Formen hervor und lehnte sie an die Hobelbank. Es waren Schilder mit Schiffsnamen, wie man sie früher außen am Bug der Schiffe angebracht hatte.

„Wo hast du denn die her, Urgroßvater?“

„Diese Namensschilder habe ich selbst geschnitzt und bemalt, Boy. Aber es sind keine Fantasietafeln. Ich habe sie richtigen Bugtafeln nachgemacht, als ich in Hamburg Schiffsjunge war. Mit diesen Schildern will ich dir die Geschichte deines Großonkels Arnold Rickmers erzählen."

„Ist das Onkel Arnold, der Hafenkapitän von Hamburg war, Urgroßvater?"

„Jawohl, Boy, diesen Onkel Arnold meine ich. Der hat nämlich auch was von der Sprache verstanden."

Mein Urgroßvater zog das letzte Schild hinter dem Schrank hervor, das sehr lang war und den Schiffsnamen *Die Hamburgische Bürgerschaft* trug.

„So", sagte er. „Jetzt kann ich mit der Geschichte von Onkel Arnold beginnen. Setz dich auf die Hobelspäne, damit ich dir die Schilder besser zeigen kann. Wegen dieser Schilder will ich dir ausnahmsweise einmal hier oben eine Geschichte erzählen."

Ich setzte mich voller Spannung auf den weichen Spänehaufen und mein Urgroßvater erzählte mir mit Hilfe der Schiffstafeln die Geschichte:

Der lustige Hafenkapitän

Ein Hafenkapitän ist eine bedeutende Persönlichkeit. Wenn er gar Kapitän des gewaltigen Hamburger Hafens ist, darf man ihn ohne Zögern einen großen Mann nennen. Viele ehemalige Hafenkapitäne der Stadt Hamburg leben heute noch im Munde der Leute. Aber keiner unter ihnen lebt so fest im Gedächtnis der Hamburger fort wie Kapitän Arnold Rickmers.

Er war ursprünglich Kapitän zur See und fuhr meistens die Route zwischen Hamburg und Südamerika. Aber eines Tages, als sein Dampfer in einen Hurrikan geriet, verlor er durch einen niederstürzenden Mast sein linkes Bein und konnte nun nicht mehr als Kapitän auf große Fahrt gehen. Da er aber ein ausgezeichneter Seemann und in allen Fragen der Schifffahrt wohlbeschlagen war, machte man ihn in seinem fünfzigsten Jahr zum Kapitän des großen Hamburger Hafens.

Seine Frau Theodora, die er einfach Theo nannte, war über die neue Stellung ihres Mannes sehr froh, denn sie meinte, nun werde der Kapitän viel öfter daheim sein als früher. Aber leider irrte sie sich. Denn früher, als der Kapitän nach jeder Reise mehrere Wochen Urlaub bekam, hatte sie ihn immer ganz für sich gehabt. Jetzt aber war er ewig im Hafen und mehr als einmal seufzte sie: „Nun hast du zwei Frauen, Arnold, den Hafen und mich, und ich glaube fast, dass du den Hafen am liebsten hast!“

Natürlich sagte der Kapitän, das sei Unsinn. Einen großen Hafen zu leiten, erfordere eben mehr Zeit und Mühe, als eine Küche in Ordnung zu halten. Da gäbe es die Molen mit den Kränen und Lagerhäusern und die Fährboote und die Flussdampfer. Und dann seien da vor allem die großen in- und ausländischen Schiffe, die von den Schleppdampfern herein- und hinausbugsiert werden müssten. Außerdem habe er sich um die Pässe der fremden Seeleute zu kümmern und um die verwickelten Zollgelder.

„Das alles liegt in meiner Hand“, sagte der Kapitän nicht ohne Stolz, und dann zeigte er seiner Frau die Liste mit den großen Schiffen, die am nächsten Tage im Hamburger Hafen erwartet wurden. Es handelte sich um den französischen Passagierdampfer *Napoleon*, um zwei Schiffe, welche die Nordseeinseln befuhren, nämlich die *Königin Luise* und den *Glückauf*, und um den großen Seenot-Dampfer *Sturm*.

Die Frau des Kapitäns lachte, als sie die Liste sah, und sagte:

„Aus diesen Dampfernamen kann man ja einen richtigen Satz bilden.“

„Wieso?“, fragte Kapitän Rickmers.

„Nun“, antwortete Theo, seine Frau, „wenn man die Namen etwas anders stellt, dann kann man sagen: Sturm gegen Napoleon! Glückauf für Königin Luise!“

Dieser Gedanke belustigte den Hafenkapitän, denn er war in dem Alter, in dem die Männer wieder anfangen, Märchen zu lesen und drollige Spiele zu spielen.

„Weißt du, Theo“, sagte er, „wenn die Schiffe zur gleichen Zeit kommen, könnte ich sie wirklich so dirigieren, dass sie diesen Satz bilden. Aber wo kriege ich die anderen Wörter her? Es gibt kein Schiff, das *gegen* oder *für* heißt.“

„Vielleicht kann man die kleinen Schleppdampfer so nennen“, sagte seine Frau. „Die flitzen doch zwischen den gro-

ßen Dampfern im Hafen herum wie im Satz die kleinen Wörter zwischen den großen."

„Was du für komische Ideen hast", sagte der Kapitän, und dann sprach er von etwas anderem.

Aber am nächsten Tage, als er von seinem Glasturm aus den Hamburger Hafen überblickte und die Schiffe *Sturm, Napoleon, Glückauf* und *Königin Luise* nacheinander in den Hafen

einlaufen sah, da dachte er an den Einfall seiner Frau, und die ganze folgende Woche hindurch ertappte er sich immer wieder dabei, wie er aus den Namen einlaufender Schiffe Sätze zu bilden versuchte.

Als die Hamburger Schiffe *Ahoi, Hurra* und *Bürgermeister Roß* an die Molen bugsiert wurden, murmelte der Hafenkapitän: „Ahoi und Hurra für Bürgermeister Roß!"

Als die Feuerschiffe *Nacht* und *Licht* zur Reparatur eingeschleppt wurden, da sagte er mitten in einer wichtigen Unter-

redung: „Durch Nacht zum Licht!“ Die Reeder, mit denen er sich gerade unterhielt, staunten und wussten nicht, was das bedeuten sollte.

Langsam wurde das Sätze-Bilden zur fixen Idee bei ihm, und das Spaßige war, dass er das gesamte Personal des Hamburger Hafens allmählich damit ansteckte. Als die großen Hebeschiffe *Kraft, Macht, Wille* eines Tages auf der Werft repariert wurden, da riefen die Dockarbeiter lachend: „Wille macht Kraft!“

Als die Passagierdampfer *Rio, Stern, Strahl* und *Odessa* an der Hamburger Zollmole festmachten, da sagten die Zollbeamten schmunzelnd: „Stern von Rio, strahl für Odessa!“

Als die Küstendampfer *Essen, Bürger von Hamburg, Aal, Rosinchen* und *Schwarzbrot* in Hamburg-Altona einliefen, riefen die Arbeiter in den Lagerhäusern: „Alle Bürger von Hamburg essen Aal mit Schwarzbrot und Rosinchen.“

Mit der Zeit wurde die ganze Stadt Hamburg von diesem Sätze-Bilden angesteckt, und nie wurden die Seefahrtsspalten in den Zeitungen der Stadt so genau gelesen wie in dieser Zeit, denn jeder Hans und Franz versuchte, aus den Namen der einlaufenden Schiffe einen Satz zu bilden.

Nun sollte eines Tages eine Serie von neuen Schleppdampfern vom Stapel gelassen werden. Alles war für den Stapellauf vorbereitet. Nur die Namen der kleinen weißen Dampfer standen noch nicht fest. Man wusste nicht, ob man ihnen Städtenamen, Blumennamen oder Fischnamen geben sollte, und man fragte daher alle möglichen Leute nach ihrer Meinung. Unter anderem fragte man auch den Hafenkapitän Arnold Rickmers. Da fiel dem Kapitän der Vorschlag seiner Frau wieder ein.

„Meine Herren“, sagte er deshalb, „Sie wissen, dass unsere ganze Stadt sich seit vierzehn Tagen den Spaß macht, aus den Namen der einfahrenden Dampfer richtige Sätze zusammenzustellen. Sie wissen auch, dass man die auswärtigen Besucher, die eine Hafenrundfahrt machen, mit den gelungensten Sätzen unterhält. Machen Sie doch den Leuten das Vergnügen, ihnen das Satz-Bilden zu erleichtern. Nennen Sie Ihre Schleppdampfer *mit, nach, von, zu, bei* oder *durch, für, ohne, um*. Das wird eine Attraktion für unseren Hafen sein."

Die Herren von der Schleppdampfer-Reederei machten verdutzte Gesichter. Aber dann fingen sie fürchterlich zu lachen an, und weil sie alle in dem Alter waren, in dem Männer wieder anfangen, Märchen zu lesen und drollige Spiele zu spielen, nahmen sie allen Ernstes den Vorschlag des Kapitäns an.

Am Tage der Schiffstaufe stand wie gewöhnlich die halbe Stadt am Hafen. Es gab umsonst Bier, Knackwürste und Hamburger Aalsuppe und es war alles genauso wie sonst bei Stapelläufen. Nur die eigentliche Schiffstaufe war für alle Fahrgäste eine gewaltige Überraschung.

Als Theo, die Frau des Hafenkapitäns, eine Sektflasche am Bug des ersten Schleppdampfers zerschellte und mit lauter Stimme rief: „Ich taufe dich auf den Namen *durch*", da begann man sich schon zu wundern. Als Frau Theodora Rickmers aber die anderen Namen nannte und nacheinander rief: „Ich taufe dich auf den Namen *und*, ich taufe dich auf den Namen *ohne*, ich taufe dich auf den Namen *am*", da sahen die Leute sich untereinander an und sagten auf gut Hamburgisch: „Dascha 'ne komische Taufe, nöch?"

Einige Leute aber begriffen schon, warum die Schlepper so absonderliche Namen erhielten, und diese Leute gingen nun alle Tage zum Hafen, um die einlaufenden Schiffe genau zu beobachten.

Und am vierten Tage nach dem Stapellauf wurde ihr täglicher Gang zum Hafen belohnt. Da wurden nämlich nacheinander drei Schiffe von den neuen Schleppdampfern in den Hafen bugsiert. Das erste war ein schweizerischer Handelsdampfer, der nach dem Kurort *Brunnen* benannt war, das zweite Schiff, das von zwei Schleppdampfern gezogen wurde, war der norwegische Öltanker *Tore Dastedt*, und das dritte Schiff hieß *Zitronenbaum* und kam aus Genua zurück. Für diese drei Schiffe hatte der Hafenkapitän die Schleppdampfer *am, vor, dem* und *ein* abkommandiert. Wenn man also die Schiffsnamen nacheinander las (und das tat man von den Molen aus fleißig mit großen Ferngläsern), dann las man:

Am Brunnen vor dem
Tore da stedt ein Zitronenbaum

„Oschemine", lachten die Leute mit den Ferngläsern, „dascha'n nüdlicher Satz, nöch?" Und dann gaben sie die Ferngläser ihren Bekannten und sangen aus vollem Halse: „Am Brunnen vor dem Tore, da steht ein Zitronenbaum!"

Das „Hamburger Morgenblatt" druckte diesen Satz am nächsten Tage auf seiner ersten Seite ab und schrieb dazu, der Einfall des Herrn Hafenkapitäns Arnold Rickmers sei ganz „exquisit", und das Sätze-Bilden mit einfahrenden Schiffen werde gewiss viele auswärtige Gäste in die schöne Stadt Hamburg locken.

Kapitän Rickmers, der sich über das Lob der Zeitung freute, kam jetzt oft früher nach Hause als gewöhnlich und besprach mit seiner Frau die Liste der Schiffe, die für den nächsten Tag im Hamburger Hafen erwartet wurden. Fast alle Tage brachte er auf diese Weise einen Satz zustande. Zwar waren nicht alle Sätze so hübsch wie der vom ersten Tag, aber es gab doch immer wieder lustige Überraschungen, und es verging kein Tag, an dem auf den Molen und Anlegebrücken des Hafens nicht wenigstens sechs Dutzend Leute mit Ferngläsern standen und die einfahrenden Schiffe beobachteten. Ja, es kam soweit, dass einige Hotels im Hafen Schilder heraus hängten, auf denen zu

lesen stand: „Zimmer mit Blick auf hereinkommende Schiffe. Ferngläser können gemietet werden."

An einem Sonntag im Frühjahr, als Hunderte von Bürgern zum Hafen gepilgert waren, gelang dem Hafenkapitän sogar ein kleiner Vers. Da las man nämlich:

Der Suppentopf von Amsterdam
macht jede Jungfrau
frisch und stramm

Diesen kleinen Spruch fanden die Hamburger so drollig, dass sie die langsam einfahrende Reihe der Dampfer und Schleppdampferchen mit Jubelgeschrei begrüßten. Als sich gar der Hafenkapitän im zweiten Stockwerk seines Glasturmes sehen ließ, winkten sie ihm begeistert zu und klatschten im Takt in die Hände. Das „Morgenblatt" schrieb darüber am nächsten Tag einen Artikel mit der Überschrift: „Hamburg feiert seinen Hafenkapitän."

Die Sätze, die Kapitän Rickmers mit Schiffen und Schleppdampfern bildete, gehörten bald zu den Sehenswürdigkeiten Hamburgs, und oft wurden ihm sogar Schiffe zur Verfü-

gung gestellt, damit er für besondere Gäste einen besonderen Spruch zusammenstellen konnte.

Der Kapitän und seine Frau bewiesen dabei viel Talent. Zum Beispiel dichteten sie eines Tages, als 120 Professoren für die griechische Sprache eine Hafenrundfahrt machten, einen echt griechischen Vers, einen so genannten Hexameter – und zwar nur aus Dampfernamen. Sie brauchten dafür nicht einmal Schleppdampfer zur Aushilfe. Sie holten sich nämlich den Erzdampfer *Wasmut*, das Forschungsschiff *Wissen* und die beiden griechischen Luxusdampfer *Isthmus von Korinth* und *Der Streiter Leonidas*.

Dann ließen sie die Schiffe in folgender Reihenfolge hintereinanderfahren:

Wasmut Isthmus von Korinth
der Streiter Leonidas Wissen

Die Professoren lasen mehrere Male nacheinander die Schiffsnamen, fanden aber keinen Sinn darin. Der allerjüngste Professor nahm endlich kopfschüttelnd seine Brille ab und sagte

mit lauter Stimme und erhobenem Zeigefinger: „Dies ist kein Satz! Dies ist ein Unsinn!“

„Irrtum, Herr Kollege!“, antwortete der älteste Professor mit leiser Stimme. „Dies ist ein Hexameter! Er hat nur leider am Anfang eine unbetonte Silbe.“

Da lasen sämtliche Professoren noch einmal der Reihe nach die Schiffsnamen, und nach einer Weile merkten sie, dass der alte Kollege Recht hatte, und sie sagten im Chor und mit griechischer Betonung den Hexameter auf:

„Was Mut ist, muss von Korinth der Streiter Leonidas wissen.“

Der junge Professor, der diesen vortrefflichen Hexameter einen Unsinn genannt hatte, entschuldigte sich bei seinem Kollegen und sorgte später dafür, dass der Hafenkapitän Arnold Rickmers die Plakette *Pro Hellas* bekam, die nur einmal im Jahr verliehen wird und deren Inschrift auf deutsch *Für Griechenland* heißt.

Kapitän Rickmers erhielt im Laufe seiner Tätigkeit noch viele Orden und Plaketten, er wurde außerdem Ehrenbürger von Hamburg und Amsterdam und Mitglied der „Gesellschaft für die deutsche Sprache“.

Trotzdem sollte niemand denken, dass er über dem Sätze-Bilden seine Pflichten als Hafenkapitän vernachlässigt hätte. Er war im Dienst pünktlich und gewissenhaft und ließ manchmal sogar die schönsten Gelegenheiten zum Sätze-Bilden aus, weil er sich mit wichtigeren Dingen zu befassen hatte. Aber

zwischendurch stellte er immer wieder die allerhübschesten Sätze zusammen und brachte auf diese Weise fast alle Hamburger dazu, sich lebhafter als je zuvor mit ihrem Hafen zu beschäftigen.

Als Kapitän Rickmers sich mit 65 Jahren zur Ruhe setzte und das Amt des Hafenkapitäns einem jüngeren Manne übergab, da hieß der letzte Satz, den er aus Schiffsnamen bildete:

Der Hafen macht
voll Mut und Kraft
Die hamburgische Bürgerschaft

Die ganze Stadt Hamburg war traurig, als Kapitän Arnold Rickmers seinen Abschied nahm. Alle Zeitungen schrieben wehmütige Artikel über ihn und Bürgermeister und Senatoren machten ihm einen offiziellen Abschiedsbesuch, als er zum letzten Mal von seinem Turm aus den gewaltigen Hamburger Hafen regierte.

Der neue Hafenkapitän war ein ehrgeiziger jüngerer Mann, der für Spielereien keinen Sinn hatte und es durchsetzte, dass die 30 Schleppdampfer neue Namen bekamen und niemand mehr Sätze bilden konnte. So hießen die Schleppdampfer jetzt nicht mehr *mit, nach, von, zu, bei*, sondern *Pflicht, Treue, Ehre, Umsicht* und *Tatkraft.*

Die Schilder mit den alten Schiffsnamen aber bewahrte der „Verein der christlichen Seefahrer“ sorgfältig auf, und als Kapitän Rickmers mit seiner Frau Theodora die goldene Hochzeit feierte, da stellten die jungen Matrosen mehrere Schilder mit Dampfernamen im Garten vor dem Kapitänshause auf, und diese Bugschilder verkündeten:

Alla schütze Kapitän Rickmers
und die Seine
bis in Ewigkeit
Die hamburgische Bürgerschaft

Als der Kapitän im achtzigsten Jahre starb, folgten mehrere tausend Hamburger seinem Sarge, und sein Grab wurde mit Schiffsschildern geschmückt, die man auf einem abgelegenen Friedhof der Stadt Hamburg heute noch sehen kann. Man findet darauf den Grabspruch:

Hier unter diesem
Eichbaum ruht
ein Kapitän
der klug und gut

Mein Urgroßvater lehnte, als er die Geschichte erzählt hatte, die letzte Bugtafel an die Wand und sagte: „Jetzt hilf mir, die Schiffsschilder wieder hinter den Schrank zu stellen!“

Da stand ich von den Hobelspänen auf und schob die Schilder meinem Urgroßvater zu, der sie verstaute. Dabei unterhielten wir uns über Onkel Arnold und seine Sätze.

„Was meinst du wohl“, fragte mein Urgroßvater, „welchen Schleppdampfer Onkel Arnold am meisten gebraucht hat zum Sätze-Bilden?“

„Ich glaube, den Schleppdampfer *und*, Urgroßvater!“

„Stimmt haargenau! Wieso wusstest du das, Boy?“

„Weil unser Lehrer sagt, wir gebrauchen das Wörtchen *und* zu oft in unseren Aufsätzen!“

„Und was meinst du, warum gebraucht ihr es zu oft, Boy?“

„Es passt immer so schön!“

„Natürlich passt es immer. Und ich will dir sagen, warum: weil du mit dem Wörtchen *und* die verrücktesten Sachen zusammenstellen kannst. Du darfst ruhig sagen: Eine Krone und ein saurer Hering, oder: Eine Mücke und ein Rhinozeros, oder: Ein Regenschirm und sieben Hummer! Aber versuch dasselbe mit dem Wörtchen *oder.* Dann klingt es schon anders: Eine Krone oder ein saurer Hering, das sagt man fast nie, und: Ein Regenschirm oder sieben Hummer, das hat auch keinen Schick. Nur das Wörtchen *und* kann alles mit allem verbinden. Die anderen kleinen Wörter sind mehr Spezialisten. Die einen haben nur mit der Zeit zu tun, zum Beispiel die Wörter *während* oder *als*, die anderen haben mit dem Ort was zu tun, zum Beispiel die Wörtchen *da* oder *dort* oder *jenseits* oder *diesseits*, und wieder andere beschäftigen sich nur damit, den Grund von irgendetwas anzugeben.“

Mein Urgroßvater hatte nun das letzte Schild mit dem Namen *Eichbaum* hinter dem Schrank verstaut und richtete sich ächzend auf.

„In meinem Alter wird sogar das Bücken anstrengend“, sagte er. „Ich finde, wir setzen uns jetzt hin und dichten ein bisschen.“

„O ja, Urgroßvater! Vielleicht Gedichte über die verschiedenen Wörter, die es gibt.“

„Einverstanden, Boy“, sagte mein Urgroßvater, und schon holte er sich mit vorgeschobener Unterlippe und zusammengekniffenen Augen ein leeres Kiefernbrett. Ich wollte ihn in seinen Gedanken nicht stören und ging deshalb auf Zehenspitzen zu dem Stapel unbeschriebener Bretter. Aber plötzlich rief er: „Ich habe zwei Einfälle, Boy, einen für mich und einen für dich!“

„Was denn für welche, Urgroßvater?“

„Pass auf, Boy: Ich schreibe ein Gedicht über drei Länder. In dem einen darf man nur in Hauptwörtern sprechen, im anderen nur in Zeitwörtern, im dritten nur in Für- und Bindewörtern.“

„Das ist hübsch, Urgroßvater! Und was für ein Gedicht soll ich dichten?"

„Ein sehr langes, Boy! Du sollst dir einen Satz nehmen, zum Beispiel ‚Die Maus ist klein', und dann immer ein Wort dazutun, bis es zum Schluss einen langen Satz gibt."

„Aber das wird sich nicht reimen, Urgroßvater."

„Wenn du es klug anfängst, Boy, dann wirst du die Sache schon reimen können. Schreib ein Gedicht mit Frage und Antwort. Da kommen die Reime wie von selbst!"

„Also schön, Urgroßvater, ich will es versuchen."

Wir setzten uns jeder mit Kiefernbrett und Zimmermannsbleistift in eine Ecke und dichteten drauflos.

Zuerst ging es prächtig. Aber dann fing mein Gedicht an, schwierig zu werden. Und der Urgroßvater schien auch seine Schwierigkeiten zu haben. Er stand auf und ging hin und her, und als er merkte, dass auch ich stockte, stellte er sich plötzlich vor mich hin und sagte: „Boy, wir haben uns in unsere Gedichte verrannt, scheint mir. Wir sehen den Wald vor lauter Bäumen nicht mehr. Wie wäre es, wenn wir tauschten? Ich schreibe dein Gedicht zu Ende und du meines."

„Das ist eine lustige Idee, Urgroßvater. Ich bin einverstanden." Wir tauschten die Plätze, lasen jeder das Gedicht des anderen und dichteten es mit solchem Feuereifer zu Ende, dass wir in weniger als zehn Minuten fertig waren.

„Siehst du", sagte mein Urgroßvater, „beim Dichten darf man nicht angestrengt herumtüfteln, wie wir es nach der ersten Hälfte unserer Gedichte getan haben. Man muss immer ein bisschen spielen und Spaß dran haben, dann fließen die Verse."

„Wer soll anfangen?", fragte ich.

„Heute fängst du an, Boy!"

Da las ich unser Gemeinschaftsgedicht von den drei Abc-Ländchen vor:

Die Abc-Ländchen

In A-Land herrschte Adobrand
Der Kaiser aller Asen,
Die trugen Ringe an der Hand
Und gleichfalls in den Nasen.

Es gab im Reich von Adobrand
Rund hundertachtzig Orte.
Doch sprach man allerorts im Land
Nur großgeschriebne Worte.

Wenn's kalt war, sagte jeder: „Frost!"
Wenn's heiß war, rief man: „Hitze!"
Und nie rief jemand dort erbost:
„Ich friere!" und „Ich schwitze!"

In B-Land herrschte Berdomir,
Der König aller Bersen,
Die trugen Hüte aus Papier
Und Flügel an den Fersen.

Im Reich des Königs Berdomir
Gab's auch so manche Plagen,
Denn alle mussten alles hier
Mit einem Zeitwort sagen.

Wenn's kalt war, schrie man: „Frieren tut's!"
Wenn's heiß war, schrie man: „Schwitze!"
Und nie sprach jemand etwas Guts
Vom Frost und von der Hitze.

In C-Land herrschte Cerbofan,
Der Herzog aller Cerben,

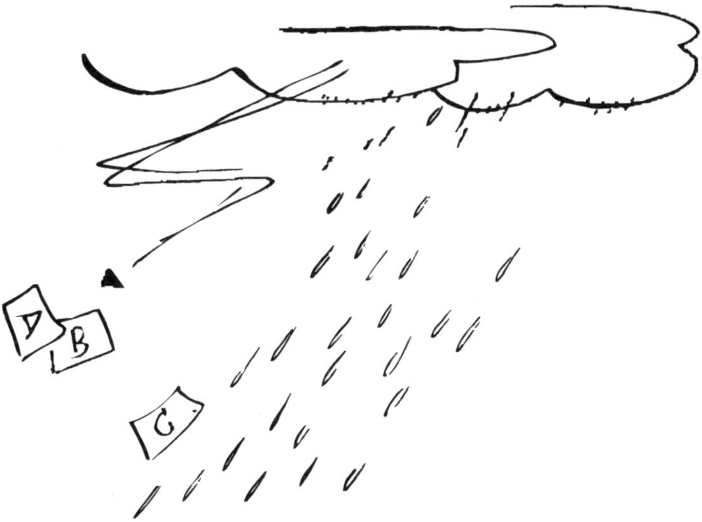

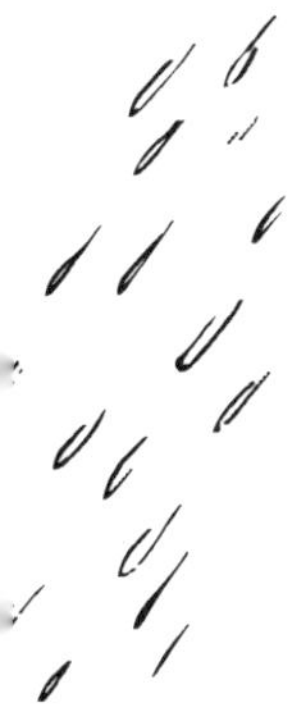

Die hatten immer Rollschuh an
Aus runden Marmorscherben.

Im Reich des Herzogs Cerbofan
Gab's viele, viele Pförtchen,
Drum sprach hier jeder Untertan
In Für- und Bindewörtchen.

Wenn's warm war, rief man: „Ich dafür!"
Wenn's kalt war: „Ich dagegen!"
Und niemals sprach man freundlich hier
Von Sonne, Wind und Regen.

An einem Tag im Monat Mai
Erging's den Leuten bitter.
Die kleinen Länder, alle drei,
Erlebten ein Gewitter.

Im A-Land schwollen Flüsse an,
Ins B-Land schlugen Blitze,
Im C-Land aber rollte man
Entsetzt durch manche Pfütze.

Und nach dem Sturm (wie sonderbar)
Fing alles an zu rennen.
Wo A- und B- und C-Land war,
Konnt niemand mehr erkennen.

Ins A-Land rannten Bersen nun,
Ins C-Land flohen Asen,
Und Cerben auf den Räderschuhn
Sah man durch B-Land rasen.

Man setzte seinen Stolz darein,
Die Grenzen zu verwischen
Und obendrein und obendrein
Die Sprachen zu vermischen.

Und plötzlich sprach man allerort
Verständlich, klug und zünftig
Mit Haupt-, Zeit-, Für- und Bindewort
Und redete vernünftig.

Und die Moral von der Geschicht
Für Asen, Bersen, Cerben:
Verschließt euch voreinander nicht,
Sonst bleibt ihr alle – Scherben!

„Das hast du vortrefflich zu Ende gebracht, Boy!“, sagte mein Urgroßvater. „Da braucht man gar keine Erklärungen zu geben, denn jedermann merkt sofort, dass alle Wörter im Satz wichtig sind, die kleinen wie die großen.“

„Jetzt lies mir aber vor, wie du mein Mausegedicht zu Ende gedichtet hast, Urgroßvater!“

„Sofort, Boy!“

Mein Urgroßvater hielt das Kiefernbrett etwas von sich ab, kniff die Augen zusammen und las:

Die Maus Kathrein

Ich kenne eine Maus.
Die Maus, die hat ein Haus.
Ihr fragt, wie mag das Häuschen sein?
Das Haus der Maus ist klein.

Ihr fragt mich, welche Maus
Wohnt in dem Mausehaus?
Es ist die Maus Kathrein.
Das Haus der Maus Kathrein ist klein.

Ihr fragt mich nun, woraus
Ist dieses Mausehaus?
Das Häuschen ist aus Stein.
Das Haus aus Stein
Der Maus Kathrein
Ist klein.

Ihr fragt, wie klein es sei?
Noch kleiner als ein Ei!
Das Haus aus Stein
Der Maus Kathrein
Ist winzig klein.

Ihr zweifelt wohl daran?
Dann schaut's euch selber an!
Das Haus aus Stein
Der Maus Kathrein
Ist wirklich winzig klein.

Ihr fragt mich, wo es steht?
Dort, wo kein Weg hingeht!
Es steht am Wiesenrain.
Das Haus aus Stein
Der Maus Kathrein
Am Wiesenrain
Ist wirklich winzig klein.

Ihr fragt mich sehr empört,
Ob ihr die Wies' gehört?
Nein, liebe Kinder, nein,
Sie ist vom Bauern Hein.

Das Haus aus Stein
Der Maus Kathrein
Am Wiesenrain
Des Bauern Hein
Ist wirklich winzig klein.

Ihr fragt mich nun sehr schlau,
Wo liegt das Haus genau?
Kurz hinterm Kilometerstein
Sechs Komma sieben neun.

Das Haus aus Stein
Der Maus Kathrein
Am Wiesenrain
Des Bauern Hein
Kurz hinterm Kilometerstein
Sechs Komma sieben neun
Ist wirklich winzig klein.

Ihr fragt, wie sieht das Häuschen aus?
Es ist ein kugelrundes Haus.

Das kugelrunde Haus aus Stein
Der Maus Kathrein
Am Wiesenrain
Des Bauern Hein
Kurz hinterm Kilometerstein
Sechs Komma sieben neun
Ist wirklich winzig klein.

Ihr fragt, wie sieht das Mäuschen aus?
So kugelrund als wie das Haus!
Das kugelrunde Haus aus Stein
Der kugelrunden Maus Kathrein
Am Wiesenrain
Des Bauern Hein
Kurz hinterm Kilometerstein
Sechs Komma sieben neun
Ist wirklich winzig klein.

Ihr fragt, ob ihr das Häuschen seht?
Gewiss, denn grad ist frisch gemäht.
Das kugelrunde Haus aus Stein
Der kugelrunden Maus Kathrein
Am frisch gemähten Wiesenrain
Des Bauern Hein
Kurz hinterm Kilometerstein
Sechs Komma sieben neun
Ist wirklich winzig klein.

Ihr fragt, wer mähte dort so fein?
Der kugelrunde Bauer Hein!
Das kugelrunde Haus aus Stein
Der kugelrunden Maus Kathrein
Am frisch gemähten Wiesenrain
Des kugelrunden Bauern Hein
Kurz hinterm Kilometerstein
Sechs Komma sieben neun
Ist wirklich winzig klein.

Jetzt geht mit mir hinaus!
Da seht, da steht das Haus!
Jetzt, Kinder, werdet ihr gefragt,
Was ihr zu diesem Häuschen sagt.
’s ist wirklich winzig klein,
Das kugelrunde Haus aus Stein

Der kugelrunden Maus Kathrein
Am frisch gemähten Wiesenrain
Des kugelrunden Bauern Hein
Kurz hinterm Kilometerstein
Sechs Komma sieben neun.

„Ojemine, Urgroßvater!“, schrie ich. „Der Satz ist ja so lang geworden wie eine Seeschlange.“

„Und dabei ist es immer noch ein einfacher Satz, Boy. Ich meine, da sind keine Nebensätze drin. Aber, im Vertrauen gesagt, Boy: So lange Sätze soll man in einer Geschichte nicht schreiben. Das ist, als ob man ein kleines Ruderboot mit der Fracht für einen großen Dampfer belädt. Das hat keinen Schick! Wie viel Uhr ist es?“

„Gleich zwölf, Urgroßvater.“

„Zeit zum Mittagessen, Boy! Nimm dein Kiefernbrett! Wir gehen über die Straße.“

Drüben im Haus der Obergroßmutter roch es nach Erbsensuppe, was mir gar nicht gefiel. Denn ich mag keine Erbsensuppe. Ich ging mit den beiden Kiefernbrettern in die Küche, lehnte sie an die Anrichte und schnüffelte unlustig am Herd herum. Dabei entdeckte ich, dass es zum Nachtisch rote Grütze gab, und das versöhnte mich ein bisschen.

Die Obergroßmutter fragte über die Schulter, was wir für Gedichte geschrieben hätten, und ich erzählte ihr, dass wir zu zweit gedichtet hätten, einer hätte den Anfang und der andere das Ende gedichtet.

„Ja, geht denn das?“, fragte die Obergroßmutter, während sie in der Erbsensuppe rührte.

„Es geht sogar sehr gut, Obergroßmutter! Weißt du, ein Dichter verrennt sich manchmal mit seinen Versen. Dann beginnt er, angestrengt herumzutüfteln, und das ist nicht gut. Man muss immer ein bisschen spielen und Spaß daran haben, dann fließen die Verse.“

„Sehr wahr“, seufzte die Obergroßmutter. „Ich kann ein Lied davon singen!“

„Ah, du dichtest also auch?“, fragte ich.

„Unsinn, Boy! Wer redet denn vom Dichten? Ich spreche natürlich vom Kochen! Geh ins Wohnzimmer, das Essen ist gleich fertig.“

Maulend verließ ich die Küche. Gleich darauf trug die Obergroßmutter im Wohnzimmer das Essen auf.

Ich würgte an der Erbsensuppe herum und redete, damit die Obergroßmutter es nicht merkte, vom Gedichteschreiben. Mein Urgroßvater redete kräftig mit, denn er wollte herausbekommen, ob die Obergroßmutter etwas davon verstünde.

„In der deutschen Sprache ist das Dichten ein bisschen leichter als in anderen Sprachen“, sagte mein Urgroßvater.

„Wieso?“, fragte die Obergroßmutter.

„Weil man im Deutschen die Wörter dauernd umstellen kann.“

„Verstehe ich nicht“, brummte die Obergroßmutter.

„Dann wollen wir es mal ausprobieren, Margaretha. Nehmen wir zum Beispiel den Satz: Erbsensuppe ist ein nahrhaftes Essen für die Familie.“

„Ein sehr wahrer Satz!“, sagte die Obergroßmutter und sah mich schräg von der Seite an. Da aß ich schnell mit Schlucken und Drucken drei Löffel Suppe.

Mein Urgroßvater aber sagte: „Wir wollen den Satz verändern, indem wir die Wörter umstellen. Versuch es mal, Boy!“

Während mein Urgroßvater und meine Obergroßmutter sich einen zweiten Teller Erbsensuppe nahmen, legte ich aufatmend den Löffel hin und begann, den Satz umzubauen:

„Erbsensuppe ist ein nahrhaftes Essen für die Familie.
Erbsensuppe ist für die Familie ein nahrhaftes Essen.
Erbsensuppe ist ein nahrhaftes Familien-Essen.
Ein nahrhaftes Essen für die Familie ist Erbsensuppe.
Ein nahrhaftes Essen ist Erbsensuppe für die Familie.
Für die Familie ist Erbsensuppe ein nahrhaftes Essen.
Für die Familie ...“

„Hör auf, du verdirbst mir den Appetit an Erbsensuppe!“, rief meine Obergroßmutter. „Da dreht sich einem ja das Essen im Magen herum! Überhaupt will ich bei Tisch nichts mehr vom Dichten hören! Iss deinen Teller leer, Boy, sonst kriegst du keine rote Grütze!“

Wieder mußte ich den Löffel nehmen, um zu kauen und zu würgen. Mein Urgroßvater sah mich dabei schadenfroh an. Erstens, weil ich den Teller leer essen musste, und zweitens, weil er es jetzt für bewiesen hielt, dass die Obergroßmutter keine Ahnung vom Dichten hätte. Aber über den Punkt zwei hatte ich eine andere Meinung.

Beim Rote-Grütze-Essen stellte sich heraus, dass ich Recht hatte. Mein Urgroßvater sagte nämlich: „Rote Grütze schmeckt ja ganz gut, aber zum Dichten ist sie nicht geeignet.“

Da antwortete meine Obergroßmutter zu seiner Verwunderung: „Ich habe im ‚Hamburger Fremdenblatt‘ ein plattdeutsches Gedicht gelesen, das ‚Rode Grütt‘ heißt.“

„Schade, dass du es nicht aufsagen kannst“, lachte mein Urgroßvater spöttisch.

„Wieso? Ich kann es ja!“, rief die Obergroßmutter spitz. Und tatsächlich sagte sie ein langes Gedicht auf, in dem immer wieder die Wörter „rode Grütt, rode Grütt“ vorkamen.

Während sie das Gedicht aufsagte, hielt mein Urgroßvater die ganze Zeit einen gefüllten Löffel vor sich hin, ohne ihn in den Mund zu stecken.

Meine Obergroßmutter bemerkte das wohl, und kaum war sie mit dem Gedicht zu Ende, da sagte sie: „Iss doch endlich die rote Grütze! Du hast mich ganz konfus gemacht! Die Tischsitten werden immer wilder, seitdem du mit Boy dichtest. Ab morgen wird bei Tisch kein Wort mehr gesprochen! Merkt euch das! Für eine gute Mahlzeit ist ebenso viel Andacht nötig wie für ein Gedicht."

„Du liebe Güte!", rief mein Urgroßvater. „Was für kluge Sachen neuerdings in diesem Haus gesprochen werden!" Dann stand er schwerfällig auf und die Mahlzeit war beendet.

Ich wollte der Obergroßmutter abräumen helfen, aber sie schickte uns zwei Männer gleich hinüber in unser Sodom und Gomorrha, weil sie in der Küche am liebsten allein war.

Mein Urgroßvater vergaß vor Erstaunen über seine Tochter, die beiden Kiefernbretter mitzunehmen. Und ich vergaß es auch. Aber aus Absicht, denn ich war schnell in die Küche gehuscht und hatte gesehen, dass noch keine Zensuren darunter standen.

In der Tienerbude sagte mein Urgroßvater: „Ich kenne deine Obergroßmutter nun schon solange sie lebt, Boy, aber dass sie Gedichte aus dem ‚Hamburger Fremdenblatt' auswendig weiß, habe ich heute zum ersten Mal erfahren."

Er setzte sich kopfschüttelnd auf einen Hocker, holte sich den alten Wäschekorb heran, nahm das kurze, breite Messer und begann, Tienerkorken für Krischon Hinker zu schnitzen. Dabei kniff er die Augen zusammen und schob langsam die Unterlippe vor. Ich setzte mich daher still auf den Haufen von Korkplatten und erwartete eine Geschichte.

Tatsächlich begann mein Urgroßvater diese Geschichte ohne umständliche Einleitung zu erzählen. Sie heißt:

Der Tausendfüßler und der Skarabäus-Käfer

In der feuchten Ecke eines Gartens, wo Schlangenkraut und Vergissmeinnicht wuchsen, lebte ein einsamer Tausendfüßler namens Thomas. Er war unter den Käfern, Würmern, Schnecken und anderen Krabbeltieren der Umgebung hoch geachtet, denn er hatte ein gutes Herz, reizende Sitten und einen bezaubernden Gang. Es war unbeschreiblich, mit welcher Leichtigkeit und Grazie Thomas seine 996 Füße setzte. (Vier Füße waren ihm leider auf unerklärliche Weise abhanden gekommen.) Von nah und fern eilten die Krabbeltiere herbei, um den Tausendfüßler zu beobachten, wenn er zwischen seiner Erdwohnung und einem Birkenbusch den berühmten Morgenspaziergang machte.

Thomas trippelte nicht und schritt nicht, marschierte nicht und kroch nicht. Sein Gang war wie ein Gleiten auf Samtröllchen, so leise, sanft und graziös.

Eines Tages kam ein Skarabäus-Käfer in den Garten, der alles, was ihm unter die Augen kam, zählte, berechnete, untersuchte und abmaß. Der krabbelte, als Thomas seinen Morgenspaziergang machte, in der Entfernung von drei Käferlängen hinter ihm her, begleitete ihn zum Birkenbusch und vom Birkenbusch zurück zur Wohnung, zog sich dann unter einen Pilz zurück und vertiefte sich drei volle Tage lang in äußerst schwierige Berechnungen.

Am dritten Tage hatte der Käfer seine Berechnungen abgeschlossen und er begab sich stehenden Fußes zu Thomas, um ihm das Ergebnis mitzuteilen.

„Sehr verehrter Herr Tausendfüßler", sagte er. „Ihre Gangart genießt, wie Sie wissen, einen großen Ruf unter den Krabbeltieren!"

„Das ist Vererbung", erwiderte Thomas bescheiden. „Mein Vater war ein bekannter Schnellläufer, meine Mutter war Direktorin eines Mückenballetts. Mein Gang ist nichts weiter als ein vererbtes Talent."

„Irrtum", sagte der Skarabäus-Käfer. „Ihr Gang, mein Lieber, ist ein Rechenkunststück. Er ist deshalb so harmonisch, weil Ihnen vier Füße fehlen."

„Wie das?", fragte Thomas erstaunt.

„Passen Sie auf, die Sache ist ganz einfach: Ein gewöhnlicher Tausendfüßler bewegt zuerst die Füße Nummer 1 bis 60, dann die Nummern 61 bis 120, sodann 121 bis 180, hierauf 181 bis 240, endlich 241 bis 300, dann ... Aber Sie verstehen schon, nicht wahr?"

Thomas nickte benommen, denn er verstand – ehrlich gesagt – kein Wort.

„Die Füße 990 bis 1000", fuhr der Käfer fort, „diese letzten Füße pflegt der gewöhnliche Tausendfüßler zu schleifen,

weil sich zehn nicht durch sechs teilen lässt, denn die Beinbewegung der Tausendfüßler ist eine praktische Anwendung des Einmalsechs. Deshalb kann nur ein Tausendfüßler, dessen Füße durch sechs teilbar sind, einen schönen Gang erreichen. Sie verstehen, nicht wahr?"

Thomas nickte matt und verständnislos mit dem Kopfe.

„Ihre Beinbewegung, verehrter Herr Tausendfüßler", sagte der Käfer, „Ihre Beinbewegung ist eine mathematische Glanzleistung. Sie fangen nämlich nicht mit Bein eins bis sechzig, sondern mit Bein eins bis zwölf an. Das ist sehr fein, weil sich 996 durch zwölf teilen lässt. Sie verstehen, nicht wahr?"

Thomas konnte kaum noch nicken, so konfus war er.

„Sehen Sie", sagte der Käfer, „Sie bewegen 40-mal je 12 Füße, dann zweimal je 18 und endlich wieder 40-mal je 12. Das ist so apart und ungewöhnlich, dass ich es sogleich den gelehrten Krabbeltieren mitteilen muss. Empfehl mich!"

Der Skarabäus-Käfer kroch davon und Thomas, der Tausendfüßler, blieb mit benommenem Kopfe in seiner Wohnung zurück. Er murmelte: „Einmal sechs, 40-mal 12, 18-mal 2, nein: 2-mal 18, oder doch 18-mal 2? Was hat er gesagt? Wie war das doch?"

Der arme Tausendfüßler war vollkommen durchgedreht. Er blieb zahlenmurmelnd bis zum Mittag in seiner Wohnung sitzen, versuchte vergeblich, seine eigenen Füße zu zählen, verlor den Appetit und raffte sich erst am späten Nachmittag auf, um ein wenig frische Luft zu schöpfen.

Aber du liebe Güte, was war das? Thomas fiel beim Gehen von einer Seite auf die andere, hinkte, stolperte, schleppte die Füße nach und war nach einem Spaziergang von höchstens einem halben Meter so erschöpft, dass er nicht mehr weiterkonnte und mit großer Anstrengung zurückkroch in seine Erdwohnung. Er dachte dabei ununterbrochen an die Berechnungen des Skarabäus-Käfers, fing an, seine Füße zu zählen und seine Beinbewegungen zu beobachten, und verlernte dabei das Gehen ganz und gar.

Die Nachricht vom Missgeschick des Tausendfüßlers verbreitete sich in Windeseile unter den Krabbeltieren. Käfer, Schnecken und Würmer kamen, um ihn zu trösten und ihm Mittel zur Heilung anzuraten. Aber weder der Saft der Wolfsmilch noch der Blütenstaub des Schlangenkrautes noch Thymian oder Dillkraut vermochten Thomas zu heilen.

Seine 996 Füße, mit denen er früher so graziös dahingeglitten war, wurden plötzlich zu einem Problem für ihn. Sie verknäuelten und verhedderten sich bei jedem Schritt, und so blieb er schließlich krank und traurig in seiner Wohnung liegen und alle Tiere meinten, nun ginge es mit ihm zu Ende.

Aber eines Morgens, als Thomas sich aus seiner Erdwohnung hinauf ins Sonnenlicht geschleppt hatte, sah er zwischen den Vergissmeinnicht eine Tausendfüßlerin vorüberziehen, die fast so graziös dahinglitt wie er selber in seiner besten Zeit. Sie sang fein im Takt ihres Schrittes das folgende Lied:

„Drei mal zwölf ist sechsunddreißig,
Wandre täglich, übe fleißig,
Bis du gehst, als ob du schwebst.
Vier mal zwölf ist achtundvierzig.
Blumendüfte, mild und würzig,
Künden, dass du liebst und lebst.“

Bei den Klängen dieses Liedes fing das Herz des Tausendfüßlers zu hüpfen und zu tanzen an. Er folgte mit den Augen der schönen Tausendfüßlerin, begann, sich nach dem Takt des Liedes zu drehen und zu wenden, und mit einem Male fing Thomas, der Tausendfüßler, leichtfüßig zu gleiten an wie in seinen allerbesten Tagen. Nur war sein Gang jetzt noch viel graziöser als zuvor. Er schien wahrhaftig zu schweben, so sanft waren seine Bewegungen. Er schwebte neben der schönen Tausendfüßlerin dahin, stellte sich im Weitergleiten höflich vor und sang dann mit ihr gemeinsam:

„Sechs mal zwölf ist zweiundsiebzig.
Was gemeinsam singt, das liebt sich.
Ach, wie ist der Himmel blau!
Zehn mal zwölf ist hundertzwanzig.
Jede Frau sucht einen Mann sich.
Jeder Mann sucht eine Frau.“

Zweieinhalb Stunden lang schwebte das Tausendfüßler-Paar singend durch den Garten und alle Krabbeltiere der Umgebung umschwärmten es dabei voller Bewunderung. Nur der mathematische Skarabäus-Käfer machte eine verdrießliche Bewegung mit seinem Geweih, denn Thomas setzte die Füße jetzt ganz anders und viel komplizierter als zuvor. Er bat den Tausendfüßler deshalb, etwas langsamer zu gehen, damit man die Füße besser beobachten könne. Aber Thomas sagte: „Ich habe keine Zeit für Mathematik. Ich habe mich soeben verlobt!" Dann schwebte er mit seiner Tausendfüßlerin davon und ließ sich unter dem rotweißen Schirm eines Fliegenpilzes trauen.

Mein Urgroßvater schnitzte schweigend weiter an seinen Korken, als er mit der Geschichte zu Ende war. Endlich legte er das Schnitzmesser in den Wäschekorb und sagte: „Die Moral von der Geschichte, Boy, ist eine seltsame Moral. Sie heißt: Lerne, wie man schreiben soll. Aber vergiss das Gelernte, wenn du schreibst!"

„Das ist wie beim Schwimmen, Urgroßvater: Am Anfang muss man die Arm- und Beinbewegungen lernen, aber später muss man sie beherrschen, ohne an sie zu denken. Sonst schwimmt man schlecht und geht unter."

„Ein guter Vergleich, Boy! Ob man geht oder schwimmt oder schreibt, es ist immer dasselbe: Man muss zuerst etwas können und später etwas wagen, dann geht's!"

„Beweist du das nicht auch mit deinem Gedicht vom Zauberer Korinthe, Urgroßvater?"

„Nein, Boy, damit beweise ich etwas anderes. Aber das passt hübsch hierher. Sag es mal auf! Du kennst es doch?"

„Klar, Urgroßvater! Ich kenne es ganz."

Und ich begann:

Der Zauberer Korinthe

Es lebte einst der Zauberer
Kori, Kora, Korinthe.
Der saß in einem Tintenfass
Und zauberte mit Tinte.

Wenn jemand damit Briefe schrieb
Und schmi und schma und schmollte,
Dann schrieb er etwas anderes,
Als was er schreiben wollte.

Einst schrieb der Kaiser Fortunat
Mit Si, mit Sa, mit Siegel:
„Der Kerl, der mich verspottet hat,
Kommt hinter Schloss und Riegel!"

Doch hinterher, da stand im Brief
Vergni, vergna, vergnüglich:
„Der Kerl, der mich verspottet hat,
Der dichtet ganz vorzüglich!"

Da schmunzelte der Zauberer
Kori, Kora, Korinthe
Und schwamm durchs ganze Tintenfaß
Und trank ein bisschen Tinte.

Ein andermal schrieb Archibald,
Der Di, der Da, der Dichter:
„Die Rosen haben hierzuland
So zärtliche Gesichter."

Er hat von Ros- und Lilienhaar
Geschri, geschra, geschrieben.
Doch als das Liedchen fertig war,
Da sprach es nur von Rüben.

Da schmunzelte der Zauberer
Kori, Kora, Korinthe
Und schwamm durchs ganze Tintenfass
Und trank ein bisschen Tinte.

Heut' schrieb der Kaufmann Steenebarg
Aus Bri, aus Bra, aus Bremen
An seinen Sohn in Dänemark:
„Du solltest dich was schämen!"

Doch als der Brief geschrieben war
Mit Schwi, mit Schwa, mit Schwunge,
Da stand im Brief: „Mein lieber Sohn,
Du bist ein guter Junge!"

Da schmunzelte der Zauberer
Kori, Kora, Korinthe
Und schwamm durchs ganze Tintenfass
Und trank ein bisschen Tinte.

Und wenn ihr dies nicht glauben wullt
Vom Schri, vom Schra, vom Schreiben,
Dann seid ihr schließlich selber schuld
Und lasst es eben bleiben.

„Na, Boy, hast du gemerkt, wer der Zauberer Korinthe ist?"

„Ein Tintenteufelchen, Urgroßvater."

„Ja, natürlich, das ist er. Aber im Grunde ist er etwas anderes, nämlich der gute Geist unserer Einsicht und Vernunft."

„Wieso, Urgroßvater?"

„Schau mal, Boy: Da ist der Kaufmann Steenebarg aus Bremen. Der hat sich über seinen Sohn in Dänemark geärgert. Und er will ihm einen zornigen Brief schreiben. Aber als er die Feder in die Hand nimmt, da merkt er, dass der Sohn ja eigentlich nichts Schlimmes getan hat, dass er halt nur jung ist, aber sonst ein braver Junge. Und – schwupp – schon ist Korinthe da, der Geist der Einsicht und Vernunft, und es wird ein netter Brief mit einer kleinen freundlichen Ermahnung.

Oder nimm den Dichter Archibald, Boy. Der wollte ein wunderschönes Gedicht über Rosengesichter und Lilienhaare schreiben. Aber beim Dichten merkte er, dass er von den prallbackigen, nahrhaften Rüben viel mehr wusste ..."

Leider konnte mein Urgroßvater nicht weiterreden, denn die Tür der Hummerbude quietschte, und herein kam Krischon Hinker. Er fragte nach seinen Tienerkorken und erzählte, dass unser Motorkutter in Sicht wäre und am Abend im Hafen sein dürfte.

Das war eine große Neuigkeit. Sofort lief ich ohne Mütze und Schal zur Obergroßmutter, um es ihr mitzuteilen. Ich kam gerade dazu, wie sie unter das Gedicht von der Maus Kathrein eine Eins malte. Aber ich tat, als ob ich es nicht bemerkt hätte, und die Obergroßmutter sagte: „Ich habe nur ein Wort verbessert, das falsch geschrieben war. Was ist denn los? Warum pustest du so?"

„Der Motorkutter ist in Sicht, Obergroßmutter!"

„Ojemine, ojemine! Jetzt fängt das Geldausgeben wieder an! Sind sie schon da? Hast du ihn selbst gesehen?"

„Nein, ich weiß es von Krischon Hinker, Obergroßmutter. Der Kutter läuft am Abend ein."

„Ojemine, ojemine! Immer diese Überraschungen! Bring die dummen Kiefernbretter sofort in die Hummerbude! Jetzt fängt der Ernst des Lebens an. Und hole sofort dreißig heiße Wecken von Bäcker Lührs! Und geh zum Brikett-Hans und sag ihm, dass der Kutter seine Kohlen bringt! Und hol mir drei

große Packungen Waschpulver! Und sag deinem Urgroßvater, er soll sofort herüberkommen! Und ..."

Was die Obergroßmutter sonst noch alles wollte, weiß ich nicht. Wenn der Motorkutter kam, war sie aufgeregter als ein Spatz im Orkan. Deshalb verduftete ich, holte die dreißig heißen Wecken und rannte dann ins Unterland, damit ich zur Ankunft des Kutters zeitig an der Mole war.

Unser Kutter, der neben dem Motor auch noch Segel hatte, fuhr mit günstigem Wind und lief schon gegen fünf Uhr nachmittags in den Augustahafen ein. Als er mit gedrosseltem Motor in der Öffnung zwischen den zwei Molen hereinpuckerte, schwenkte ich von der Spitze der Westmole aus beide Arme und schrie: „Willkommen, Leute! Die heißen Wecken warten schon!"

Meine Onkel Harry und Jasper, die an Deck standen, lachten. Der Obergroßvater, der in seiner dicken grünen Joppe am Steuer stand, nickte nur. Onkel Harry hatte ein viereckiges Glasgehäuse in der Hand. Aber erst, als der Kutter näher kam, erkannte ich, dass es ein kleines Aquarium war, in dem vier Goldfische schwammen.

„Das ist für deine Schwestern!", schrie Harry. Aber leider machte er dabei einen Schritt nach vorn, damit ich das Aquarium besser sehen könne, und weil er dabei nicht auf seine Füße achtete, stolperte er über ein Tau, kam ins Wanken, suchte

einen Halt, ließ das Aquarium los, und da bumste und klirrte es. Das Aquarium zersprang in tausend Scherben und auf den glitschigen Holzplanken zappelten aufgeregt die vier Goldfische herum.

„Hilfe!“, schrie ich, so laut ich konnte. „Fang die Goldfische, Harry! Sonst schwabbeln sie von Deck!“

Onkel Harry grabschte nach den Goldfischen, schnitt sich dabei an einer Scherbe und schrie „Au“, hatte aber trotzdem in kurzer Zeit die Fischchen eingefangen und in seine Jackentasche gesteckt. Als der Kutter nah an der Mole vorbeifuhr, sprang er von der Reling hinüber zur Molenleiter, krabbelte, ohne sich weiter um den Motorkutter zu kümmern, zu mir herauf, rief: „Komm mit!“ und rannte mit seinen langen Storchenbeinen zur Gastwirtschaft „Die Quelle“, die in der Nähe der Mole lag. Ich pustete aufgeregt hinter Onkel Harry her.

In der Wirtschaft schrie er: „Eine Bowlenschüssel brauch ich, schnell, schnell! Tut Süßwasser hinein! Dalli, dalli, Kinder! Ich hab vier Goldfische in der Tasche!“

Quellen-Piet, der Wirt, verstand meinen Onkel sofort. Er kam in ganz kurzer Zeit mit einer großen, kugeligen Glasschüssel an, in der er gewöhnlich Punsch braute, die er aber diesmal mit Regenwasser gefüllt hatte. Er stellte sie auf die Theke und Onkel Harry holte vorsichtig einen Goldfisch nach dem anderen aus der Tasche und warf sie alle vier – plitsch, platsch, plim, plum – hinein ins Regenwasser.

Gott sei Dank – die Fische waren noch quicklebendig. Sie schossen zuerst aufgeregt in der Bowlenschüssel hin und her, beruhigten sich aber bald, fingen an Kreise zu schwimmen und schnappten nach den Brotkrümeln, die Quellen-Piet ihnen ins Wasser bröselte.

„Gerettet!“, sagte Onkel Harry aufatmend, und nun bestellte er einen steifen Grog für sich und eine Limonade für mich und erzählte den Leuten, die von den Gasthaustischen neugierig aufgestanden waren, sein Missgeschick mit dem Aquarium.

Alles lachte, und Krischon Hinker, der auch in der Gastwirtschaft saß, bestellte auf den Schreck hin einen Schnaps für den Goldfisch-Harry.

Dieser Name, „Goldfisch-Harry“, gefiel den Leuten außerordentlich. Der Name und die dazugehörige Geschichte wurden schon an diesem Abend bekannt in vielen Häusern unserer Insel. Als ich mit dem Obergroßvater und den beiden Onkeln Harry und Jasper in die Trafalgarstraße auf dem Oberland kam, da wussten die Nachbarn schon alles, und die Obergroßmutter, die uns in der Tür entgegenkam, jammerte: „Ojemine, ojemine, ich habe bei Pay Pflaume schon gehört, was passiert ist. Bist du verletzt, Harry? Wie kannst du nur so unvorsichtig sein!“

Aber plötzlich sah sie die Bowlenschüssel mit den Goldfischen, die Onkel Jasper trug, und rief: „Das Aquarium ist ja heil! Was reden denn die Leute?“

„Liebe Margaretha“, sagte mein Urgroßvater, der im Flur hinter ihr aufgetaucht war. „Das Ding da ist kein Aquarium, sondern eine Schüssel für Punsch. Habt ihr wohl von Quellen-Piet, Leute?“

Mein Obergroßvater und die beiden Onkel nickten und dann schoben sie sich an der jammernden Obergroßmutter vorbei ins Haus.

Das Abendessen war an diesem Tage so üppig, dass siebenundsiebzig Klabautermänner davon hätten satt werden können. Onkel Jasper aß sechs Spiegeleier mit Speck, Onkel Harry acht gebratene Schollen und der Obergroßvater vertilgte eine ganze Schüssel Milchsuppe. Mein Urgroßvater und ich aßen von allem ein bisschen, denn so viele verschiedene Leckerbissen gab es nur, wenn der Motorkutter vom Festland kam. Hinterher aßen wir die dreißig heißen Wecken auf und meine beiden Onkel tranken schwarzen chinesischen Tee aus großen Schalen, die sie mit beiden Händen zum Munde führten.

Dann erzählten sie vom Hamburger Dom, dem großen Jahrmarkt, und holten aus ihren Seesäcken Teddybären und Gummitiere zum Aufblasen heraus, die sie beim Schießen und Ringewerfen gewonnen hatten. Ich kriegte einen Gummi-Elefanten, mein Urgroßvater einen Teddybären, der halb so groß wie ich selber war, und meine Obergroßmutter kriegte einen rosa Wollschal, der ihr vom Hals bis auf die Füße herunterhing.

„Ojemine, ojemine, was das wieder gekostet hat!“, sagte sie.

Aber Onkel Harry antwortete: „Das hat nur ein paar Groschen gekostet, Mammy, alles gewonnen!“

Mein Urgroßvater hustete anzüglich bei dieser Antwort, denn er wusste, wie viel Geld die Seeleute ausgeben müssen, um einen halben Seesack voller Kram zu gewinnen. Aber er schwieg wohlweislich, um die Obergroßmutter zu schonen. Sie saß sowieso schon kopfschüttelnd über Frachtbriefe und Rechnungen gebeugt und stöhnte sich von einem „ojemine“ ins andere hinüber.

Einen neuen Seemannskalender hatten die Seeleute auch mitgebracht. Den reservierte ich mir gleich für das Bett und ging damit schon früh hinauf in meine Schlafkammer, die ich jetzt mit Onkel Harry teilen musste. Ich hatte gehofft, er würde bald nachkommen, um mir Geschichten von Seefahrern zu erzählen. Aber leider machte er noch einen Besuch bei Präsidenten-Helga, seiner Freundin, und so lag ich, als er spät in der Nacht heimkam, längst im Schlafe.

Der fünfte Tag, an dem ich mit Vergnügen die Präsidenten-Helga vorstelle. Schildert die bösen Folgen schlecht angefangener Geschichten. Zeigt, wie man Frauen schmeicheln muss. Beschreibt ausführlich eine ent-zü-cken-de Dachkammer und nimmt mit Erstaunen davon Kenntnis, dass mein Untergroßvater ebenfalls dichtet. Schließt für mich mit dem angenehmen Gefühl, ein reicher Mann zu sein.

Der nächste Tag war wieder windig, sogar sehr windig. Deshalb sollten die Kohlen unseres Motorkutters erst am folgenden Tage ausgeladen werden, und mein Obergroßvater und meine Onkel Harry und Jasper benützten den freien Tag, um das lecke Beiboot des Kutters zu reparieren. Leider mussten sie zu diesem Zweck stundenlang in der Hummerbude herumrumoren, und das passte meinem Urgroßvater und mir gar nicht. Denn man kann keine Geschichten erzählen und Verse dichten, wenn man von Klopfen, Hämmern, Sägen, Drechseln und Feilen gestört wird.

„Weißt du was“, sagte mein Urgroßvater, „wir gehen ins Unterland und erzählen uns auf dem Dachboden deiner Untergroßmutter Geschichten. Da ist es ruhig.“

„Aber die Untergroßmutter hat was gegen das Dichten, Urgroßvater.“

„Du musst ihr ja nicht auf die Nase binden, dass wir dichten wollen, Boy. Lass mich nur machen! Komm mit!“

Wir banden unsere Schals um, setzten uns beide unsere blauen Mützen auf und stapften im Wind hinunter ins Unterland. Vorsichtshalber hatten wir zwei Zimmermannsbleistifte mitgenommen.

Die Untergroßmutter saß wie immer mit ihrem Stickrahmen im Vogelzimmer und war sehr überrascht über unseren Besuch am frühen Morgen.

„Was verschafft mir die Ehre, meine Herren?“, fragte sie.

„Wir sind vor dem Wind geflüchtet, Anna“, sagte mein Urgroßvater. „Der pustet heute wieder mal wie verrückt. Was sind denn das für schöne Muster, die du da stickst?“

„Das sind Blumen, Boy!“, sagte sie. (Mein Urgroßvater wurde nämlich auch Boy genannt, genau wie ich.)

„Hast du dir die Blumen selbst ausgedacht, Anna?“

„Natürlich! Ich sticke nur nach eigenen Vorlagen.“

„Das ist ja ent-zü-ckend, Anna! Du bist eine Künstlerin!“

„Ach, rede doch nicht so daher", sagte meine Untergroßmutter geschmeichelt. „Soll ich euch Zitronenlimonade machen?"

Ich wollte natürlich Ja sagen, aber mein Urgroßvater winkte mir heimlich ab und sagte, wir hätten gerade erst unseren Frühstückskakao getrunken. Dann fing er wieder von den ganz ent-zü-cken-den Stickblumen zu reden an.

„Wenn du so in deinem Vogelzimmer sitzt und stickst", sagte er, „dann erinnerst du mich immer an Genua, Anna. Da habe ich eine berühmte Schauspielerin in einem Theaterstück gesehen, in dem auch ein Zimmer mit ausgestopften Vögeln vorkam. Akkurat wie bei dir hier!"

„Nein, was bist du doch für ein Schmeichler, Boy!", sagte meine Untergroßmutter.

Da legte mein Urgroßvater eine Hand aufs Herz und sagte: „Anna, ich schwöre, es ist mein voller Ernst! Ich finde, bei dir hat alles Schick. Nicht wahr, Boy, das findest du doch auch?"

„Klar", sagte ich, „bei dir hat alles Schick, Untergroßmutter! Und so schöne Bücher hast du auch. Zum Beispiel das Album ‚Aus deutscher Geschichte' auf dem Dachboden."

„Was ist denn das für ein interessantes Album?", rief mein Urgroßvater scheinheilig.

„Das ist aus echten Zigarettenbildern", sagte meine Untergroßmutter. „Jakob hat es selbst geklebt."

„Nein, was du nicht sagst, Anna! Das muss ich mir ansehen!"

„Dann hol es herunter, Boy“, sagte die Untergroßmutter zu mir.

„Aber nein, Anna!“, rief mein Urgroßvater. „Solche altertümlichen Sachen muss man sich auf Dachböden ansehen. Das finde ich an deinem Hause ja gerade so ent-zü-ckend! Im Vogelzimmer werden Blumen gestickt, und auf dem Dachboden guckt man sich Altertümer an. Das nenne ich Schick! Komm, Boy, führ mich hinauf!“

Nun wagte die Untergroßmutter keinen Widerspruch mehr. Sie nannte uns nur mit dem allerfreundlichsten Gesicht „Halodris“ und ließ uns ziehen.

Vor der Dachkammertür lag schlafend und lang hingestreckt Urax, der Bernhardiner, der uns verwunderlicherweise nicht hatte hereinkommen hören. Aber das lag wohl daran, dass das Geräusch des Windes und das Klappern der Fensterläden und Dachziegel hier oben besonders stark waren. Er gähnte ausführlich und streckte sich eine ganze Weile, ehe er uns in die Dachkammer eintreten ließ. Dann aber sprang er uns an, leckte uns Gesicht und Hände und ließ sich durch nichts vertreiben. Da nahmen wir ihn mit unters Dach, befahlen „Leg dich“ und setzten uns selbst unter dem runden Giebelfenster auf die alte Matratze. Das Album „Aus deutscher Geschichte“ legten wir auf die Bretter eines auseinander genommenen Bettes.

„Das hat aber gut geklappt, Urgroßvater!“, sagte ich.

„Ja, Boy, wenn man bei Frauen etwas erreichen will, dann muss man schmeicheln. Aber ich muss ehrlich sagen: Deine

Untergroßmutter hat wirklich Schick. Diese Dachkammer ist ein halber Roman. Was hier alles hängt, steht und liegt! Sogar der Marmorkopf der englischen Königin Viktoria!“

„Der steht im Sommer zwischen den Blumen, Urgroßvater. Er stammt von einem gestrandeten englischen Schiff. Das Bild von dem türkischen Sultan, das im Wohnzimmer hängt, stammt auch von diesem Schiff.“

„Gut, dass du von einem Sultan sprichst, Boy“, sagte mein Urgroßvater. „Dabei fällt mir die Geschichte ein, die ich dir heute erzählen wollte.“

Mein Urgroßvater schob die Unterlippe vor und kniff die Augen zusammen, als Urax, der Bernhardiner, der zu seinen Füßen lag, plötzlich unruhig wurde und sich umständlich aufrappelte. „Kusch, Urax! Leg dich hin!“, rief ich. „Urgroßvater hat einen Einfall!“

Aber das machte keinen Eindruck auf den Hund. Er wedelte heftig mit dem Schwanz, bellte einmal kurz und kratzte an der Dachkammertür. In diesem Augenblick hörten wir Schritte auf der Treppe.

„Das ist die Untergroßmutter!“, rief ich, nahm schnell das Album „Aus deutscher Geschichte“ von den Brettern des auseinander genommenen Bettes und legte es auf meine Knie.

Schon kam die Untergroßmutter mit einem silbernen Tablett herein, auf dem zwei Limonadengläser und ein Teller mit Honigkuchen standen.

Mein Urgroßvater erhob sich ächzend und sagte: „Was für ein reizendes zweites Frühstück, Anna! Stell das Tablett nur da auf den Rodelschlitten! Dürfen wir dich bitten, auf dieser ent-zü-cken-den Schiffskiste Platz zu nehmen und uns ein bisschen Gesellschaft zu leisten? Steh auf, Boy, das gehört sich, wenn Damen den Salon betreten!“

Ich sprang gehorsam auf.

„Nein, nein!“, rief meine Untergroßmutter. „Bleibt nur sitzen, Kinder! Ich habe in der Küche zu tun. Jakob hat Kabeljau gebracht. Wollt ihr nicht mitessen? Wir haben einen halben

Eimer voll Fisch. Ich werde die Hälfte kochen und die Hälfte braten. Den Rest können wir ja in Sauer legen."

Die Untergroßmutter stellte das Tablett vorsichtig auf den Rodelschlitten und mein Urgroßvater verbeugte sich und sagte: „Habt Dank, edle Dame, wir nehmen Eure Einladung zum Gastmahl an!"

„Nein, was bist du doch für ein Filou!", kicherte meine Untergroßmutter und zupfte an ihrem Spitzenkragen herum. Dann machte sie einen richtigen Knicks und entschwand, und Urax, der sich anscheinend für Geschichten nicht interessierte, folgte ihr.

„Was wird die Obergroßmutter sagen, wenn wir nicht zum Essen kommen?", gab ich meinem Urgroßvater zu bedenken.

„Die hat genug mit ihren Seemännern zu tun, Boy. Da wird sie uns kaum vermissen. Aber jetzt iss und trink, denn ich habe schon die nächste Geschichte im Kopf."

Wir aßen Honigkuchen und tranken Limonade und unterhielten uns weiter darüber, wie eine gute Geschichte geschrieben sein müsse.

„Nichts ist bei einer Geschichte so wichtig wie der Anfang", sagte mein Urgroßvater. „Und das soll dir meine neue Geschichte beweisen. Hast du genug gegessen?"

„Ich möchte gern noch ein Stück Honigkuchen essen, Urgroßvater."

„Liebe Güte, Boy, dein Appetit ist furchterregend! Iss, so viel du willst! Aber die Geschichte erzähle ich erst, wenn du satt bist. Kauenden Leuten mag ich nichts erzählen."

Schnell stopfte ich mir den ganzen Honigkuchen in den Mund und verdrückte ihn, so rasch es ging. Mein Urgroßvater wandte sich entsetzt ab und sagte gar nichts. Erst als ich ihm erklärte, dass ich satt wäre, drehte er sich wieder um und stöhnte: „Ich dachte immer, der Mensch unterscheidet sich vom Wolf durch gute Manieren. Aber an deinem Beispiel merke ich, dass ich mich geirrt habe."

„Ich habe ja nur gestopft, damit ich die Geschichte schneller hören kann, Urgroßvater. Du erzählst doch so gut."

„O Boy, Boy, jetzt hast du mir auch noch das Schmeicheln abgeguckt! Was gebe ich dir für ein schlechtes Beispiel! Aber setz dich! Die Geschichte sitzt mir auf der Zunge und will heraus."

Ich setzte mich auf die Matratze und mein Urgroßvater ließ sich auf der Schiffskiste nieder und erzählte:

Die Geschichte von den drei Geschichtenerzählern

In alter Zeit lebten in der Stadt Üsküb drei Geschichtenerzähler, die sich schlecht und recht von ihren Talenten ernährten. Täglich gingen sie auf den Basar, um Zuhörer und vielleicht ein paar Piaster zu gewinnen. Weil aber zu jener Zeit der Handel mit Stambul immer schwieriger wurde (denn eine Räuberbande lauerte den Kaufleuten auf), so wurden die Waren teurer und das Geld knapp, und die drei Geschichtenerzähler wussten bald nicht mehr, wovon sie sich und ihre Familien ernähren sollten.

Da beschlossen sie, dass fortan nur noch einer von ihnen Geschichten erzählen solle und dass die anderen beiden Badediener oder Wasserverkäufer werden sollten. Sie versicherten einander durch Handschlag, dass derjenige von ihnen Geschichtenerzähler bleiben dürfe, der in den folgenden drei Tagen am meisten Zuhörer um sich versammle, und sie versprachen einander, nur Geschichten von Dieben zu erzählen.

Am folgenden Tage ging der erste Geschichtenerzähler namens Achmed mit dem langen Kinn auf den Basar, um sein Glück zu versuchen. Er sah müde und verdrießlich aus, denn er hatte die ganze Nacht hindurch darüber nachgegrübelt, wie er seine Geschichte beginnen solle, um gleich am Anfang recht viele Zuhörer anzulocken. Erst früh am Morgen, als die Hähne schon krähten, hatte er sich einen Anfang für seine Geschichte ausgedacht, den er für sehr wirkungsvoll hielt.

Die beiden anderen Geschichtenerzähler, Ibraim, der Kürbiskopf, und Jussuf aus Bagdad, waren schon auf dem Basar, als Achmed mit dem langen Kinn seine Geschichte zu erzählen anhub.

„Leute“, schrie Achmed, so laut er konnte, „seht mich an, ich bin der Meisterdieb von Üsküb! Ich habe heute Nacht einem Manne die Haare vom Kopf gestohlen, ohne dass er es gemerkt hat, und ich will euch erzählen, wie ich das angestellt habe.“

Die Leute auf dem Basar kamen lachend näher, denn der Diebstahl von Männerhaaren versprach eine lustige Geschichte zu werden.

Das Unglück aber wollte es, dass in Üsküb gerade eine Haarkrankheit herrschte und dass mehr als ein Mann über Nacht seine Haare verloren hatte. Alle diese Glatzköpfigen – und es waren wenigstens zwanzig oder dreißig auf dem Basar – glaubten im Ernst, dass Achmed mit dem langen Kinn ihnen die Haare gestohlen habe. Sie erhoben daher ein mörderisches Geschrei, nahmen ihre Turbane und Feze vom Kopf und brüllten: „Seht, was er mit uns gemacht hat, der elende Dieb, der verfluchte Heiduck! Und er wagt es noch, sich mit seinen Schändlichkeiten zu brüsten! Auf, auf, fangt ihn und stäupt ihn! Das soll er uns büßen!“

Die zwanzig oder dreißig Glatzköpfe stürmten nun auf Achmed los und eine Menge Volks lief ihnen nach, teils aus Empörung, teils weil sie an Prügeleien ihren Spaß hatten.

Als Achmed mit dem langen Kinn sah, dass man im Ernst

auf ihn losging, rief er: „Halt! Halt! Ich will ja nur eine Geschichte erzählen! Ich tue ja nur so, als ob ich der Dieb wäre!"

„Bei Allah, jetzt fängt er auch noch zu lügen an!", brüllten die Glatzköpfe. „Aber beim Barte des Propheten, das soll ihm wenig nützen!"

Sie ergriffen den zu Tode erschreckten Geschichtenerzähler und verprügelten ihn, dass es eine Art hatte. Ibraim, der Kürbiskopf, und Jussuf aus Bagdad, die beiden anderen Geschichtenerzähler, versuchten, ihrem Freund zu Hilfe zu kommen und den Irrtum der Glatzköpfe aufzuklären. Aber da gab es nun kein Halten mehr. Achmed mit dem langen Kinn wurde zuerst windelweich geschlagen und dann zu einem Barbier geschleift, der ihm die Haare ratzekahl vom Kopf schor. Da wollte das Gelächter kein Ende nehmen, und als es sich nach und nach herumsprach, dass der arme Achmed gar kein Dieb war, sondern dass er nur die Zuhörer hatte anlocken wollen,

da lachte man erst recht. Seitdem geht in Üsküb das Sprichwort: „Wenn du Haare gestohlen hast, nimm dich vor Glatzköpfen in Acht!“

Achmed mit dem langen Kinn aber sah nach dem Abenteuer auf dem Basar wie ein gerupfter Uhu aus.

Am nächsten Morgen versuchte Ibraim, der Kürbiskopf, sein Glück im Geschichtenerzählen. Es hatte sich unterdessen in der Stadt herumgesprochen, dass die drei Geschichtenerzähler von Üsküb einen Wettstreit miteinander austrugen, und so hatte sich diesmal eine Menge Neugieriger und Spottlustiger auf dem Basar eingefunden.

Ibraim, der Kürbiskopf, hatte in der Nacht beschlossen, seine Zuhörer erst liebenswürdig anzureden, bevor er mit der eigentlichen Geschichte begann, denn er hatte an Achmed mit dem langen Kinn gesehen, dass es wichtig ist, die Gunst des Publikums zu gewinnen. So fing er folgendermaßen an:

„Allah sei mit euch, meine Freunde! Ich bin Ibraim, genannt der Kürbiskopf, weil mir gleich nach der Geburt eine Öllampe auf das Köpfchen fiel.“

„Hört, hört!“, riefen die Zuhörer. „Er erzählt uns die Geschichte vom Kürbiskopf. Das kann lustig werden!“

Ibraim fuhr fort: „Allah ist groß! Er gab mir zwar einen Kürbiskopf, aber über dem linken Auge, wo der Sitz der Fantasie ist, blies er mir das schöne Talent des Geschichtenerzählens ein, damit ich euch, meine Freunde, auf dem Basar unterhalten kann.“

„Was erzählt er denn da für eine Geschichte?“, fragten seine Zuhörer untereinander. „Man weiß nicht, worauf er eigentlich hinauswill.“

Ibraim sprach weiter: „Ich habe die Kunst des Geschichtenerzählens nirgendwo gelernt, meine Freunde. Sie ist mir vom Himmel zugefallen.“

„Vielleicht war sie in der Öllampe“, rief ein Zuhörer, und da gab es das erste Gelächter, welches Ibraim, den Kürbiskopf, sehr verwirrte. Er beschloss, gleich mit seiner Geschichte anzufangen, damit man ihn nicht zum zweiten Mal verspotte. So fuhr er schnell fort: „Allah ist groß und Mohammed ist sein Prophet! Die Geschichte, die ich heute erzählen will, handelt von einem ganz besonderen Dieb."

„Erzähl uns die Geschichte von dem Dieb, der nachts die Haare stahl!", rief man ihm lachend zu.

„Allah sei mit mir!", rief Ibraim, der Kürbiskopf. „Ich möchte mit heilen Gliedern wieder nach Hause gehen."

Da hatte er die Lacher auf seiner Seite. Aber inzwischen waren seine Zuhörer ungeduldig geworden, denn sie wussten immer noch nicht, von was für einem besonderen Dieb die Geschichte handeln sollte. Einige gingen bereits weg, andere unterhielten sich laut miteinander über die hohen Preise und die unverschämten Kaufleute, und wieder andere hatten ihren Spaß daran, Ibraim weiter zu foppen.

Einer rief: „Erzähl die Geschichte vom Tulpendieb."

Ein anderer wollte die Geschichte vom Läusedieb hören. Ibraim, der Kürbiskopf, wurde unruhig. Er rief: „Diese Geschichte kenne ich nicht! Aber ich verspreche euch eine Geschichte, die mindestens ebenso unterhaltsam ist! Es ist zwar eine lange Geschichte, aber eine sehr schöne. Sie beginnt auf dem Basar in Bagdad, wo ich vor mehr als zehn Jahren selbst gewesen bin, und sie endet hier in Üsküb."

Diese Ankündigung Ibraims machte die Leute verdrießlich, denn der Weg von Bagdad nach Üsküb ist lang, und einer Geschichte von solcher Länge hört man nicht gern im Stehen zu.

So gingen die meisten Zuhörer weg, um sich bei türkischem Kaffee mit dem Dominospiel zu beschäftigen. Da konnte man wenigstens sitzen. Nur wenige Zuhörer blieben zurück, aber nicht wegen der Geschichte, sondern um mit Ibraim ihren Spaß zu haben.

Sie riefen: „Was hast du in Bagdad getan? Hast du Öl für dein Lämpchen gekauft?"

Da gab es wieder ein Gelächter und nun wurde es Ibraim zu bunt.

„Unverschämtes Pack!“, schrie er. „Könnt ihr nicht in Ruhe abwarten, bis ich meine Geschichte beginne? Haben euch eure Prügelmeister nicht gut genug erzogen? Schweigt endlich still und hört mir zu!“

Aber nun fing das Geschrei erst richtig an.

„Seht ihn euch an, den Kürbiskopf!“, rief man. „Erst fängt er mit seiner Geschichte nicht an, und dann kriegen wir die Schuld, dass er nicht angefangen hat! Wo steckt da der Sinn?“

Man wurde richtig böse auf Ibraim und plötzlich flog von irgendwo eine Melone auf ihn zu. Das Unglück wollte es nun, dass Ibraim gerade unter der hoch gelegenen Werkstatt eines Kupferschmiedes stand und daß die Melone im Fluge drei kupferne Öllampen von der Auslage herunterriss. Diese Öllampen fielen ihm eine nach der anderen auf den Kopf, sodaßsser erst Sterne, dann den Mond und schließlich siebenunddreißig Sonnen vor seinen Augen tanzen sah und sich heulend im Kreise zu drehen begann.

Da schrie die Menge: „Der Kürbiskopf tanzt!“ Und man klatschte in die Hände und hielt sich vor Lachen die Bäuche.

Nur Jussuf aus Bagdad, der dritte Geschichtenerzähler, lachte nicht mit, sondern packte den hopsenden, wirbelnden Ibraim am Kaftan und zerrte ihn durch das johlende Volk den ganzen Basar entlang nach Hause.

Seitdem sagt man in Üsküb von jemandem, der sich umständlich ausdrückt: „Ihm sind drei Öllampen auf den Kopf gefallen.“

Ibraim aber lief nun mit drei eiergroßen Beulen auf dem Kopf herum und sah aus wie ein Kürbis mit drei Hörnern.

Am Morgen nach Ibraims Abenteuer ging Jussuf aus Bagdad auf den Basar, um die Leute durch eine Diebesgeschichte zu unterhalten. Er hatte sich keinen besonderen Anfang zurechtgelegt und keine liebenswürdige Begrüßung. Er wollte die Leute nur durch seine Geschichte anlocken. Und da er genau wusste, wie die Geschichte endete, so fiel es ihm auch nicht schwer, einen Anfang zu finden.

Diesmal war die Schar der Neugierigen womöglich noch

größer als am Tage vorher, und ganz versteckt in einer Ecke hockten auch der kahlgeschorene Achmed mit dem langen Kinn und Ibraim mit dem geschwollenen Kürbiskopf.

Jussuf aus Bagdad sagte zuerst kein Wort. Er hatte sich in das Fenster eines Teppichhändlers gesetzt, kreuzte die Arme und sah seine Zuhörer so lange schweigend an, bis der ganze Basar mucksmäuschenstill war und jeder ihn gespannt anstarrte. Da begann er mit halblauter Stimme seine Geschichte zu erzählen:

Der Kalif und der Bartscherer

Als Harun al Raschid, der große Kalif, wieder einmal verkleidet durch das nächtliche Bagdad schlenderte, wandelte ihn der Appetit nach gerösteten Kastanien an. Während er nun auf einen alten Kastanienverkäufer zuging, merkte er plötzlich, dass er vergessen hatte, sich Geld einzustecken. Weil aber ein Kalif nicht gewohnt ist, auf Wünsche zu verzichten, so kam Harun al Raschid auch ohne Geld zu seinen Kastanien. Er hob einen Stein von der Straße auf und warf ihn, als er beim Kastanienverkäufer vorbeikam, heimlich gegen ein Haustor. Da hallte ein mächtiger Schlag durch die nächtliche Straße und der Kastanienverkäufer drehte sich erschrocken um. Diesen Augenblick benützte der Kalif, um sich rasch eine Handvoll Kastanien zu stehlen. Er verbarg sie unter seinem Kaftan und ging seelenruhig weiter, damit er sich durch ängstliche Eile nicht verrate.

Als er aber die Kastanien zu essen begann, merkte er, daß er beim Stehlen einen kostbaren Ring verloren hatte, und er murmelte: „Teure Kastanien!“

Bald darauf bekam der Kalif Lust auf türkischen Honig und in demselben Augenblick sah er auch schon eine Honigverkäuferin an einer Straßenecke neben einem Feuerchen stehen.

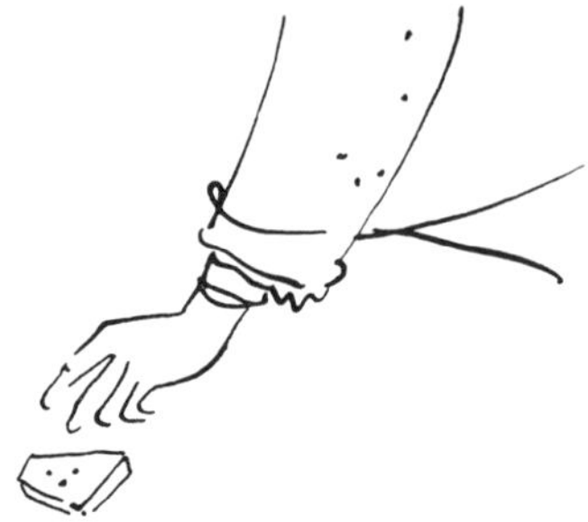

Weil nun ein Kalif nicht gewohnt ist, auf Wünsche zu verzichten, so kam Harun al Raschid auch ohne Geld zu seinem Honig. Er warf, als er an der Verkäuferin vorbeiging, heimlich die Schalen seiner Kastanien ins Feuer, und da knisterten, knackten und zischten die Flammen, dass die Honigverkäuferin erschrocken zur Seite sprang und ängstlich das aufgeregte Feuerchen anstarrte. Diesen Augenblick benützte der Kalif, um sich rasch ein Stück türkischen Honig abzubrechen. Er verbarg ihn unter dem Kaftan und schritt dann würdig fort, ohne sich etwas anmerken zu lassen.

Als er aber eine Strecke weiter den Honig unter dem Kaftan hervorzog, merkte er, dass er beim Stehlen seinen kostbaren Dolch verloren hatte, und er murmelte: „Teurer Honig!"

Wieder einige Zeit später gelüstete es ihn nach Kirschen. Weil nun ein Kalif nicht gewohnt ist, auf Wünsche zu verzichten, so kam Harun al Raschid auch ohne Geld zu seinen Kirschen. Er schlenderte langsam in eine dunkle Nebenstraße, strich wie zufällig an einem Gartenzaun vorbei und stahl sich im Vorübergehen eine Handvoll Kirschen von einem Baum. Die verbarg er unter dem Kaftan.

Als er aber nach einigen Schritten die Kirschen zu essen begann, merkte er, dass er beim Stehlen einen kostbaren Ohrring verloren hatte, und er murmelte: „Teure Kirschen!"

Am nächsten Tage, als der Kalif wieder in voller Pracht in seinem Palaste saß, ließ er durch Ausrufer verkünden, dass er einen Ring, einen Dolch und einen Ohrring verloren habe und dass er den Findern hohe Belohnung verspreche. Er hoffte, dass der Kastanienverkäufer, die Honigverkäuferin und der

Gartenbesitzer kommen würden und dass er sie so für das gestohlene Gut entschädigen könne.

Aber niemand von den dreien kam. Vielmehr wurden die Kostbarkeiten mehrere Wochen später bei einem jungen Bartscherer in der Wohnung gefunden, den man sogleich in Fesseln vor den Kalifen brachte.

„Wie kommst du zu meinem Schmuck?“, fuhr der Kalif den Bartscherer an.

„Verzeiht mir, o Beherrscher aller Gläubigen“, antwortete der junge Mann mit niedergeschlagenen Augen. „Ich nahm sie Euch ab aus Sorge um Euer Wohlergehen.“

Über diese Antwort staunten die Höflinge, aber am meisten der Kalif selber.

„Erkläre mir das näher, Bursche!“, sagte er.

„Nun denn, o großer Kalif, so wisst, dass ich Euch den Ring beim Kastanienverkäufer abnahm aus Furcht, Ihr könntet damit hängen bleiben und Euch so verraten.“

Wieder staunten die Höflinge über diese Antwort. Nur der Kalif staunte nicht. Er soll sogar gelächelt haben.

Der Bartscherer aber fuhr fort: „Den Dolch, o Beherrscher aller Gläubigen, nahm ich Euch bei der türkischen Honigverkäuferin ab. Wie leicht hätte er gegen das eiserne Tischchen schlagen und Euch verraten können!“

„Und wie war das mit dem Ohrring, Herr?“

Die Höflinge verwunderten sich, dass der Kalif einen einfachen Bartscherer mit „Herr“ anredete. Der junge Bursch aber sagte: „Den Ohrring, o großer Kalif, musste ich Euch beim Kirschbaum abnehmen, sonst wäret Ihr damit an einem Zweig hängen geblieben und hättet Euch das Ohrläppchen aufgerissen.“

Nach diesen Worten schüttelten die Höflinge verwundert ihre Köpfe. Harun al Raschid aber stand auf, nahm dem Bartscherer eigenhändig die Fesseln ab und sagte: „Da Ihr dies alles aus Sorge um mein Wohlergehen getan habt, sollt Ihr frei sein, Meister. Aber verratet mir doch eines: Wie kommt es, dass ich Euch nicht gesehen habe?"

„Ich ging in Eurem Schatten, o Herr. So hat man mich gelehrt zu tun. Denn auch unser Gewerbe will erlernt sein, und es bedarf langer Übung, ehe man es zur Meisterschaft bringt."

„Da ich Euch in jener Nacht weder gehört noch gesehen habe, so seid Ihr wahrhaftig ein Meister – – Barbier!", rief der Kalif mit einem Seitenblick auf seine Höflinge. „So geht denn heim und nehmt meine Kostbarkeiten als Geschenke mit. Hütet aber Eure Zunge und nährt Euch künftig vom Bartscheren allein. Wenn mir jedoch Eure Kunst einmal von Nutzen sein könnte, so werde ich mich Euer erinnern. Allah sei mit Euch!"

„Allah segne Harun al Raschid, den Beherrscher aller Gläubigen!", antwortete der junge Bartscherer mit einer tiefen Verbeugung. Dann verließ er ungehindert den Palast und nahm Ring, Dolch und Ohrring des Kalifen mit sich.

Die Höflinge fragten verwundert: „Warum, o großer Kalif, erzeigt Ihr einem diebischen Bartscherer solche Ehren?"

„Weil ein Dieb nicht Richter über einen Dieb sein kann", sagte der Kalif. „Und weil er Talente besitzt, die mich erstaunen machen."

Die Zuhörer auf dem Basar von Üsküb hatten den Erzähler Jussuf aus Bagdad nicht ein einziges Mal unterbrochen, während er erzählte. Sie waren still gewesen wie Räuber im Busch, wenn ein Kaufmann vorbeikommt. Nun aber klatschten sie laut und fröhlich Beifall, drückten Jussuf die Hände und sagten: „Das war eine ganz außerordentliche Diebesgeschichte. Du hast uns prächtig unterhalten!"

Dann wollten sie alle davongehen, ohne ihm einen einzigen Piaster zu schenken.

Da aber rief Jussuf aus Bagdad: „Liebe Freunde, wenn ihr

einen Geschichtenerzähler nicht bezahlt, so muss er sein Gewerbe wechseln und ein Dieb werden. Das wäre schade für den Geschichtenerzähler und schade für eure kostbaren Tabaksdosen. Überlegt euch, ob ihr mich lieber als Dieb oder als Erzähler haben wollt!“

Nun merkten plötzlich viele Leute, dass ihnen ihre reich verzierten Tabaksdosen aus den Taschen des Kaftans gestohlen worden waren. Sie sahen einander misstrauisch an, merkten plötzlich, wer der Dieb war, und huben so gewaltig zu lachen an, dass man bis hinauf zur Zigeunerstadt das Gelächter hören konnte.

„Bei Allah, was für ein Bursche!“, riefen sie. „Er erzählt uns eine spannende Diebesgeschichte, und wenn wir ihm vor lauter Spannung und Neugier nahe auf den Leib rücken, stiehlt er seelenruhig unsere Tabaksdosen. Und niemand hat es gemerkt! Was für ein Bursche!“

Ein dicker Emir mit einem grasgrünen Turban rief: „Gib uns unsere Tabaksdosen zurück, Jussuf! Du sollst deinen Lohn bekommen!“

Da zog Jussuf aus Bagdad vierundzwanzig Tabaksdosen unter seinen gekreuzten Beinen hervor und gab sie ihren Besitzern zurück. Auf den Teppich aber, darauf er saß, regnete es Piaster.

Seitdem ist in Üsküb das Sprichwort im Schwange: „Wo man die Dichter bezahlt, werden die Diebe ehrlich.“

Die beiden anderen Geschichtenerzähler, Achmed mit dem langen Kinn und Ibraim, der Kürbiskopf, sperrten vor Staunen die Mäuler auf über die Kunstfertigkeit ihres Freundes Jussuf und überließen ihm neidlos das Amt des Geschichtenerzählers auf dem Basar. Achmed wurde Wasserverkäufer und Ibraim verdiente sich als Badediener den Unterhalt.

Allah schenkte ihnen allen ein langes Leben. Sela.

Mein Urgroßvater erhob sich, als er die Geschichte erzählt hatte, von der Schiffskiste, und ich fühlte vorsichtshalber nach, ob meine Taschenuhr noch in der Rocktasche steckte. Sie war aber an ihrem Platz.

Mein Urgroßvater bemerkte meine Bewegung und sagte: „Keine Angst, Boy! Erzählen kann ich vielleicht genauso gut wie Jussuf. Aber stehlen habe ich nie gelernt. Wie fandest du die Geschichte?"

Ich sagte: „Sie war ent-zü-ckend! Und wunderbar lang!"

„Aber die Moral ist kurz, Boy."

„Ja, Urgroßvater! Sie heißt: Wer eine Geschichte zu erzählen anfängt, der darf nicht mit der Tür ins Haus fallen und keine allzu großen Umwege machen, sondern er muss mit ruhigen, sicheren Schritten auf sein Ziel losgehen."

„O Boy, Boy!", schrie mein Urgroßvater begeistert. „Ich wollte fast genau dasselbe sagen! Man merkt wahrhaftig, dass du bald elf Jahre alt wirst!"

Über das Lob meines Urgroßvaters war ich sehr stolz. Ich wollte gerade eine ungeheuer kluge Bemerkung über elfjährige Buben machen, als jemand von draußen an der Tür der Dachkammer kratzte. Das musste Urax sein. Ich öffnete die Tür und da stolzierte mit wedelndem Schwanze der große Hund herein, sprang an mir hoch, legte die Pfoten auf meine Schultern und hielt mir mit der Schnauze einen Zettel vor das Gesicht.

„Kusch, Urax!", rief ich.

Der Hund ließ von mir ab, ich nahm ihm den Zettel aus der Schnauze, faltete ihn auseinander und las meinem Urgroßvater vor, was darauf stand:

„Die Edlen Herren, werden gebehten, zum gastmahl zu erscheinen."

Mein Urgroßvater sah mir über die Schulter und sagte: „Deine Untergroßmutter hat in einem einzigen Satz vier Fehler gemacht. Aber sogar ihre Fehler haben Schick. Komm, Boy, begeben wir uns zum Gastmahl!"

Während wir über zwei steile Treppen hinunterstiegen ins Kellergeschoss des Hauses, sagte mein Urgroßvater: „Die Moral, die du aus unserer Geschichte gezogen hast, Boy, ist natürlich nur eine Moral für Leute, die sich Geschichten erzählen. Andere Leute können manche andere Moral herauslesen."

„Natürlich, Urgroßvater, zum Beispiel: Wer stehlen will, muss ein Meisterdieb sein. Sonst soll er lieber Bartscherer werden."

„Hmm", machte mein Urgroßvater. „Das ist keine Moral, Boy, sondern eine Räubermoral. Ich würde es anders sagen: Fingerfertigkeit und Gewandtheit sind erstaunliche Talente. Aber wer sie zum Stehlen benutzt, der missbraucht sein Talent. Der bartscherende Meisterdieb mag ein erstaunlicher Kerl sein. Aber meine Bewunderung hat nur Jussuf aus Bagdad, der seine Fingerfertigkeit benutzt, um den Leuten von Üsküb eine Belehrung zu geben."

Wir waren nun im Kellergeschoss angekommen, wo es lecker nach gebratenem Fisch duftete. Meine Untergroßmutter, die eine buntgeblümte Schürze umgebunden hatte, trug gerade den Kartoffelsalat auf, und mein Untergroßvater mit den hübschen schwarzen Negerlocken saß schon mit einem Glas Grog vor sich am Tisch.

„Tag, Jakob!", sagte mein Urgroßvater zu ihm.

„Tag, Boy! Wie wär's mit einem kleinen Grog vor dem Essen?"

„Danke, danke, Jakob! Lieber hinterher!"

Wir setzten uns zu Tisch und aßen je nach Geschmack gekochten Fisch mit Petersiliensoße oder gebratenen Fisch mit zerlassener Butter. Dabei wurde wenig geredet. Denn Fischessen erfordert Andacht und Geschicklichkeit.

Nach dem Essen wurde uns Männern im Vogelzimmer Grog und Limonade serviert. Die Untergroßmutter blieb in der Wohnküche im Kellergeschoss, um abzuwaschen.

Erstaunlicherweise interessierte mein Untergroßvater sich sehr für unsere Gedichte. Alle Verse, die wir auswendig kannten, mussten wir ihm aufsagen. Dabei zitterte sein kleiner schwarzer Schnurrbart ständig vor Vergnügen, und wir mussten versprechen, ihm später alle Gedichte aufzuschreiben.

Nach dem dritten Glas Grog machte der Untergroßvater ein geheimnisvolles Gesicht und holte eine große, leere Porzellanvase vom Blumenständer.

„In dieser Vase bewahrt die Untergroßmutter meine gesammelten Werke auf“, sagte er. Dann schüttete er einen ganzen Haufen Papierröllchen auf den Tisch, die alle mit bunten Bändchen umwunden waren.

„Du dichtest doch nicht etwa, Jakob?“, fragte ich.

„Doch, Boy“, sagte er schüchtern. „Ich dichte! Aber nur Gelegenheitsverse, verstehst du? Wenn deine Untergroßmutter mir böse ist, dann lege ich ihr abends einen Vers auf das Kopfkissen. Das hat sie gern. Sie nennt sie ihre Kopfkissengedichte und versteckt sie in dieser Vase. Aber das darf ich nicht wissen. Ihr dürft nicht verraten, dass ich das Versteck kenne!“

„Ehrenwort!“, sagten mein Urgroßvater und ich. Dann öffneten wir einige Röllchen und lasen die Verse vor.

Auf dem ersten Papier stand in der Schrift meiner Untergroßmutter. „Hatt Jakob, gedichtet als ich ihn wegen das Grogtrinken am morgen Böse wahr.“

Darunter stand in der Handschrift meines Untergroßvaters:

Liebe Anna, auch am Morgen
Macht der Mensch sich manchmal Sorgen.
Doch der Grog, so duftend schön,

Lässt die Welt ihn freundlich sehn.
Plötzlich ohne Furcht und Groll
Weiß er, was er machen soll.

Dein Jakob.

„Ein hübsches Gedicht, Jakob“, sagte mein Urgroßvater. „Aber eine gefährliche Moral.“

„Weiß ich“, seufzte mein Untergroßvater. „Aber Anna sagt immer, lieber ein bisschen Grog trinken und nett als ewig stocknüchtern und bösartig sein!“

Ich hatte inzwischen das zweite Papierröllchen geöffnet. Meine Untergroßmutter hatte oben an den Rand gekritzelt: „Hatt Jakob, gedichtet als ich ihn wegen den verschüteten Kaffee böse wahr.“

Der Vers meines Untergroßvaters hieß:

Liebes Kind, zu allen Zeiten
Macht man Unvorsichtigkeiten.
Böse soll man die nur sehn,
Die aus Zorn und Hass entstehn.
Meine Unvorsichtigkeit
Hofft auf Liebe, die verzeiht.

„Ganz ent-zü-ckend, Jakob!“, sagte mein Urgroßvater. „Ein gutes Gedicht und eine gute Moral!“

„Pst!“, rief ich plötzlich. „Ich höre was!“

Tatsächlich vernahmen wir Schritte auf der Treppe. Da warfen wir mit fliegenden Fingern die Röllchen in die Vase, und während die Schritte bereits im Flur zu hören waren, stellte mein Untergroßvater schnell die Vase wieder auf den Blumenständer.

Als die Untergroßmutter mit ihrem Stickrahmen ins Vogelzimmer trat, lag nur noch ein rotes Bändchen auf dem Tisch. Aber sie schien es nicht entdeckt zu haben. So nahm ich es flink in die Hand und steckte es unauffällig in die Tasche.

„Jakob", sagte meine Untergroßmutter, „du legst dich jetzt schlafen! Du bist heute schon um vier Uhr aufgestanden."

„Ja, Anna, ich geh ja schon!"

Er leerte noch schnell sein Glas Grog und zog dann ab, wobei er uns über die Schulter einen Augenplinker zuwarf.

„Angenehme Ruhe", sagten wir.

Meine Untergroßmutter setzte sich in den Schaukelstuhl am Fenster und wollte sich ein bisschen mit uns unterhalten. Aber ich bemerkte, dass mein Urgroßvater die Augen zusammenkniff und die Unterlippe vorschob.

Darum sagte ich: „Das Album ‚Aus deutscher Geschichte' ist sehr interessant, Untergroßmutter! Wir haben es schon zur Hälfte durchgeblättert."

„Erst zur Hälfte, Boy? Was habt ihr denn den ganzen Morgen unter dem Dach getan?"

„Uns unterhalten, Anna", antwortete mein Urgroßvater. „Man kommt beim Lesen und Bilderbegucken auf viele Gedanken. Wie wäre es, Boy, wenn wir uns jetzt die zweite Hälfte des Buches anguckten?"

„O ja, Urgroßvater!", rief ich begeistert. (In Wirklichkeit galt meine Begeisterung natürlich nicht dem Album, sondern dem Versedichten.)

Wir schmeichelten der Untergroßmutter wieder die Erlaubnis ab, auf den Dachboden zu gehen, und bald saßen wir wie am Morgen unter der schrägen Wand aus Balken und Ziegeln. Aber diesmal erzählten wir nicht, sondern dichteten.

Mein Urgroßvater hatte eine absonderliche Idee. Er sagte: „Wir wollen jetzt einmal beweisen, dass Dichter Schöpfer sind. Wir wollen aus nichts etwas machen!"

„Wie denn, Urgroßvater?"

„Indem wir den Wörtern, die nichts bedeuten, einfach eine Bedeutung geben, Boy. Zum Beispiel nehmen wir die Wörter *keiner* und *niemand* und tun so, als hießen irgendwelche Leute so."

„Das ist spaßig, Urgroßvater!"

„Ich denke auch, Boy! Hast du schon einen Einfall?"

„Einen Einfall hab ich nicht, aber eine Überschrift: Das Königreich von Nirgendwo."

„Hübsch, Boy! Fang nur gleich an!"

„Aber ich hab kein Kiefernbrett."

„O weh, Boy, das ist schlimm! Aber da liegt doch ein Haufen Bretter, schau!"

„Die sind von einem Bett, Urgroßvater."

„Macht nichts! Dann schreiben wir auf den Innenseiten. Die werden sowieso vom Bettzeug verdeckt. Gib mir auch ein Brett, Boy! Ich will ein Gedicht mit dem Wörtchen *ungefähr* dichten."

Da legte ich das Album „Aus deutscher Geschichte" auf einen ausrangierten Petroleumofen, gab dem Urgroßvater das oberste Brett, nahm mir selbst das nächste und verzog mich damit in die andere Ecke der Dachkammer, wo ich mich auf dem Rodelschlitten niederließ.

Wir dichteten vorzüglich an diesem Tage. Wenn es auch ziemlich lange dauerte, so gab es doch keine toten Punkte und niemand brauchte dem anderen auszuhelfen. Beim Vorlesen ließ ich diesmal meinem Urgroßvater den Vortritt, und so las er mir von dem Seitenteil des Bettgestells die folgenden Verse vor:

Das Schlösschen Ungefähr

Das alte Schlösschen Ungefähr
Liegt zwischen Rom und Sachsen;
Doch findet man es ziemlich schwer,
Weil ringsum Föhren wachsen.

Der Schlossturm mit der Wetterfahn
Ragt ungefähr zum Himmel.
Ich ritt von ungefähr daran
Vorbei mit meinem Schimmel.

Gleich hinterm Schloss der alte Steg
Bricht ungefähr zusammen;
Und ungefähr auf jedem Weg
Kriegt man beim Reiten Schrammen.

Das Schloss ist ungefähr so alt
Wie meine Urgroßmutter.
Für Pferde gibt's in seinem Wald
Ungefähr gar kein Futter.

Es öffnet sich des Schlösschens Tor
Ungefähr einmal jährlich.
Dann tritt ein alter Mann hervor,
Baron von Ungefährlich.

Fast dreißig Jahre hütet er
Schon ungefähr das Schloss.
Er erbte es von ungefähr
Samt Turm und Dienertross.

Was ungefähr die Kammern hier
An Gold und Silber tragen,
Weiß Herr von Ungefährlich dir
Nur ungefähr zu sagen.

Den Leuten von Schloss Ungefähr
Kommt niemand in die Quere,
Denn nichts stört ungefähr so sehr
Als wie das Ungefähre.

Ich habe ungefähr im Herbst
Schloss Ungefähr besichtigt.
Der Weg von Rom nach Anhalt-Zerbst
Führt ungefähr dich richtig.

Doch findet man das Schloss nur schwer,
Weil ringsum Föhren wachsen.
Fest steht nur dies: Schloss Ungefähr
Liegt zwischen Rom und Sachsen.

„Komisch, Urgroßvater", sagte ich, „obwohl ich alles nur ungefähr weiß, habe ich doch eine gute Vorstellung von diesem Schloss."

„Ich auch, Boy. Das wundert mich selbst. Eigentlich wollte ich mit dem Gedicht beweisen, dass man auch beim Dichten genau sein muss. Aber nun stelle ich fest, dass es manchmal

gut ist, im holden Ungefähr zu bleiben. Das ist wie mit den Schmetterlingen. Man muss sie schimmern und flattern lassen. Packt man sie, so bleibt der schimmernde Staub ihrer Flügel an den Fingern haften; ihr Schmelz ist dahin und sie fliegen nicht mehr."

„Ich glaube, bei meinem Gedicht ist es ähnlich, Urgroßvater."

„Dann lies es mir vor, Boy!"

Da richtete ich mich vorsichtig auf, um nicht mit dem Kopf an einen Dachbalken zu stoßen, und las vor:

Das Königreich von Nirgendwo

Das Königreich von Nirgendwo
Liegt tief am Meeresgrund.
Dort wohnt der König Soundso
Mit Niemand, seinem Hund.

Die Königin heißt Keinesfalls.
Sie ist erstaunlich klein,
Hat einen langen Schwanenhals
Und sagt beständig: Nein!

Und Keiner ist der Hofmarschall.
Er schlemmt gern süße Luft
Und hat ein Haus bei Niemands Stall
Aus Kalk- und Kieselduft.

Die Köchin Olga Nimmermehr,
Die wohnt in Keiners Haus.
Sie putzt und werkelt immer sehr
Und kocht tagein, tagaus.

Am liebsten kocht sie Grabgeläut,
Mit Seufzern feingemischt.
Das wird im Schloss zu Keinerzeit
Meist Niemand aufgetischt.

Oft macht die Katze Niemals hier
Zu Keinerzeit Tumult.
Dann sorgt sich Keiner um das Tier,
Und Niemand kriegt die Schuld.

Man schimpft ihn tüchtig aus und lässt
Ihn prügeln noch und noch.
Für Nimmermehr gibt's Hausarrest,
Und Keiner muss ins Loch.

Doch meist ist König Soundso
Sehr friedlich und human.
Drum liebt im ganzen Nirgendwo
Ihn jeder Untertan.

Ich selber ging mal seinerzeit
Zu einer Zeit im Mai
(Man tat so was zu meiner Zeit)
An Keinerzeit vorbei.

Das Meer war still. Und Keiner stand
Am Zaun, nach mir zu schaun.
Schloss Keinerzeit lag linkerhand
Und Niemand rechts am Zaun.

Das Königreich von Nirgendwo
Liegt irgendwo am Grund.
Dort wohnt der König Soundso
Mit Niemand, seinem Hund.

„Boy", sagte mein Urgroßvater, „das ist dir gut gelungen. Jetzt weiß ich auch, wann ein Dichter das holde Ungefähr in seine Verse fließen lassen soll."

„Wann denn, Urgroßvater?"

„Wenn er das Flüchtigste beschreiben will, das es gibt: Düfte und Klänge, Ahnungen und Spiegelungen und das Schimmern auf der Oberfläche der Dinge."

„Wu, wu, wu!", bellte es hinter der Dachkammertür.

„Siehst du, Boy", lachte mein Urgroßvater. „Urax gibt mir Recht. Lass ihn herein! Wenn ich ein Gedicht beendet habe, bin ich immer sehr menschen- und tierfreundlich."

„Ich auch, Urgroßvater“, rief ich.

„Ja, Boy, das ist das süße Gefühl, mit etwas fertig geworden zu sein.“

Ich ließ nun den bellenden Urax herein, der schon wieder einen Zettel im Munde trug. Diesmal wurden wir zur Kaffeetafel eingeladen. Aber mein Urgroßvater meinte, jetzt müssten wir zur Obergroßmutter ins Oberland wandern. Allmählich würde sie wohl unruhig über unser Ausbleiben. Wir stapften also zuerst hinunter ins Vogelzimmer, um uns bei der Untergroßmutter zu entschuldigen und zu verabschieden, und dann stiegen wir die 183 Stufen ins Oberland hinauf, um die Obergroßmutter über unsere lange Abwesenheit aufzuklären.

Als wir unterwegs an meinem Elternhaus vorbeikamen, sahen wir Anneken und Johanneken am Fenster und zwischen ihnen auf dem Fensterbrett die runde Bowlenschüssel mit den vier Goldfischen.

„Aber Mädchen, Mädchen“, rief mein Urgroßvater ihnen zu. „Ihr dürft nicht so oft die Hand ins Wasser stecken. Das erschreckt die armen Fische!“

Anneken rief: „Wir spielen doch nur mit ihnen!“

Johanneken rief: „Sie kennen uns schon!“

Aber mein Urgroßvater ließ diese Entschuldigung nicht gelten. Und eine liebe Nachbarin, die gerade vorbeikam und die wir Tante Julie nannten, fragte: „Würde es euch vielleicht Spaß machen, von zwei Riesen hin und her gestupst zu werden, he? Na also! Genauso wenig macht es den Goldfischen Spaß.“

Anneken zog schnell ihren Finger aus dem Wasser und Johanneken bröselte Brot hinein. Das lobten mein Urgroßvater und die Tante und dann gingen wir weiter.

Aber als ich mich umdrehte, versuchte Anneken schon wieder ihren Daumen ein kleines bisschen ins Wasser zu stippen.

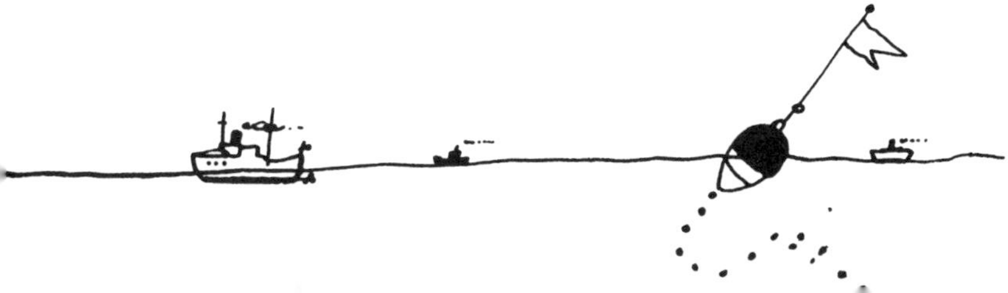

Ich drohte ihr mit dem Finger. Aber sie zuckte nur die Schultern. So unerhört können sich Schwestern benehmen.

Die Obergroßmutter in der Trafalgarstraße hatte anscheinend gar nicht bemerkt, dass wir den halben Tag lang fortgewesen waren. Sie saß mit einem Bleistift in der Hand zwischen Bergen von Papier und schrieb und rechnete und sagte barsch: „Kaffee gibt es in der Küche. Ich habe keine Zeit für euch. Wenn man einen Motorkutter hat, ist man verraten und verkauft! Schafft euch nie einen Motorkutter an!"

„Ich bin sowieso zu alt dazu", sagte mein Urgroßvater.

„Ich bin noch zu jung, Obergroßmutter."

„Stört mich nicht! Geht in die Küche! Helga soll euch Kaffee geben."

Wir zuckelten in die Küche, wo die Mannschaft des Motorkutters von Präsidenten-Helga versorgt wurde. Auf dem Tisch stand eine herrliche, große Buttercremetorte. Die hatte Helga wahrscheinlich selbst gebacken. Denn immer, wenn der Motorkutter kam, verwöhnte sie unsere Seemänner nach Strich und Faden.

„Sag mal, Helga, kennst du die Geschichte mit den Goldfischen schon?", fragte mein Urgroßvater.

„Natürlich, Boy! Wenn ich Harry heirate, werde ich sicher Goldfisch-Helga genannt. Das ist viel hübscher als Präsidenten-Helga."

„Und viel passender!", sagte Onkel Harry. „Ist sie nicht ein kleiner Goldfisch, Boy?"

„Na klar!", riefen mein Urgroßvater und ich wie aus einem Munde.

Helga schüttelte ihre rotblonden Locken und rief: „Setzt euch hin, ihr Schmeichler! Ihr sagt das ja nur wegen der Torte."

Ich legte eine Hand aufs Herz und sagte: „Ehrenwort, Helga, wir meinen es ehrlich!"

Da lachte alles in der Küche und der bärenhafte Onkel Jasper brummte: „Der kleine Boy guckt dem großen Boy schon die Manieren ab."

„Lieber Manieren abgucken, als überhaupt keine haben“, antwortete mein Obergroßvater und warf einen strafenden Blick auf Onkel Jasper, der ein ganzes Tortenstück mit zwei Bissen vertilgte. Zum Glück konnte Jasper ihm nicht antworten, weil er einen vollen Mund hatte.

Mein Obergroßvater, der einer der größten und breitschultrigsten Männer der ganzen Insel war und immerzu, werktags und sonntags, drinnen und draußen, eine dicke grüne Joppe trug, war ebenso gutmütig wie riesenhaft. Nur mit Onkel Jasper, der ihm an Körpergröße fast gleichkam, gab es manchmal Zank. Zum Beispiel hatte Jasper eines Tages mitten in einer belebten Straße der Stadt Hamburg drei saure Heringe mit den Händen gegessen. Ein anderes Mal hatte er zu einem berühmten, aber schmächtigen Kapitän „Hallo, Rumpelstilzchen“ gesagt. So etwas erzürnte meinen Obergroßvater über die Maßen und er pflegte nach solchen Geschehnissen tagelang kein Wort mit Onkel Jasper zu wechseln.

Aber an diesem Tage kam es glücklicherweise nicht zum Zank zwischen den beiden. Außerdem brachen die Seemänner bald auf, um das Beiboot ihres Kutters weiter in Ordnung zu bringen.

Mein Urgroßvater ging in die Hummerbude, um die letzten Korken für Krischon Hinker zu schnitzen, und ich musste auf Befehl der Obergroßmutter den Kaufleuten, für die unser Kutter Waren an Bord hatte, die Frachtbriefe bringen. Dabei lief ich kreuz und quer über die ganze Insel. Aber das tat ich gern, denn fast jeder Kaufmann schenkte mir einen Groschen, und mancher gab auch zwei.

Als ich abends im Bett mein Geld zählte, hatte ich eine Mark und achtzig Pfennig bekommen. Onkel Harry, der an diesem Tage früh schlafen ging, schenkte mir noch zwanzig Pfennig dazu, damit die zwei Mark voll waren. So schlief ich ein mit dem angenehmen Gefühl, ein reicher Mann zu sein.

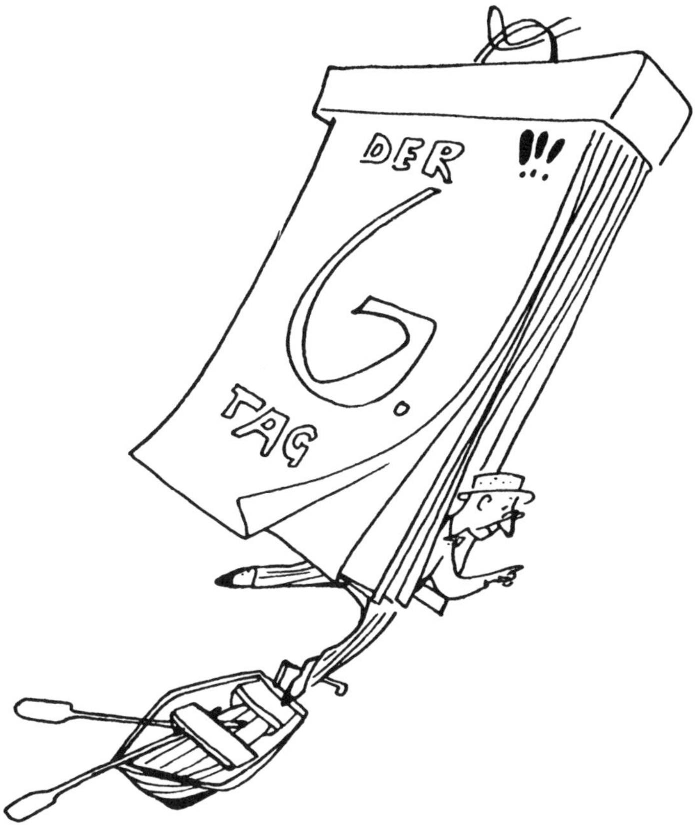

Der sechste Tag, an dem herauskommt, dass die Seeleute unsere Gedichte zu einem Beiboot verarbeiten und nicht einmal ein schlechtes Gewissen haben. Zeigt die Entstehung von Spitznamen. Spricht vom Übersetzen und der Unordentlichkeit gewisser Seeleute. Gibt bekannt, dass mein Urgroßvater am folgenden Tag 85 Jahre alt wird.

Am folgenden Tage hatten mein Urgroßvater und ich die Hummerbude ganz für uns allein, denn unsere Seeleute mussten zum Hafen hinunter, um das Entladen des Kutters zu beaufsichtigen. Die Obergroßmutter saß immer noch jammernd und rechnend über den Papieren.

Beide Räume der Hummerbude sahen schrecklich aus. Mitten in der Tienerbude stand ein Eimer voll Teer und rundherum waren schwarze Flecken auf dem Fußboden. Außerdem trat man beständig auf Korkschnitzel, Späne und alte Lappen.

Oben in der Drechselwerkstatt war es etwas manierlicher. Hier lagen nur ein paar Bretter und Werkzeuge herum.

Wir lehnten die Bretter neben dem Schrank an die Wand, hängten Hämmer, Feilen, Sägen und Zangen an ihren Platz auf dem Werkzeugbrett und sagten kein Wort über die unordentlichen Seemänner. Wir wussten, dass Seeleute, die in der Enge ihrer Kojen und Kajüten peinliche Ordnung halten müssen, sich an Land gern ein wenig gehen lassen.

Mein Urgroßvater hatte schon beim Frühstück ständig die Augen zusammengekniffen und die Unterlippe abwechselnd vorgeschoben und eingezogen. Es musste eine besonders schwierige Geschichte sein, die ihm im Kopfe herumging.

Ich fragte: „Erzählst du mir jetzt etwas Hübsches?“

„Mach ich!“, sagte mein Urgroßvater. „Hast du schon einmal etwas vom Donnerpastor gehört?“

„Das war, glaube ich, der vorige Inselpastor, Urgroßvater.“

„Stimmt, Boy! Und den Regierungspräsidenten, den kennst du doch auch?“

„Ja, sicher! Der wohnt auf dem Oberland; sein Sohn Henning ist doch mein Freund.“

„Ach ja, richtig, Boy!“

Mein Urgroßvater wollte gerade mit seiner Geschichte beginnen, als uns beiden gleichzeitig einfiel, dass wir in der Drechselwerkstatt saßen, in der wir zu dichten pflegten, und nicht in der Tienerbude, die für Geschichten vorgesehen war. Wir kletterten daher die Leiter hinunter, machten es uns unten auf den Korkplatten bequem, und dann erzählte mir mein Urgroßvater die Geschichte:

Die Spitznamen des Herrn Singer

An einem schönen Tag im Monat Mai fuhr von der Stadt Hamburg zur Insel Helgoland ein Dampfer, auf dessen Deck zwei Herren standen und sich unterhielten. Der eine von ihnen war dick, groß und ganz in Schwarz gekleidet. Der andere war klein und spindeldürr, hatte einen Kneifer auf der Nase und trug über seinen Schuhen gelbe Gamaschen.

„Waren Sie schon einmal auf Helgoland?“, fragte der dicke Herr den spindeldürren.

„Nein“, antwortete der Herr mit dem Kneifer. „Ich fahre zum ersten Mal hinüber. Ich werde dort Sekretär der Versorgungs-Gesellschaft für Hummerfischer-Witwen.“ Er verbeugte sich und sagte: „Darf ich mich vorstellen: Johann Jakob Singer.“

„Sehr angenehm, Herr Singer! Mein Name ist Rasmussen, Pastor Rasmussen. Aber auf der Insel werde ich Donnerpastor genannt.“

„Wieso Donnerpastor?“, fragte Herr Singer.

„Weil ich den Helgoländern jeden Sonntag ins Gewissen donnere“, sagte der Pastor. „Sie müssen nämlich wissen, Herr Singer, dass jeder, der auf Helgoland wohnt, einen Beinamen bekommt, einen Spitznamen.“

„Wie unangenehm!“, rief Herr Singer. „Aber“, fügte er mit spitzem Munde hinzu, „ich bekomme bestimmt keinen Spitznamen. Denn ich bin ein ehrbarer Mann, der arbeitet und seine Pflicht tut.“

„Vorsicht, Herr Singer, sagen Sie das nicht so laut!“

„Ich sage das, so laut ich will!“, antwortete ärgerlich der

Herr mit den gelben Gamaschen. Und im Bewusstsein seiner Ehrbarkeit setzte er hinzu: „Ich wette, dass die Helgoländer mir keinen Spitznamen geben!"

„Die Wette ist angenommen!", rief mit dröhnender Stimme der Donnerpastor. „Wenn Sie in einer Woche noch keinen Spitznamen haben, dann will ich in einem Ruderboot dreimal um den Inselfelsen herumrudern."

„Topp", sagte Herr Singer und legte seine magere Hand in die kräftige Pranke des Pastors. „Derjenige von uns, der die Wette verliert, rudert dreimal um die Insel."

Pastor und Versicherungssekretär versprachen einander, die Wette geheim zu halten und in einer Woche, also am letzten Donnerstag im Mai, gemeinsam über die Insel zu spazieren und dabei nachzuforschen, ob Herr Singer einen Spitznamen bekommen habe.

Am Nachmittag erreichte der Dampfer die Insel Helgoland. Der Kapitän stoppte die Maschinen weit außerhalb der Insel, ließ die Anker ins Wasser rasseln und an die Backbordseite des Schiffes eine Strickleiter hängen. Gleich darauf kam von der Insel ein Ruderboot herüber und alle Fahrgäste mussten an der Strickleiter ins Boot hinabklettern. Pastor Rasmussen, der darin schon Übung hatte, war der Erste auf der Leiter. Ihm folgte der ängstliche Herr Singer, der sich mit den Füßen zitternd von Sprosse zu Sprosse tastete. Die Fischer unten im Boot starrten staunend auf seine zitronengelben Gamaschen und der Mann am Steuer sagte: „Er benimmt sich wie ein Storch im Salat.“ Pastor Rasmussen lächelte in sich hinein, als er diese Bemerkung hörte.

Auf der Brücke, an der das Ruderboot nach einer knappen Viertelstunde anlegte, standen die Helgoländer links und rechts in zwei langen Reihen. Man nannte dieses Spalier von Neugierigen die Lästerallee, denn hier wurden Bemerkungen über die Neuankommenden getauscht, die nicht immer schmeichelhaft waren. Als der Pastor mit Herrn Singer die Lästerallee durchschritt, rief es von beiden Seiten: „Willkommen, Herr Pastor!“ Ein alter Fischer rief: „Wir haben lange Zeit kein Sonntagsgewitter mehr gehabt!“ Und eine dicke Pensionsmutter rief: „Halleluja, es fängt wieder zu donnern an!“

Der Pastor warf bei diesen Bemerkungen Herrn Singer einen schnellen Blick zu und dem armen Versicherungssekretär wurde sehr unbehaglich, denn er musste daran denken, dass er überhaupt nicht rudern konnte.

Übrigens schnappte Pastor Rasmussen ein paar geflüsterte Bemerkungen in der Inselsprache auf, die sich ohne Zweifel auf den spindeldürren Herrn Singer bezogen. Links flüsterte jemand: „Unser Vogelgarten kriegt einen Uhu dazu!“ Rechts murmelte es: „Da kommt ein Schirm mit einem Männlein dran!“

Der Donnerpastor schmunzelte, weil er an die Wette dachte. Aber zugleich fand er das Geflüster wenig höflich gegenüber einem Gast, und er beschloss, den Helgoländern am folgenden Sonntag eine Lektion über Höflichkeit in die Ohren zu donnern.

In der Treppenstraße lieferte Pastor Rasmussen Herrn Singer bei der Witwe Broders ab, denn hier sollte der Versicherungssekretär wohnen. Er sagte ihm auf Wiedersehen und ver-

sprach, ihn in genau einer Woche zu dem Spaziergang über die Insel abzuholen. Dann machte er sich auf den Weg ins Oberland zum Pastorat.

Aber als der Pastor die Treppe kaum zur Hälfte erstiegen hatte, kam ihm die Witwe Broders nachgeschnauft und rief: „Herr Pastor! Herr Pastor!"

„Was ist denn, Frau Broders?"

„Herr Pastor, das Papageienmännchen, das Sie mir gebracht haben, mag keinen Fisch! Was soll ich bloß machen? Ich kann doch nicht alle Tage Fleisch für ihn kaufen! Das ist hier viel zu teuer!"

„Liebe Frau Broders", antwortete der Pastor mit ziemlich lauter Stimme, „erstens ist Herr Singer kein Papageienmännchen, merken Sie sich das, und zweitens gewöhnt sich der Mensch mit Gottes Hilfe an alles, auch an Fisch, wenn er gut zubereitet wird. Guten Tag!"

„Guten Tag, nichts für ungut!", murmelte die Witwe Broders und trippelte beruhigt die Treppe wieder hinunter. Sie war fest entschlossen, Herrn Singer an Fisch zu gewöhnen.

Und das tat sie, und zwar auf die einfachste Weise: Sie setzte ihm ein Walfisch-Kotelett vor und nannte es Kalbsschnitzel, sie gab ihm geräucherten Haifischbauch und tat so, als sei es Schweinebauch aus dem Rauch. Kurz und gut, sie täuschte ihn mehrere Tage lang, und als Herr Singer am vierten Tag ihre Speisen lobte, da rückte sie mit der Wahrheit heraus und erklärte, dass er drei Tage lang nur Fisch gegessen habe.

Der Versicherungssekretär fiel bei diesen Worten aus allen

Wolken. Er nahm seinen Kneifer ab, beschnüffelte das Schweineschnitzel auf seinem Teller und fragte: „Ist das etwa Sägefisch-Fleisch?"

„Nein, Herr Singer", lachte die Witwe Broders, „diesmal kriegen Sie reelles Schweinefleisch, weil Sonntag ist."

Johann Jakob Singer erlebte noch manch andere Überraschung auf der Insel Helgoland. Zum Beispiel war er es vom Festland her gewohnt, allen Bekannten, die er auf der Straße traf, die Hand zu geben und „Guten Tag" und „Wie geht es" zu sagen. Als er nun am Montag in sein Versicherungsbüro ging, da kam er eine ganze Stunde zu spät, weil er auf dem kurzen Wege dorthin nicht weniger als vierzehn Leute traf, die er durch seine Versicherung kennen gelernt hatte. Er gab vierzehnmal die Hand zur Begrüßung, sagte vierzehnmal „Guten Tag" und „Wie geht es", reichte vierzehnmal die Hand zum Abschied und sagte vierzehnmal „Alles Gute" und „Auf Wiedersehen". Das war zeitraubend und auf der Insel Helgoland sehr ungewöhnlich. Denn hier gab man sich nur die Hände, wenn man zum Festland fuhr oder von dorther zurückkam. Sonst sagte man „hollo" oder „höi", wenn man einander begegnete.

Überraschend waren für Herrn Singer auch die Gespräche in seinem Versicherungsbüro. Als korrekter Mann pflegte er stets von der „Hummerfischer-Witwen-Versorgungs-Gesellschaft" zu sprechen. Die Helgoländer aber sprachen unentwegt von der Nikolauskasse. Erst am dritten oder vierten Tag bekam Herr Singer heraus, dass mit der Nikolauskasse seine

Hummerfischer-Witwen-Versorgungs-Gesellschaft gemeint sei. Der heilige Nikolaus ist nämlich der Schutzpatron der Fischer und Seefahrer. Aus diesem Grunde wurden alle Versicherungen für Seeleute Nikolauskassen genannt. Den Sekretär einer solchen Versicherung nennt man einfach Nikolaus. Der Sekretär der Dampfer-Versicherung hieß zum Beispiel Nikolaus Eins-zwei-drei, weil er stets einen Spazierstock mit einer Eisenspitze in der Hand hatte, den er nach jedem zweiten Schritt hart aufsetzte. Das klang wie klapp-klapp-klipp oder wie eins-zwei-drei. Der Sekretär der Versicherung für Fischereigeräte hieß Nikolaus Pfeffer, weil er alle Mahlzeiten sehr kräftig würzte. Und der Sekretär der Lotsenversicherung hieß Schweine-Nikolaus, denn er besaß das einzige Schwein, das es auf der Insel gab.

Nur der Versicherungssekretär Johann Jakob Singer schien noch keinen Spitznamen zu haben, und darauf war er sehr stolz. Als Pastor Rasmussen ihn, wie abgemacht, am letzten Donnerstag im Mai zu einem Spaziergang abholte, sagte der Versicherungssekretär: „Sie haben die Wette verloren, Herr Pastor! Ich bin schon eine Woche lang auf Helgoland, und immer noch habe ich keinen Spitznamen."

„Abwarten, Herr Singer!", lachte der Donnerpastor. „Wir werden jetzt einen Spaziergang machen. Kommen Sie."

Der Versicherungssekretär zog sich eine geblümte gelbgrüne Weste an und schmückte seine dürren Knöchel mit zitronengelben Gamaschen. So begleitete er den Pastor über die Insel. Sein Dienst im Büro war beendet, denn es war fünf Uhr nachmittags.

Als sie die Treppe zum Oberland hinaufgingen, mussten sie um Zangi, den alten Straßenkehrer, einen Bogen machen, denn er fegte gerade mit Hingabe die 183 Stufen.

„Wie geht es, Zangi?", fragte Pastor Rasmussen.

Der Alte antwortete, ohne den Kopf zu heben: „Abwärts, Herr Pastor!" Dann ging er schweigend und fegend drei Stufen abwärts.

Der Donnerpastor blieb stehen und fragte: „Wie alt bist du eigentlich, Zangi?"

„Fünfundsiebzig, Herr Pastor."

„Dann wird es Zeit, dass du dich zur Ruhe setzt. Bist du eigentlich versichert?"

Der alte Straßenkehrer, der sich im Stufenfegen kaum stören ließ, antwortete: „Nee, Herr Pastor, versichert bin ich nicht. Ich halte mühelos durch bis zum Ende. Die Versicherungen spekulieren ja nur darauf, dass man früh stirbt. Ich kenne diese Brüder! Der Nikolaus Eins-zwei-drei ist gerissen wie der Teufel, Nikolaus Pfeffer ist ein Schafskopf, der Schweine-Nikolaus mag mich nicht, und der neue, Nikolaus Zitronenfuß, wird auch nicht besser sein."

„Erlauben Sie mal!", rief Herr Singer. Aber Zangi hatte sich inzwischen um zwölf Stufen von den beiden entfernt und hörte es nicht mehr, denn er war fast taub.

Johann Jakob Singer starrte auf seine gelben Gamaschen und fragte: „Warum nennt der Kerl mich Zitronenfuß? Gelbe Gamaschen sind in Hamburg große Mode."

„Aber nicht auf Helgoland", antwortete der Pastor und schmunzelte. Dann nahm er Herrn Singer beim Arm und sagte: „Kommen Sie, wir besuchen den Apotheker Mellien."

Die beiden Herren waren nun am Ende der Treppe angekommen und traten ein in die altertümliche Apotheke, die oberhalb der Treppe am Felsrand stand. Hier wurden sie zu einem Glas Grog eingeladen.

„Ich habe schon viel von Ihnen gehört", sagte der Apotheker zu Herrn Singer. „Man nennt Sie Täuschungsmanöver, nicht wahr?"

„Wie bitte?", fragte der Versicherungssekretär entgeistert. „Täuschungsmanöver?"

„Oh, lassen Sie sich dadurch nicht ins Bockshorn jagen!", rief Apotheker Mellien. „Hier wird niemand bei seinem richtigen Namen genannt. Ich heiße Salmiak-Peter. Und Sie heißen eben Täuschungsmanöver."

„Ja, aber wieso denn, Herr Apotheker?"

„Wissen Sie, Herr Singer, das ist so: Die Witwe Broders erzählt überall, dass Sie keinen Fisch essen mögen. Aber bei ihr, sagt die Witwe Broders, da hätten Sie das Fischessen gelernt. Durch Täuschungsmanöver, sagt sie. Darum nennen die Leute Sie Täuschungsmanöver."

Pastor Rasmussen musste so heftig lachen, dass er den Grog, den er gerade im Mund hatte, auf die Tischdecke sprühte. Herr Singer aber sagte nur: „Wie unangenehm!"

Als die beiden Herren weiter über die Insel schlenderten, sagte der Donnerpastor: „Zwei Spitznamen haben Sie schon. Ich bin gespannt auf den dritten."

„Mir reicht's!", sagte Johann Jakob Singer mit Würde. Er wäre am liebsten umgekehrt. Aber der Pastor schleppte ihn weiter über das Oberland und lud ihn sogar zu einem zweiten Grog in die Gaststätte „Nordseelust" ein.

Der Wirt, Genever-Harry, brachte zwei Gläser Grog höchstpersönlich und setzte sich sogar zu den beiden Herren an den Tisch.

„Wie gefällt Ihnen unsere Insel, Regierungspräsident?", fragte er Herrn Singer.

„Ich bin nicht Regierungspräsident", sagte Herr Singer mit Würde.

Genever-Harry lachte. „Natürlich weiß ich, dass Sie Versicherungssekretär sind. Aber wie ich höre, geben Sie allen Leuten zehnmal am Tag die Hand. Das tut hier nur der Regierungspräsident, der einmal jährlich unsere Insel besucht. Darum nennen die Leute Sie Regierungspräsident. Ein ganz hübscher Name."

Pastor Rasmussen hatte zum Glück keinen Grog im Mund, sodass er ohne Gefahr für die Tischdecke lachen konnte. Herr Singer aber sagte: „Nicht übel!" Denn der Spitzname „Regierungspräsident" gefiel ihm. Er begleitete den Pastor jetzt fast mit Vergnügen weiter über die Insel.

Es dunkelte schon, als die beiden zum Leuchtturm spazier-

ten, der seine drei Lichtstrahlen unermüdlich im Kreise drehte als Zeichen für die Schiffe auf dem Meer.

Am Fuße des Leuchtturms begegneten sie Antje Haudujudu. Sie war die Frau eines Engländers, der auf Helgoland Tuche verkaufte. Sie fragte niemals: „Wie geht es?" Sie fragte stattdessen: „How do you do?" Das ist Englisch und bedeutet dasselbe. Darum wurde sie Antje Haudujudu genannt.

In der halben Finsternis erkannte Antje den Pastor nur an der Stimme. Herrn Singer erkannte sie überhaupt nicht. Darum fragte sie: „Mit wem, Herr Pastor, sind Sie unterwegs?"

„Mit Herrn Singer, dem Versicherungssekretär, Antje."

„Ah, mit dem Gummi-Nikolaus! How do you do?"

„Wie bitte?", rief Herr Singer außer sich. „Gummi-Nikolaus?"

„Oh, nehmen Sie mir das Wort nicht übel!", sagte Antje Haudujudu. „Das ist nicht böse gemeint. Ich hörte es von anderen Leuten."

„Aber wie kommen die Leute auf Gummi-Nikolaus?", fragte Pastor Rasmussen.

„Leicht zu erklären, Herr Pastor. Das kommt von der Unterschrift."

„Wieso?", fragte Johann Jakob Singer.

„Nun", sagte Antje Haudujudu. „Unter jedem Ihrer Briefe steht geschrieben: Hummerfischer-Witwen-Versorgungs-Gesellschafts-Sekretär. Das ist ein Wort, das langgezogen ist wie Gummi.“

„Aber warum sagen Sie Nikolaus?“, fragte Herr Singer betreten.

„Weil bei uns alle Versicherungssekretäre Nikolaus heißen.“

„Aha“, murmelte kleinlaut der Sekretär, „deshalb nannte der Straßenkehrer mich Nikolaus Zitronenfuß.“

Pastor Rasmussen wieherte vor Lachen und rief deutlich prustend: „Geschieht Ihnen ganz recht, Singer, dass man Sie Gummi-Nikolaus nennt! Wie kann man ein solches Wortungeheuer erfinden! Wie hieß es doch gleich, Antje?“

„Hummerfischer-Witwen-Versorgungs-Gesellschafts-Sekretär, Herr Pastor!“

„Zum Schreien komisch!“ rief der Pastor.

Herr Singer aber flüsterte: „Wie unangenehm!“

Beim Heimweg musste Herr Singer zugeben, dass er die Wette mit Pauken und Trompeten verloren hatte. Statt eines Spitznamens hatte er deren vier. Das bedrückte ihn so sehr, dass er dem Pastor ordentlich Leid tat.

„Wissen Sie“, sagte Pastor Rasmussen, „ich werde dafür sorgen, dass man Sie in Zukunft nur noch Regierungspräsident nennt. Der Spitzname sagt Ihnen wohl am meisten zu?“

Der Sekretär nickte.

„Schön, und wann gedenken Sie dreimal um die Insel zu rudern, Herr Singer?“

„Vielleicht am Freitag“, flüsterte der arme Mann.

„Einverstanden, Herr Singer! Am Freitag um neun Uhr früh wird ein Ruderboot an der Brücke für Sie bereitliegen. Sie haben doch nichts dagegen, wenn ich die Gelegenheit benütze und ein bisschen mitfahre?“

Der Sekretär schüttelte den Kopf. Dann sagte er niedergeschlagen „Gute Nacht“ und verschwand gleich darauf im Haus der Witwe Broders.

Am folgenden Freitag waren die Helgoländer nicht wenig erstaunt, als sie den Donnerpastor und den neuen Versicherungssekretär in ein Ruderboot steigen und als sie den spindeldürren Herrn Singer angestrengt und ungeschickt nach Süden rudern sahen. Ihr Erstaunen wuchs, als sie vom Felsrand aus sahen, wie das winzige Ruderboot um den gesamten Inselfelsen herumfuhr.

Völlig aus dem Häuschen gerieten die Leute, als das Ruderboot nach der dreistündigen Rundfahrt nicht etwa an der Brücke anlegte, sondern zum zweitenmal nach Süden um den Felsen herumbog. Da strömten die Leute aus ihren Häusern heraus und überall an der Felskante sammelten sich Neugierige, die das winzige Boot unten im Wasser beobachteten.

Der kluge Pastor hatte für die Rundfahrt ein Ruderboot ausgesucht, das der Regierung gehörte und den Namen *„Regierungspräsident“* trug. Das war schlau. Als nämlich Genever-Harry von der Gastwirtschaft „Nordseelust“ das Boot vom Felsen aus sah, rief er: „Kinder, seht euch das an: Der Regierungspräsident rudert im Regierungspräsidenten um die Insel!“

Dieses Witzwort flog von Mund zu Mund und mit einem Schlage hatte Johann Jakob Singer den Spitznamen bekommen, der ihm am besten gefiel. Als er zum zweiten Mal an der Brücke vorbeiruderte, ohne anzulegen, rief man bereits: „Hallo, Regierungspräsident, willst du einen Dauerrekord im Rudern aufstellen?“

Johann Jakob Singer nickte und war fröhlich, und zwar aus zwei Gründen: erstens, weil man ihn Regierungspräsident nannte, zweitens, weil er bei dieser Gelegenheit das Rudern gelernt hatte. Er bewegte die Ruder fast so hübsch wie ein Vogel seine Flügel, nämlich ganz leicht und fein im Takt und ohne dabei ans Rudern zu denken.

Als er am späten Nachmittag die Insel endlich dreimal umfahren hatte und an der Brücke anlegte, wurde er vom Ruderverein „Hau-Ruck“ auf der Stelle zum Ehrenmitglied ernannt und zusammen mit dem Pastor in die Gastwirtschaft „Nordseelust“ eingeladen.

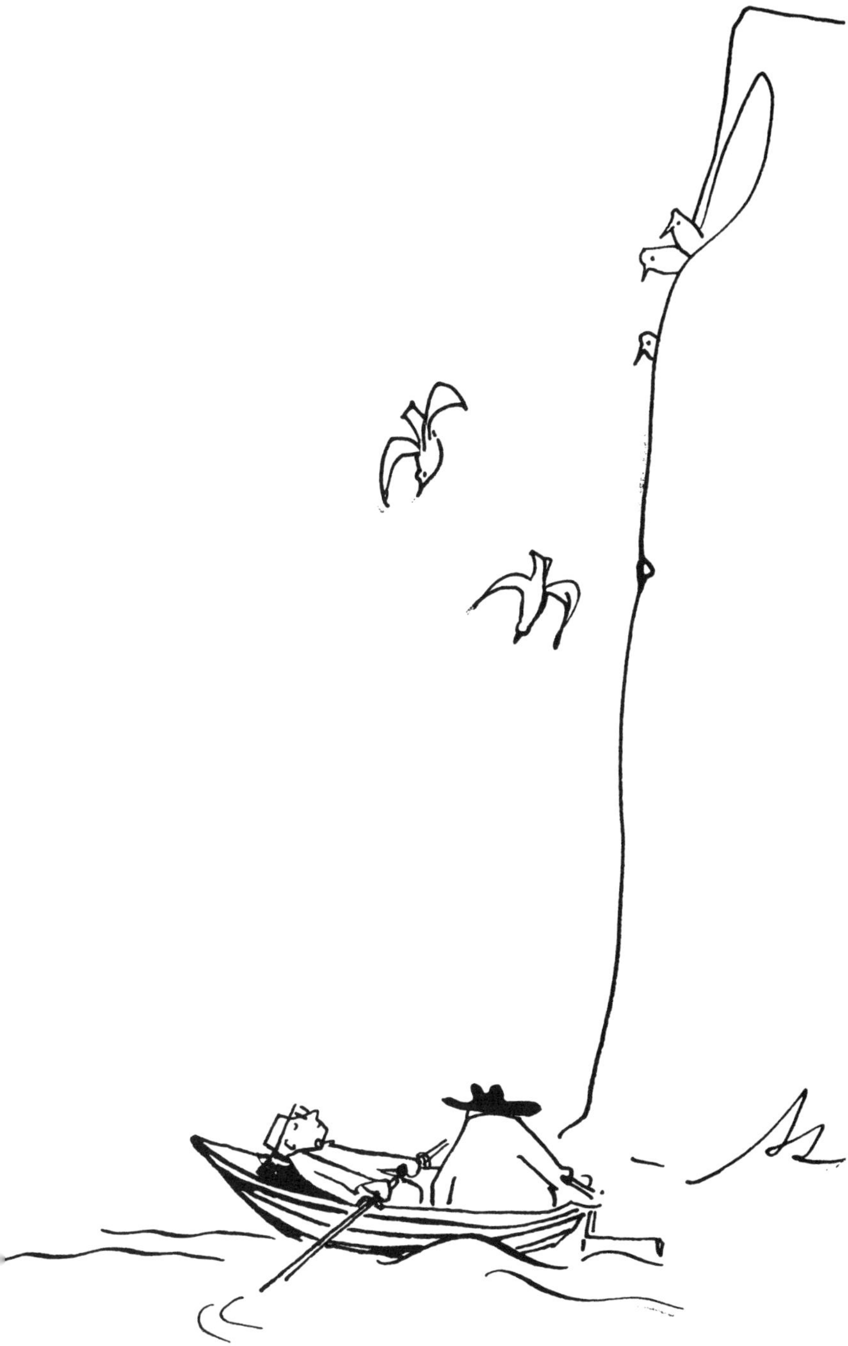

Die Witwe Broders konnte sich in den nächsten Tagen nicht genug wundern über Herrn Singer. Er trug jetzt keine gelben Gamaschen mehr, nannte seine Versicherung Nikolaus-Verein, aß oft und gern Fische und sogar Seeschnecken, gab den Leuten nicht mehr zehnmal am Tag die Hand, sondern rief „hollo“ oder „höi“, wenn er Bekannten begegnete, und eines Tages ging er sogar in einem blauen Fischerpullover in sein Büro.

„Wissen Sie, Regierungspräsident“, sagte die Witwe eines Sonntags beim Mittagessen, „Sie sind fast nicht mehr von einem Helgoländer zu unterscheiden.“

„Stimmt!“ sagte Herr Singer. Und dann schob er das Schweineschnitzel zurück, das die Witwe ihm hingestellt hatte, und nahm sich frisch geräucherten Haifischbauch.

Mein Urgroßvater schwieg, und ich fragte verdutzt: „Ist die Geschichte zu Ende?“

„Ja, Boy, die Geschichte ist zu Ende. Du willst natürlich wissen, warum der Regierungspräsident heute nicht mehr Versicherungssekretär ist, sondern Hummerhändler. Stimmt's?“

„Ja, Urgroßvater.“

„Nun, das kann ich dir verraten: Weil er die Tochter eines Hummerhändlers geheiratet hat und nach dessen Tod das Geschäft übernahm.“

„Warum hast du das nicht in der Geschichte erzählt, Urgroßvater?“

„Weil, wie eine weise Sultansfrau gesagt hat, weil so ein armes, dummes Ding wie ein Märchen auch seine Regeln hat, Boy. Die Geschichte von den Spitznamen des Herrn Singer ist die Geschichte einer Wette. Sie fängt damit an, dass zwei Männer wetten, und sie hört damit auf, dass einer die Wette gewinnt und der andere sie verliert. Punktum! Alles andere gehört nicht in die Geschichte hinein. Denn eine Geschichte, Boy, muss sein wie eine Schlange, die sich in den Schwanz beißt. Sie muss rund sein und ganz und gar mit sich selber beschäftigt. So wie die Schlange, wenn sie ihren Schwanz in den

Mund nimmt, nun weder Anfang noch Ende hat, so muss das Ende einer Geschichte wieder in den Anfang schlüpfen."

„Ist das die Moral der Geschichte, Urgroßvater?"

„Das ist auch eine Moral, Boy. Aber eine, die für jede Geschichte gilt. Die unsere von den Spitznamen des Herrn Singer sollte dir noch etwas anderes zeigen: nämlich, dass die Leute etwas Neues sozusagen mit der Sprache abtasten, bevor sie ihm einen Namen geben. Herr Singer war auf Helgoland eine neue Erscheinung. Da hat man diesen und jenen Namen für ihn versucht. Aber derjenige, der für sein würdiges Benehmen am besten passte, der blieb an ihm hängen – der Name Regierungspräsident."

„Deshalb wird mein Freund Henning jetzt Präsidenten-Henning genannt, und Onkel Harrys Freundin heißt Präsidenten-Helga", sagte ich.

„Stimmt, Boy!"

Mein Urgroßvater zog plötzlich seine kleine goldene Uhr aus der Tasche des Jacketts und sagte: „Die Obergroßmutter erwartet mich. Ich muss etwas mit ihr besprechen. Schreibe du inzwischen ein hübsches Gedicht!“

„Aber ich bin gar nicht in Stimmung, Urgroßvater, und einen Einfall habe ich auch nicht.“

„Dann will ich dir einen Vorschlag machen, Boy: Versuche einmal, etwas zu übersetzen!“

„Was soll ich denn übersetzen?“, lachte ich. „Ich spreche ja keine einzige ausländische Sprache.“

„Aber du sprichst zwei inländische Sprachen: Deutsch und Friesisch.“ Da hatte mein Urgroßvater Recht. Friesisch sprach ich zu Hause und Deutsch redete ich in der Schule und mit den Badegästen vom Festland. Also musste ich auch von einer Sprache in die andere übersetzen können. Ich holte mir also ein Kiefernbrett und einen Zimmermannsbleistift und setzte mich damit hinauf in die Drechselwerkstatt, während mein Urgroßvater über die Straße hinüberging ins Haus. Ich beschloss, das Gedicht vom „Komischen Mann“ zu übersetzen, weil es kurz und einfach war. Zunächst schrieb ich es auf die eine Seite des Kiefernbrettes und sah es mir eine Weile an. Dann sagte ich: „So! Nun flink übersetzt mit richtigem Takt und schönen Reimen und allem, was dazugehört.“

Aber das Übersetzen war viel, viel schwerer, als ich gedacht hatte. Wenn ein Wort im Friesischen eine Silbe hatte, dann enthielt das deutsche Wort mindestens zwei Silben. Wenn sich etwas im Friesischen reimte, dann reimte es sich im Deutschen ganz bestimmt nicht. Kurz und gut: Ich mühte mich eine ganze Stunde lang ab, ohne mehr als zwei Zeilen zu übersetzen.

Da beschloss ich, die Verse zwar zu übersetzen, aber etwas Neues daraus zu machen, nämlich ein Gedicht, das sich auf deutsche Art reimt. Ich versuchte nicht mehr, die Zahl fünf auf das Wort Taube zu reimen (denn das ist ja unmöglich), sondern ich machte aus der Taube einfach einen Stier und reimte darauf die Zahl vier. Als mein Urgroßvater in die Hummerbude zurückkam, waren beide Seiten des Kiefernbrettes beschrieben, und die deutsche Übersetzung war fertig.

„Na, Boy“, fragte er, „was hast du zustande gebracht?“

„Eine Übersetzung vom ‚Komischen Mann‘, Urgroßvater.“

„Ist sie dir gelungen?“

„Ich hoffe, Urgroßvater.“

„Also los, Boy! Lies vor! Ich bin gespannt wie ein Segel im Wind.“

Da nahm ich das Kiefernbrett und las das Gedicht zuerst auf friesisch vor:

De potzik Mann

Dea lewwet nons en Mann iip Lunn,
De taalt de heele Dai.
He stinn – deät kiid keen Mensk verstunn –
Tu taalen uun lung Wai.
He taalt ark Karkfink, de dear kümm,
Met jaan, tau, tree, schtjuur, fiuw.
En kümm dear nons en Diuw verbid,
Dann taalt he uk de Diuw.
He taalt uk alle Stötter dear
Van Rott en Hinn en Katt,
So dat he innemens sletten wear
En rölleket as man watt.
De froagerst, wearom taalt he dann
Alle Dai uun Koll en Hett?
Miin Kinn, he wear en potzik Mann!
Deät's alles, wat ik wett!

Nun drehte ich das Kiefernbrett um und las die deutsche Übersetzung:

Der komische Alte

Es war einmal ein alter Mann,
Der zählte ohne Ruh,
Er zählte dies, er zählte das,
Er zählte immerzu.
Er zählte Käfer, Spatz und Wurm,
So eins, zwei, drei und vier.
Und trottete ein Stier vorbei,
Dann zählte er den Stier.
Er zählte auf der Wiese gar
Die Blumen und das Gras,
Sodass er abends zittrig war
Und müde wie nur was.
Du fragst mich, warum zählte er
Bei Regen, Sonn' und Wind?
Weil er ein bisschen komisch war.
Mehr weiß ich nicht, mein Kind!

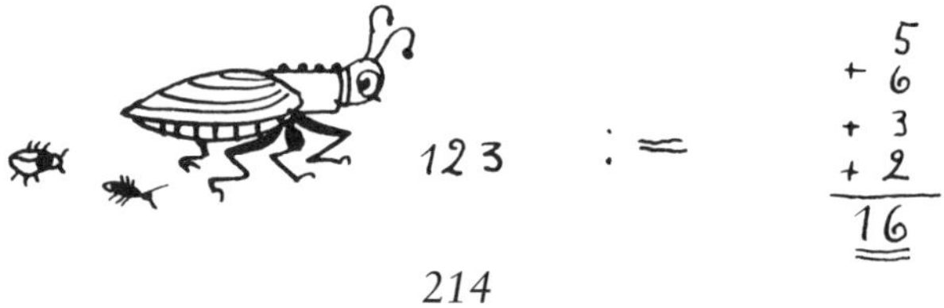

„Hm!“ brummte mein Urgroßvater nachdenklich. Dann nahm er mir das Kiefernbrett aus der Hand, beguckte sich die Seite, auf der das Gedicht in Friesisch stand, drehte das Brett um, las ein bisschen in der deutschen Übersetzung und knurrte zum zweiten Mal „hmmm“.

„Gefällt dir meine Übersetzung nicht, Urgroßvater?“

„Doch, Boy, sie gefällt mir. Aber im Friesischen ist das Gedicht, offen gestanden, hübscher.“

„Mein Gedicht ist ja auch nur eine Übersetzung, Urgroßvater.“

„Gewiss, Boy, gewiss! Aber du hast es dir zu leicht gemacht.“

„Wieso, Urgroßvater?“

„Sieh mal, Boy, im Friesischen heißt es: Da war einmal ein Mann auf der Insel, und der hat den ganzen Tag lang gezählt, und die Leute wunderten sich, dass er immer in der Langen Straße stand und zählte. Du aber sagst ganz einfach: Er zählte ohne Ruh, er zählte dies und das, und er zählte immerzu. Das ist nicht so hübsch und nicht so bildhaft wie im Friesischen. Übersetzen, Boy, bedeutet zwar, von einer Sprache in die andere und von einem Land in das andere hinübersetzen wie mit einer Fähre, aber dabei soll man von der Fracht, die man übersetzt, möglichst wenig verlieren. Du aber hast unterwegs einiges verloren.“

„Es ist ja auch die erste Übersetzung meines Lebens, Urgroßvater.“

„Stimmt, Boy, das entschuldigt manches.“

Während wir uns unterhielten, quietschte unten die Tür der Hummerbude, und nun hörten wir, wie Onkel Jasper rief: „Ihr sollt zum Essen kommen!“

„Ach, du meine Güte“, sagte mein Urgroßvater, „ich sollte dich ja zum Essen holen! Das habe ich ganz vergessen.“

Unten quietschte die Tür aufs Neue, dann fiel sie krachend zu. Man merkte, dass Onkel Jasper ärgerlich auf uns war. Für ihn gab es nämlich nichts Wichtigeres auf der Welt als das Essen. Er konnte nicht begreifen, dass es irgendetwas gab, was interessanter war als saure Heringe, gebratene Schollen oder Mehlklöße mit Sirup.

Als wir mit Mütze und Schal über die Straße gingen, sagte der Urgroßvater, dass unsere Obergroßmutter ihn heute nach einem Reim gefragt habe.

„Ob sie tatsächlich dichtet, Boy?"

„Wer weiß das so genau, Urgroßvater! Bei den Frauen ist alles möglich."

„Da hast du Recht, Boy", brummte er. Dann traten wir ins Haus.

Das Essen war nun wieder wie alle Tage und nicht besonders erwähnenswert. Es gab Grünkohl mit Speck.

Nach Tisch legte mein Urgroßvater sich schlafen und unsere Seeleute gingen wieder zum Hafen hinunter, um den Motorkutter weiter zu entladen.

Ich wollte mitgehen zum Hafen, aber meine Obergroßmutter sagte, ich müsse zu Hause bleiben und ihr bei den Vorbereitungen zum Geburtstag helfen.

„Wer hat denn Geburtstag, Obergroßmutter?"

„Dein Urgroßvater, Boy. Er wird morgen 85. Das solltest du eigentlich wissen!"

„Er hat mir aber kein Wort gesagt, Obergroßmutter."

„Das kann ich mir denken, Boy. Er nimmt Geburtstage nicht ernst. Es bleibt immer alles an mir hängen! Ein Wunder, dass er heute morgen herüberkam, um wenigstens das Allernötigste zu besprechen!“

„Also deshalb war er heute morgen im Haus“, dachte ich.

„Geh zum Bäcker Lührs, Boy, und frag, wann die Torten fertig sind! Und hol mir unterwegs von Pay Pflaume das Backpulver, den Zucker, die Korinthen und die Eier ab und obendrein und außerdem ...“

Die Aufträge der Obergroßmutter nahmen kein Ende. Ich ging zum Bäcker Lührs, um nach den Torten zu fragen, holte die Lebensmittel von Pay Pflaume und lud anschließend die Geburtstagsgäste ein.

Zuerst war ich beim Regierungspräsidenten, Herrn Singer, und lud ihn selbst, seine Tochter Helga und meinen Freund Henning ein. Dann ging ich zu meinem Elternhaus und rief meinen Schwestern Anneken und Johanneken durchs Fenster zu, dass meine Eltern morgen zur Obergroßmutter kommen sollten. Den Schwestern versprach ich, ihnen nach der Geburtstagsfeier Kuchen und Torte zu bringen. Anschließend schlenderte ich ins Unterland, um die Untergroßmutter einzuladen.

Als ich das alles erledigt hatte, ging ich ein bisschen an den Hafen, wo ich Jonny Flöter traf. Er stand bei unserem Motorkutter auf der Mole und ich erlaubte ihm, mit mir zusammen auf unser Schiff zu klettern. Wir holten uns Schiffszwieback aus der Kombüse, strolchten in den Kojen herum und setzten uns schließlich in das Beiboot, das repariert und außen frisch gestrichen war.

„Guck mal“, sagte Jonny zu mir, „auf den Planken des Beibootes steht etwas geschrieben!“

„Wo?“, fragte ich verdutzt.

„Da am Bug!“

Tatsächlich: Auf die Planke vorn im Boot hatte jemand etwas mit Bleistift geschrieben. Es war schwer zu lesen, weil die Bretter mit Karbolineum gestrichen waren. Aber plötzlich entzifferte ich zu meiner Bestürzung die Worte: „... ist vom Bauern Hein.“

Das war ja eine Zeile aus unserem Gedicht von der Maus Kathrein. Fieberhaft suchten Jonny und ich nach anderen beschriebenen Brettern, und nach und nach entdeckten wir Zeilen aus fast allen unseren Gedichten. Doch waren sie verschmiert vom Karbolineum und nur Bruchstücke waren noch zu lesen.

„Diese Piraten!“, rief ich wütend. Ich kletterte aus dem Beiboot heraus und rannte zu Onkel Harry, der an der Maschine des Ladebaumes stand.

„Ihr habt unsere Gedichte zu einem Beiboot verarbeitet!“, schrie ich. „Ihr seid Spitzbuben! Das sag ich sofort dem Urgroßvater!“

„Mach dich nicht so wichtig!“, lachte Onkel Harry. „Die Obergroßmutter hat es uns erlaubt.“

„Das ist unerhört von ihr!“, rief ich noch wütender.

Onkel Harry lachte weiter und hievte mit lärmendem Motor zwei Säcke mit Mehl in die Höhe. Dann rief er: „Übrigens sagt sie, sie hat alle Gedichte abgeschrieben.“

Wieder lärmte der Motor, und nun war ich beschämt, dass ich den Mund so voll genommen hatte. Kleinlaut kletterte ich auf die Mole zurück und sagte zu Jonny Flöter, ich hätte keine Zeit mehr, mit ihm zu spielen.

Ich lief zur Untergroßmutter, ließ mich dort ein bisschen mit Kaffee und Kuchen verwöhnen und erzählte ihr die Geschichte von dem Beiboot und den Gedichten.

Die Untergroßmutter fragte, was das für Gedichte seien, und sie fragte, ob wir oben in ihrer Dachkammer vielleicht auch Verse geschrieben hätten.

Ich gestand ihr, dass wir auf die Bretter des auseinander genommenen Bettes zwei Gedichte geschrieben hätten, aber auf die Innenseiten.

Zum Glück lachte sie und war gar nicht böse. Das beruhigte mich, und bald darauf ging ich pfeifend zurück aufs Oberland.

Die Obergroßmutter saß in der Küche und band einen Packen beschriebener Blätter mit einem roten Bändchen zusammen. Aber kaum sah sie mich, da warf sie ein Handtuch darüber und sagte: „Spionier nicht in der Küche herum! Geh zum Urgroßvater in die Hummerbude! Er hat gesagt, ich soll dich rüberschicken. Los, was stehst du denn noch herum?"

„Ich geh ja schon", sagte ich und ich tat unwillig. Aber in Wirklichkeit war ich sehr belustigt. Denn nun hatte ich den Beweis, dass die Obergroßmutter sich für unsere Gedichte interessierte, sie sogar sammelte und mit einem roten Band zusammenknüpfte. Fröhlich hüpfte ich über die Straße hinüber in die Hummerbude.

Mein Urgroßvater saß oben in der Drechselwerkstatt neben der Ledernen Lisbeth und machte ein trauriges Gesicht.

„Boy", sagte er, „die Seeleute haben unsere Gedichte verschreinert. Kennst du sie auswendig?"

„Ich glaube, die meisten nicht, Urgroßvater."

„Ich auch nicht, Boy! Ich wollte sie heute Abend abschreiben, weil du uns doch morgen Abend verlässt. Und nun entdecke ich, dass nur die Gedichte von heute noch da sind."

„Jaja, Seeleute sind Banausen", sagte ich scheinheilig. Ich verriet nicht, dass die Obergroßmutter die Verse gesammelt hatte. Denn das sollte wohl eine Geburtstagsüberraschung werden.

„Ich bin sehr traurig und habe einen großen Zorn im Bauch", sagte mein Urgroßvater. „Jetzt muss ich sofort ein Gedicht schreiben. Sonst platze ich! Reich mir ein leeres Kiefernbrett herüber. Ich hoffe, es sind noch welche da."

„Es sind nur noch zwei unbeschriebene, Urgroßvater."

„Gut, Boy! Dann kann jeder von uns noch ein Gedicht verfassen."

Ich brachte meinem Urgroßvater ein Brett und einen Zimmermannsbleistift und hockte mich mit dem zweiten Brett neben die Hobelbank.

Dann waren wir eine Stunde lang still und dichteten.

„So, Boy", sagte mein Urgroßvater endlich, „jetzt habe ich mir die Wut auf die Seeleute vom Leibe gedichtet und kann wieder ruhig atmen. Bist du auch fertig?"

„Nein, Urgroßvater. Ich mache mein Gedicht morgen zu Ende. Heute fließt es nicht mehr.“

„Wie du willst, Boy! Hoffentlich ist dein Kopf noch klar genug, um mein Gedicht anzuhören?“

„Klar, Urgroßvater!“

„Na schön, dann hör zu!“

Er hielt das Kiefernbrett etwas von sich ab und las mir vor:

Matthäus war ein Käfer,
Ein rechter Siebenschläfer,
Und schien zu gar nichts nutz.
Er lag aus freien Stücken
Oft taglang auf dem Rücken
In eines Strauches Schutz.

Die andern Käfer waren
Gewandt und welterfahren
Und gingen mit der Zeit.
Sie nannten Herrn Matthäus
Den dummen Skarabäus
Und taten sehr gescheit.

Die Käferherren schwätzten
Vom Ersten und vom Letzten
Beim Sieben-Meter-Lauf.
Die Käferdamen schwatzten,
Weil ihre Röcke platzten,
Vom Winter-Schlussverkauf.

Matthäus liegt alleine
Im Gras und streckt die Beine
Mit sehr zufriednem Sinn.
Er dichtet hin und wieder
Ganz kleine Käferlieder
Und singt sie vor sich hin.

Er lässt sich auch nicht stören,
Als ihn die andern hören
In einer lauen Nacht.
Da murmelt das Gelichter:
„Matthäus ist ein Dichter!
Wer hätte das gedacht?“

„Donnerwetter, Urgroßvater!“ rief ich. „Da hast du es unseren Seeleuten aber gegeben!“

„Sie werden es gar nicht merken, Boy!“, lachte mein Urgroßvater. „Doch es macht nichts. Hauptsache, ich fühle mich wohler! Und das tue ich auch. Übrigens habe ich Hunger. Wie spät ist es?“

„Abendbrotzeit, Urgroßvater.“

„Dann komm, wir gehen!“

Wir nahmen unsere Kiefernbretter unter den Arm, trugen sie über die Straße und stellten sie in der Küche ab. Mein Urgroßvater schien zu glauben, dass ich mein Gedicht im Hause beenden wolle. Aber in Wirklichkeit war es längst fertig. Es war ein Abc-Gedicht zu seinem Geburtstag, und ich hoffte, dass die Obergroßmutter es abschreiben und bei der Geburtstagsfeier vorlesen werde.

Wir aßen zu dritt Abendbrot, weil die Seemänner anscheinend noch im Hafen zu tun hatten. Dabei war meine Obergroßmutter erstaunlich schweigsam. Sie kniff manchmal sogar ohne ersichtlichen Grund die Augen zusammen, und mehr als einmal kam es mir so vor, als murmele sie Reime vor sich hin.

Mein Urgroßvater ging früh schlafen und sagte mir vor dem Gutenachtgruß, dass er mir am folgenden Morgen die letzte Geschichte erzählen werde.

„Wie heißt sie, Urgroßvater?“

„Der Pavillon aus Porzellan. Gute Nacht, Boy!“

„Gute Nacht, Urgroßvater!“

Nun war ich mit der Obergroßmutter allein im Wohnzimmer. Ich hoffte, sie werde mir die Geburtstagsüberraschung für den Urgroßvater zeigen. Aber sie ließ kein Wort darüber fallen, sondern fragte nur nach einem Reim auf Zentauern.

„Bedauern, Obergroßmutter.“

„Hm, bedauern ist gut! Warum schaust du mich denn so an, Boy? Darf ich dich vielleicht nicht nach einem Reim fragen, was? Glaubst du vielleicht, ich dichte? Dann irrst du dich aber schwer! Ich habe ernstere Dinge zu tun, jetzt, wo der Motorkutter da ist. Das ist schlimmer, als wenn ich siebenundsiebzig Klabautermänner zu versorgen hätte!"

Als die Obergroßmutter von Klabautermännern zu reden anfing, verdrückte ich mich schnell, rief unter der Tür „Gute Nacht" und stapfte mit dem neuen Seemannskalender unter dem Arm hinauf in meine Schlafkammer, wo ich einschlief, bevor Onkel Harry kam.

ENDE

Der siebente Tag, an dem die Präsidenten-Familie und meine Eltern vorgestellt werden. Schildert in aller Breite eine Geburtstagsfeier. Beweist sonnenklar, dass meine Obergroßmutter dichten kann. Enthält eine lange Geschichte, die mit Rum und einem dreifachen Prosit endet. Schließt damit, dass ich im Dunkeln mit meinem Seesack nach Hause wandere.

Der letzte Tag, den ich im Hause der Obergroßmutter verbringen durfte, war beinahe ohne Wind, sonnig und wolkenlos. Ein richtiges Geburtstagswetter!

Onkel Harry war mit den beiden anderen Seeleuten schon wieder unten im Hafen, als ich aufwachte. Aber im Nebenzimmer hörte ich den Urgroßvater rumoren. Da zog ich schnell den Bademantel an, schlich hinaus auf den Flur, stieß mit einem Ruck die Tür zur Kammer des Urgroßvaters auf und rief: „Ich wünsche dir Gesundheit, Glück und Segen und ein langes Leben!"

Mein Urgroßvater, der sein Gesicht eingeschäumt hatte und sich gerade rasieren wollte, kriegte zuerst einen Schreck, wischte sich dann aber den Seifenschaum vom Munde und sagte: „Hab ich alles gehabt, Boy: Gesundheit, Glück, Segen und ein langes Leben. Trotzdem danke ich dir für deine guten Wünsche."

„Seit wann rasierst du dich denn?", fragte ich verblüfft. „Willst du dir den Bart abnehmen?"

„Nein, Boy, ich will nur etwas Schick in meinen Bart bringen. Das tue ich einmal im Jahr: an meinem Geburtstag. Aber jetzt wasch dich und zieh dich an, damit wir gemeinsam hinuntergehen können zum Frühstück!"

Sehr adrett und feierlich und mit peinlich gezogenen Scheiteln gingen wir zehn Minuten später hinunter zur Obergroßmutter, die das Frühstück heute im Wohnzimmer hergerichtet hatte. Sie wünschte dem Urgroßvater ebenfalls Gesundheit, Glück und Segen und ein langes Leben und versprach ihm für den Nachmittag eine große Geburtstagsüberraschung.

„Mit 85 Jahren kann mich nichts mehr überraschen, Margaretha", sagte mein Urgroßvater.

„Wir werden sehen!", schmunzelte die Obergroßmutter. Dann frühstückten wir.

Als wir an diesem Tage über die Straße gingen, war mir ein

bisschen betrübt zumute. Denn heute sollte ich die letzte Geschichte hören.

Wehmütig trat ich in die Hummerbude ein. Mein Urgroßvater, der vorangegangen war, kletterte die Leiter zur Drechselwerkstatt hinauf. Aber ich rief: „Halt, Urgroßvater! Wir müssen unten bleiben! Dort oben wird doch nur gedichtet!"

„Stimmt", sagte mein Urgroßvater von der Leitermitte herunter. „Dort oben wird gedichtet. Deshalb gehe ich hinauf. Meine Geschichte handelt nämlich von Dichtern und Versen."

„Ach so!", rief ich. „Dann sind wir oben richtig!"

Nun kletterte auch ich Sprosse für Sprosse nach oben.

In der Drechselwerkstatt zog der Urgroßvater den feierlichen schwarzen Geburtstags-Gehrock aus, hängte ihn der Ledernen Lisbeth über die Schultern, ließ sich dann neben ihr in den Hobelspänen nieder, kniff die Augen zusammen, schob die Unterlippe vor und deutete mit der rechten Hand schweigend auf die Hobelbank. Da hopste ich hinauf, setzte mich still hin und erwartete Urgroßvaters letzte Geschichte.

Sie ließ nicht lange auf sich warten. Plötzlich hob er den Kopf, zog die Unterlippe ein und fragte: „Sitzt du gut, Boy?"

„Ja, Urgroßvater", sagte ich.

Da erzählte er mir die Geschichte:

Der Pavillon aus Porzellan

Wie man unter dreihundert oder vierhundert Kleeblättern nur einen einzigen Glücksklee mit vier Blättern findet, so gibt es unter den 365 Tagen des Jahres nur einen einzigen Glückstag, nämlich den 24. Juni.

Wer an diesem Tag geboren wird, ist ein Wunschkind, dem im Laufe seines Lebens, so sagt man, alle Wünsche (sofern es gute und angemessene Wünsche sind) in Erfüllung gehen. Zuweilen geschieht es auch, dass der 24. Juni eine ganze Schar von Menschen beglückt, wenn sich mindestens drei Wunschkinder unter ihnen befinden.

Vor etlichen Jahren machte eine kleine Reisegesellschaft mit einer chinesischen Dschunke einen Ausflug in das Gelbe Meer. Weil nun gerade der 24. Juni war und weil drei der Reisenden an diesem Tage Geburtstag hatten, schlug Li, der chinesische Dschunkenführer, vor, eine Fahrt ins Blaue zu machen und das Steuer getrost dem Glück zu überlassen.

Die Reisenden – wiewohl sie sich nicht ganz behaglich dabei fühlten – waren mit dem abenteuerlichen Vorschlag einverstanden. Sie überließen sich und die Dschunke dem Wind, den Wellen und dem Glück.

Bald merkten sie, dass sie keine Ursache hatten, dem Glück zu misstrauen. Denn obwohl nur ein schwacher Wind blies, flog die Dschunke mit prallen Segeln über das Meer dahin wie eine Sturmwolke über den Himmel. Und obwohl niemand am Steuer des Bootes stand, wurde es so leicht um Inselspitzen, Untiefen und Riffe herumgeleitet, als ob der geschickteste Steuermann es regiere.

Innerhalb einer Stunde hatte die Dschunke das chinesische Festland und die vorgelagerten Inseln so weit hinter sich gelassen, dass ihre Umrisse hinter ihnen im Dunst des Horizontes versanken. Nun war ringsum nur noch das Meer und geradeaus in der Ferne ein winziger dunkler Punkt zu sehen. Dieser Punkt wuchs rasch an. Zuerst war er so groß wie eine Erbse, dann wie eine Pflaume, darauf wie ein Apfel, schließlich wie ein Kürbis, und nach und nach erkannten die Reisenden eine Insel, die bunt und farbenfroh der Dschunke entgegenzuschwimmen schien.

Freddy, ein junger Amerikaner, nahm ein Fernglas vor die Augen und sagte: „Die Insel ist bewohnt. Ich erkenne zwischen den blühenden Sträuchern ein Haus."

„Verzeihung, darf ich auch einmal durch das Glas sehen?", fragte Dr. Meunier, ein Pariser Arzt.

„Bitte sehr!“, antwortete Freddy und reichte dem Arzt das Glas.

Dieses kurze Zwiegespräch setzte die Reisenden in Erstaunen. Und das hatte seinen Grund. Sie kamen nämlich alle aus verschiedenen Ländern, sprachen verschiedene Sprachen und hatten sich bis dahin nur durch Dolmetscher miteinander unterhalten können. Freddy sprach nur Englisch, Dr. Meunier ausschließlich Französisch. Aber hier auf der Dschunke im Gelben Meer redeten sie plötzlich Chinesisch miteinander. Das war merkwürdig und das erste Anzeichen für außergewöhnliche Ereignisse.

Miss Julia Umbrella, ein älteres Fräulein aus London, wollte nun auch versuchen, Chinesisch zu reden, und es gelang ihr auf das Vortrefflichste. Sie rief: „Ich kann das Haus schon mit bloßem Auge erkennen!“ Und sie schwenkte begeistert ihren Regenschirm.

„Tatsächlich“, sagte Frau Steengracht, eine weißhaarige Hamburgerin. „Ich erkenne das Haus ebenfalls. Es scheint ein Landhaus mit flachem Dach zu sein.“

In diesem Augenblick kam ein Kormoran, einer der großen Vögel der chinesischen Küste, auf das Boot zugeflogen, ließ

sich auf dem Deck der Dschunke nieder und fragte höflich und halblaut: „Darf ich Sie begleiten, meine Herrschaften? Mein Name ist Fortunat."

„Sind Sie vielleicht am 24. Juni geboren?", fragte Li, der chinesische Dschunkenführer, den Vogel.

Der Kormoran nickte.

„Daher der Name", bemerkte Dr. Meunier aus Paris. „Fortunat bedeutet nämlich so etwas Ähnliches wie ‚der Glückliche', meine Herrschaften."

Der sprechende Vogel mit dem schwarzen Schnabel, den schwarzen Vogelfüßen, dem nackten Halse und den meergrünen Augen setzte die Reisenden kaum noch in Erstaunen. Wenn die wunderbaren Begebenheiten sich häuften, gewöhnt man sich daran.

„Sagen Sie, Herr Fortunat, kennen Sie diese Insel?", fragte Mijnheer de Vilder, ein Amsterdamer Kaufmann, den Vogel auf Chinesisch.

„Ich habe sie vor zwanzig Jahren an einem 24. Juni aus dem Meer steigen sehen", erwiderte mit träumerischen meergrünen Augen der Vogel. „Aber sie versank wieder, ehe ich mich auf ihr niederlassen konnte."

„Hoffentlich ist sie nicht eine Luftspiegelung!", sagte Dr. Meunier.

„Dann will ich schnell ein Foto von ihr machen", rief Freddy, der Amerikaner. Er klappte den Lederverschluss seiner Kamera herunter, stellte den Apparat ein, schaute kurz durch den Sucher und machte klick.

In demselben Augenblick war die Insel verschwunden.

„Da haben wir es", seufzte Miss Julia Umbrella. „Die Insel war ein Gebilde der Luft!" Und traurig ließ sie ihren Regenschirm am Arm hin und her pendeln.

„Aber sehen Sie doch!", rief Petar, ein junger Matrose aus Montenegro. „Da flimmern Farben in der Luft."

„Tatsächlich", bestätigte die weißhaarige Frau Steengracht. „Es zittert ein Bild über dem Wasser."

„Aber es zittert ja gar nicht! Es ruht!", schnaufte aufgeregt Mijnheer de Vilder aus Amsterdam.

„Es ist kein Bild. Es ist die alte Insel!", jubelte der Kormoran Fortunat.

„Ja", nickte Li, der Dschunkenführer. „Sie ist wieder da! Aber sie ist sehr nah. Das kann keine Luftspiegelung sein. Das muss ..."

Li sprach nicht weiter, denn plötzlich gab es einen Ruck, und mit prallen Segeln knirschte die Dschunke auf den Kiessaum der Insel und lag dann still.

Der Kormoran hüpfte sogleich mit wild flatternden Flügeln vom Deck herunter auf den Strand, watschelte auf dem Kies herum und schrie: „Die Insel ist keine Einbildung! Ich fühle sie unter meinen Flossen!"

Da gab es auf Deck kein Halten mehr. Jedermann kletterte mit mehr oder weniger Geschick von der Dschunke herunter, Li, der Bootsführer, stieß den Anker tief in den Kies hinein, Miss Umbrella wirbelte fröhlich ihren Regenschirm herum, und der junge Matrose aus Montenegro sprang auf einen Stein und rief: „Meine Damen und Herren, dort hinter den Eukalyptusbäumen sehen Sie die Villa Unbekannt auf der Insel Irgendwo. Wer das Wunderbare nicht fürchtet, der folge mir, damit wir Herrn Wie-heißt-er-bloß unsere Aufwartung machen!"

Die kleine Gesellschaft fasste sich nach diesen Worten ein Herz und folgte lachend und schwatzend dem Matrosen Petar, der zwischen den Eukalyptusbäumen hinüberging zu dem

Gebäude. Es schien wie ein Kloster mit weißen Steinmauern um einen riesigen viereckigen Innenhof herumgebaut zu sein. Aber leider waren weder Fenster noch Türen in den Mauern zu sehen. Die Gesellschaft ging um das ganze Haus herum, fand aber nirgends einen Eingang. Kopfschüttelnd umschritt man das Haus ein zweites Mal. Aber nicht die kleinste Öffnung ließ sich entdecken. Erst als die Reisenden ein drittes Mal um die Mauern herumwanderten, fanden sie plötzlich ein großes Tor, vor dem ein Vorhang aus Perlenschnüren hing.

Die Leute staunten darüber, denn sie waren sicher, daß dieses Tor vorher nicht dagewesen war. Gleichwohl freuten sie sich, einen Einlass gefunden zu haben, und Freddy, der Amerikaner, wollte stracks durch den Vorhang ins Haus treten. Aber kaum hatte er die Perlenschnüre berührt, da zuckte er zurück, als habe er einen elektrischen Schlag bekommen.

„W... w... was bedeutet das?“, rief er erschrocken.

„Es bedeutet, dass Sie voreilig sind“, gurgelte eine Stimme über den Köpfen der Reisenden.

Man schaute nach oben und sah auf dem Dach einen uralten Uhu sitzen, der bedeutungsvoll die Augen auf- und zuklappte, sich schwerfällig herunterschwang, sich auf einer Schulter des Matrosen Petar niederließ, die Reisenden der Reihe nach mit großen Eulenaugen musterte und dann brummte: „Wer dieses Haus betreten will, muss sich den Eintritt ersingen, meine Herrschaften."

„Erzwingen!", verbesserte Dr. Meunier den Vogel.

„Nein, ersingen!", wiederholte der Uhu, der entgegen allen Naturgesetzen am hellichten Tage ausgezeichnet zu sehen schien. „Sie müssen vier Verse dichten, meine Herrschaften", sagte der Vogel mit dunkler Stimme. „Stellen Sie sich, bitte, neben den Sandkasten!"

Plötzlich sahen die Reisenden rechts neben dem Eingang einen Sandkasten an der weißen Mauer, den niemand zuvor gesehen hatte. Teils neugierig und teils beklommen stellte man sich um den Sandkasten herum. Der Uhu flatterte von der Schulter des Matrosen auf die hölzerne Umfassung und rief mit kehliger Stimme dreimal „uh" und dreimal „huh".

Da öffnete sich in der weißen Wand eine Klappe und heraus purzelte eine Rolle aus winzigen Eisenbahngeleisen. Sie rollte hübsch im Kreis durch den Sandkasten und legte eine Spirale von Schienen in den Sand. Dann fauchte eine Spielzeugeisenbahn aus der Wand heraus, die fünf oder sechs Güterwägelchen hinter sich herzog. Sie fuhr leise ratternd über die Schienenspirale und dabei öffneten sich von selbst die Klappen der kleinen Waggons. Da fielen Bäumchen heraus und winzige Sträucher, tomatenrote Holzbänkchen und bunte Vögelchen, die in einem Regen von Blumen in den Sand kullerten.

Als die Spielzeugeisenbahn bis in den Mittelpunkt der Spirale gerattert war, stieß die Lokomotive einen Pfiff aus, stellte sich auf den Kopf und fuhr senkrecht in den Sandboden hinein. Es sah aus, als ob sich ein Wurm in den Sand wühle. Schwupp – schon verschwand das letzte Güterwägelchen im Boden. Schwapp – es schloss sich die Klappe in der weißen Wand. Und – plim, plam, plom – richteten sich Bäume, Blumen, Büsche und Bänke im Sande auf. Schienen und Sand wurden von einem dichten Rasen übergrünt, die Vögel flatterten in die Zweige der Bäumchen und die Knospen sprangen auf und trieben Blüten und kleine Blätter hervor.

Im Handumdrehen hatte sich im Sandkasten die allerhübscheste Frühlingslandschaft entfaltet. Sogar kleine Bäche rieselten durch das Grün.

„Dies ist das erste Thema für einen Vers", sagte der Uhu.

„Da braucht man keinen Vers zu dichten", meinte Mijnheer de Vilder aus Amsterdam. „Diese Landschaft ist schon ein Gedicht."

„Tatsächlich!", rief die weißhaarige Frau Steengracht begeistert. „Es ist ein kleines Wunder! Schauen Sie sich nur die winzige Blumenwiese dort an und die niedlichen Bänke und die allerliebsten Vögel! Wer hat die Vögel aus Seide wohl auf die Zweige gestellt?"

Der Uhu klappte die Augen auf und zu, als wolle er antworten. Aber er kam nicht dazu, denn der große Kormoran schlug aufgeregt mit seinen Flügeln, zeigte mit seinem schwarzen Schnabel auf Frau Steengracht und rief: „Bitte, bitte, gnädige Frau, wiederholen Sie Ihre Frage!"

„Ich habe gefragt, wer die Vögel aus Seide wohl auf die Zweige gestellt hat", sagte die Dame aus Hamburg verdutzt.

„Nein, nein, Sie müssen Ihre Frage wortwörtlich wiederholen!“, schrie aufgeregt der Kormoran.

Frau Steengracht, die durchaus nicht wusste, was das zu bedeuten habe, fragte also zum zweiten Mal:

„Wer hat die Vögel aus Seide
Wohl auf die Zweige gestellt?“

Da antwortete der Kormoran:

„Er ist so jung wie die Weide,
Er ist so alt wie die Welt.“

Nun merkte die kleine Gesellschaft, dass Frage und Antwort sozusagen mit halber Absicht zu einem Gedicht geworden waren, und manch einer wiederholte murmelnd:

„Wer hat die Vögel aus Seide
Wohl auf die Zweige gestellt?
Er ist so jung wie die Weide,
Er ist so alt wie die Welt.“

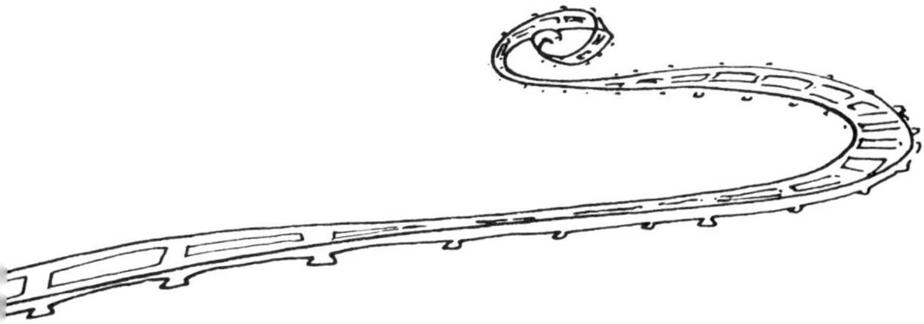

„O. K.!“, sagte mit zufriedenem Gesicht Freddy. „Den ersten Vers haben wir gedichtet.“

„Aber ob er gut ist, wird erst der Sandkasten zeigen“, gurgelte der Uhu.

„Oh, er zeigt es schon! Er zeigt es schon!“, rief regenschirmfuchtelnd Miss Julia Umbrella. „Schauen Sie, da öffnen sich Rosen im Gesträuch. Und Blüten regnen von den Bäumen. Es wird Sommer im Sandkasten!“

Die Miss hatte Recht: Aus der Frühlingslandschaft wurde eine heitere sommerliche Gegend mit richtigen kleinen Schatten unter den Apfelbäumchen. Nun strengte jeder sich an, um einen hübschen Vers auf den Sommer zu dichten.

Freddy trompetete:

„Unserm Schöpfer Lob und Dank
Für den Sommer warm und lang!“

Mijnheer de Vilder krähte:

„Voller wird die Blumenwiese
Und der Garten mit Gemüse.“

Aber die Landschaft im Sandkasten änderte sich nicht im Geringsten bei diesen Versen. Nur die Blütenknollen an den Apfelbäumchen rundeten sich sehr allmählich zu winzigen grünen Bällen. Da fielen dem Matrosen Petar zwei Zeilen ein. Er sagte:

„Das Jahr wird rund und immer runder
Und reif wie eine Frucht am Baum …“

Dann stockte er. Aber Miss Umbrella fuhr mit stolz hin und her pendelndem Regenschirm fort:

„Es ist ja wie das reinste Wunder.
Und wer’s nicht sieht, der glaubt es kaum.“

Leider hatte dieser Vers keinerlei Wirkung.

Dr. Meunier aus Paris sagte: „Die beiden Zeilen des Herrn Petar sind hübsch. Wie bedauerlich, dass die Zeilen der Miss Umbrella nicht genauso hübsch sind."

Die englische Miss pustete nach dieser Bemerkung verächtlich durch die Nase und fasste ihren Regenschirm fester, als ob er ein Degen sei.

Da lachte der junge Matrose plötzlich und rief: „Ich hab's!" Dann sagte er:

„Das Jahr wird rund und immer runder
Und reif wie eine Frucht am Baum
Und schaukelt wie ein kleines Wunder
Am grünen Ast von Zeit und Raum."

Der alte Uhu wiegte bedenklich den Kopf nach diesen vier Zeilen. Dennoch hatten sie Erfolg, wenn auch langsam und zögernd: Die Blätterchen der Bäume fingen an, sich zu verfärben, die winzigen Bälle an den Apfelbaumzweigen bekamen rote Bäckchen, und in die rinnenden Bächlein fielen hier und dort längliche Weidenblätter hinein und schwammen davon wie kleine Kanus.

Freddy, der noch nie in seinem Leben einen Herbst auf dem Lande verbracht hatte, fragte verdutzt: „Was geschieht denn jetzt?"

„Liebes Kind", antwortete die weißhaarige Frau Steengracht und hob wie eine Bilderbuchtante ihren Finger, „der Herbst beginnt und die Äpfel reifen."

„O gnädige Frau", rief Dr. Meunier ganz außer sich, „Sie haben ja schon wieder ein Gedicht angefangen! Bitte, sagen Sie das noch einmal!"

Frau Steengracht wiederholte (aber diesmal ohne Zeigefinger):

„Liebes Kind, der Herbst beginnt,
Und die Äpfel reifen."

„Reifen ...", flüsterte Dr. Meunier mit geschlossenen Augen. „Reifen ..." Dann wiederholte er leise:

„Liebes Kind, der Herbst beginnt,
Und die Äpfel reifen."

Er machte eine Pause, öffnete die Augen und fuhr fort:

„Dass gar manche sauer sind,
Wirst du bald begreifen."

Diesen Vers lobten die Reisenden sehr. Nur Li, der Dschunkenführer, sagte nichts. Denn in China dichtet man anders.

Die vier Zeilen bewirkten, dass die Äpfel von den Bäumchen plumpsten, dass die Bäche von treibenden Weidenblättchen zugedeckt wurden, dass das Gras gilbte und dass der Sandkasten plötzlich in ein so dichtes Schneegestöber eingehüllt wurde, dass von der Landschaft nichts mehr zu sehen war.

Bald aber legten sich die letzten Flocken wie ein niedersinkender weißer Schleier, und nun war die kleine Landschaft weiß, weiß, weiß. Auf der hellen Schneedecke waren nur die dunklen Silhouetten kahler Bäumchen zu sehen und die schwarzen Schienen der Eisenbahngeleise, neben denen links und rechts der Schnee in kleinen Wällen aufgetürmt war. Auch das Eisenbähnchen stand auf den Schienen. Nur waren diesmal keine Güterwaggons, sondern Personenwagen an die Lokomotive gehängt.

Freddy rief, ohne sich lange zu besinnen:

„Abc,
Die Schiene läuft im Schnee!"

Aber der Vers war schlecht und der alte Uhu schüttelte ärgerlich den Kopf.

Nun reimte man fleißig „Schnee“ auf „Weh“ und „Eis“ auf „weiß“. Aber der Sandkasten blieb unberührt in seiner winterlichen Schönheit liegen.

Als die Reisenden ein ganzes Schock Verse ohne Erfolg gedichtet hatten, wurden sie sehr betrübt. Nur das Mondgesicht des Dschunkenführers lächelte wie immer. Herr Li kniete sogar nieder und begann, mit der kleinen Eisenbahn zu spielen. Er schob das Bähnlein hin und her, und dabei klang das Rollen der Räder so gedämpft, dass man hätte meinen können, sie liefen auf Samt.

Endlich erhob der Dschunkenführer sich wieder und sagte mit halblauter Stimme:

„Gedämpfter tönen die Züge,
in den Geleisen liegt Schnee.
Schwarze Schienen irren
Über die weiße Welt.
Wo ist Sun, meine Schwester,
Die ich im Sommer sah?
Auf ihren weißen Schultern
Wirrte sich schwarzes Haar.“

Die Gesellschaft schwieg nach diesen Versen verdutzt oder in Bewunderung. Endlich fragte Freddy: „War das ein Gedicht?“

Herr Li lächelte und zeigte, statt zu antworten, auf den Sandkasten. Da riss man die Augen auf, wie wohl noch nie Augen aufgerissen wurden.

Dort unten im Sandkasten stand eine winzige Gesellschaft füßetrampelnd im Schnee, die der Reisegesellschaft über ihr bis aufs Härchen glich: Hier oben stand Dr. Meunier mit der linken Hand in der Hosentasche, und dort unten stand er – klein wie ein Zinnsoldat – noch einmal. Und ebenfalls mit der Hand in der Hosentasche.

Hier oben flatterte der Kormoran herum, und da unten flatterte er – klein wie eine Biene – über der Eisenbahn.

Plötzlich rief Freddy: „Wo bin ich denn?“

Die Reisenden schauten schärfer hin und entdeckten zwischen ihren winzigen Ebenbildern tatsächlich keinen Freddy. Man stieg dort unten gerade in die Eisenbahnwägelchen ein. Petar, der Matrose, sprang ins Führerhaus der Lokomotive, Li stieg in den Speisewagen, Mijnheer de Vilder half der Frau Steengracht und Miss Umbrella in ein Abteil erster Klasse hinauf, der Kormoran hockte auf dem Dach der Lokomotive, Dr. Meunier schritt den ganzen Zug entlang bis zum letzten Wagen, aber von Freddy war nichts zu sehen.

„Wo bin ich? Ich bin verloren gegangen!“, schrie er aufgeregt.

„Beruhigen Sie sich. Ich habe Sie schon entdeckt“, sagte Li.

„Wo denn? Wo? Halt, nicht abfahren!“, rief Freddy.

Aber das Bimmelbähnchen schien ohne ihn loszufahren. Da entdeckten plötzlich auch die anderen Reisenden den Amerikaner, vielmehr entdeckten sie seinen Kopf, der rot- und blaugefroren unter einem Wagen hervorguckte. Freddy lag als blinder Passagier unter dem ersten Wagen.

Das gab ein solches Gelächter, dass der kleine Zug im Sandkasten von der Erschütterung leicht zu schwanken begann.

Freddy sagte verlegen: „Ich bin noch nie getrampt. Ich bezahle immer meine Fahrkarten."

Er tat den anderen richtig Leid. Aber als Dr. Meunier daran erinnerte, dass Freddy den Perlenvorhang berührt und die Insel zu fotografieren versucht hatte, da glaubte man zu wissen, warum er sich dort unten im Sandkasten unter dem Eisenbahnwagen versteckte.

Das Bimmelbähnchen näherte sich indessen der Hauswand, ohne seine Geschwindigkeit zu vermindern. Schon war es der Wand ganz nah, aber immer noch öffnete sich die Klappe nicht.

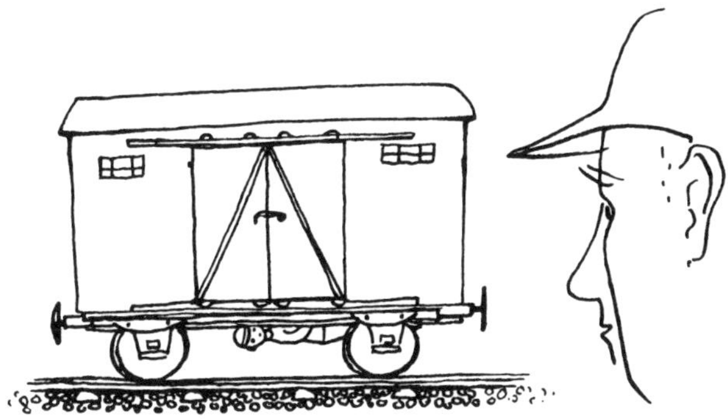

„Stopp, halt! Das gibt eine Karambolage!", rief Freddy, der immer noch sehr aufgeregt war. Aber die Eisenbahn ratterte weiter, genau auf die Wand zu, und – bums – da …

Ja, da sagte jemand: „Glücklichen Tag, meine Herrschaften!" Und obwohl es eine sanfte Stimme war, kam dieser Gruß so unerwartet, dass die Reisenden erschrocken ihre Köpfe hoben.

Vor dem Perlenvorhang stand ein lächelnder Chinese, verbeugte sich und lud die kleine Gesellschaft höflich ein, ins Haus zu treten.

Als die Leute verdutzt wieder nach unten schauten, war der Sandkasten verschwunden. Er hatte keine Spur hinterlassen, nicht einmal ein paar Sandkörner. Es war, als sei er nur ein

Traum gewesen. Und träumerisch und nachdenklich traten die Reisenden nun durch den leise klirrenden Perlenvorhang ins Haus.

Dort lief im Viereck eine Säulenhalle um einen großen Garten herum und in der Mitte des Gartens war ein See, in dem ein Pavillon stand. In den Säulenhallen standen Schaukelstühle und Korbsessel, auf dem Boden lagen prächtige weiche Matten und hier und dort sah man ziselierte Messingplatten auf drei Füßen, die Teegeschirre trugen. Draußen im Garten waren zwischen Eukalyptusbäumen, Palmen und Tamarisken Hängematten aufgespannt. Viele Männer und wenige Frauen in absonderlichen altertümlichen Gewändern lagen auf den Matten, saßen in den Sesseln, wiegten sich in den Hängematten oder auf den Schaukelstühlen und tranken Tee.

„Lauter berühmte Dichter", flüsterte Dr. Meunier der Frau Steengracht zu. „Ich kenne sie von alten Bildern."

Der freundliche Chinese führte seine Gäste an das Marmorbecken des Teiches und von dort über eine Brücke aus Jade in den Pavillon aus weißem und grünem Porzellan. Hier lagerte man sich auf weichen Matten um ein besonders reich verziertes Messingtischchen, in das im Kreis ein Spruch eingraviert war. Der Spruch lautete:

ein LIed isT AIn sPErling im wind.

Die Buchstaben, welche besonders betont sind (welche man in der chinesischen Schrift aber nicht finden, sondern nur beim lauten Vorlesen heraushören konnte), bildeten den Namen des Gastgebers. Er hieß Li Tai Pe. Und er schenkte seinen Gästen selbst den Tee ein.

„Li Tai Pe", flüsterte Dr. Meunier der Frau Steengracht zu. „Chinesischer Dichter, im Jahre 702 nach Christo geboren."

Der Dichter, der das Flüstern wohl verstanden hatte, nickte lächelnd und goss auch dem französischen Arzt Tee in die Schale.

Während sie tranken und schwatzten, spiegelte sich der Pavillon bunt und kopfüber im gläsernen Teich. Li, der Dschunkenführer, war wie verzaubert von dem Bild. Nach einer Weile erhob er sich und fragte: „Großer Li Tai Pe, erlaubst du, dass ich ein Gedicht von dir vortrage?“

„Nur zu“, antwortete lächelnd der Gastgeber.

Da trug Li das folgende Gedicht vor:

Da schaut im kleinen Teiche
Sich selber lustig an
Ein Pavillon aus weißem
und grünem Porzellan.

Und eine Brücke wölbt sich,
Dem Tigerrücken gleich,
Vom weißen Marmorufer
Zum Pavillon im Teich.

Da plaudern gute Freunde,
Mit Seide angetan.
Und manche schreiben Verse
Im Haus aus Porzellan.

Die Seidenärmel schaukeln
Im leichten Verseschritt,
Und Seidenmützen wippen
Im Nacken lustig mit.

Doch unten in dem Wasser,
So hell und silbermild,
Steht alles auf dem Kopfe
Im blanken Spiegelbild.

Die Jadebogenbrücke
Ist einem Halbmond gleich.
Kopfstehend plaudern Freunde
Im spiegelglatten Teich.

Sie schaun vom Teich kopfüber
Sich selber freundlich an
Im Pavillon aus weißem
Und grünem Porzellan.

„Das Gedicht ist sicher in diesem Pavillon entstanden“, sagte Miss Umbrella.

„Nein“, antwortete Li Tai Pe, „der Pavillon ist aus dem Gedicht entstanden. Denn dies ist die Insel, auf der das Schöne wirklich wird.“ Nach diesen Worten schenkte er frischen Tee ein.

Was die Reisenden in den folgenden Stunden im Pavillon aus weißem und grünem Porzellan erlebten, war – wie sie übereinstimmend berichtet haben – wunderbar und befremdlich zugleich. Aber niemand von ihnen kann sich ganz genau daran erinnern. Mit Sicherheit wussten sie nur zu erzählen, daß die kleine Eisenbahn aus dem Sandkasten fröhlich bimmelnd über die Messingplatte rollte und Ingwerstäbchen ausschüttete. Sie erinnerten sich auch, dass Li Tai Pe mit einer silbernen Mondsichel die Hälse dreier Porzellankaraffen absichelte und dass er aus den Karaffen Orchideen-Rum in die Teetassen goß, der die Reisenden süß verwirrte. Miss Umbrella wusste außerdem zu berichten, dass ein alter Mann mit weißem Barte wie der Sturmwind zu singen begann. Und Frau Steengracht weiß mit Bestimmtheit zu erzählen, dass eine weiße Maus in einem winzigen bunten Fesselballon über dem Pavillon dahingondelte, während ihr Spiegelbild lustig durch den Teich schwebte.

Übereinstimmend versichern alle Reisenden weiter, dass ihnen nach dem Genuss des Orchideen-Rums sonderbar leicht zumute wurde. Die Blumen des Teiches schienen sich in Vögel zu verwandeln und die Paradiesvögel mit den langen Schwänzen, die auf den Bäumen saßen, kamen ihnen wie tropische Blumen vor. Manchmal erhob sich in den Säulenhallen Gesang und die Männer und Frauen in den altertümlichen Gewändern fingen zu tanzen an. Dann flatterten die Vögel auf, die Blumen züngelten hin und her, und den Reisenden drehte sich alles langsam vor den Augen, als säßen sie in einem sanft kreisenden Karussell. Dann stand Li Tai Pe auf, stellte sich auf den Scheitel der Jadebogenbrücke und hob mit beiden Händen eine gläserne Kugel in die Höhe. Und sobald sich der farbige Tumult zu einem ruhigen Bild in der Glaskugel sammelte, hörte der Gesang auf, der Tanz stockte und jeder fiel aufatmend auf die weichen Matten zurück, als ob er nur ungern mitgetan habe.

Erst als der Tag kühl wurde, geleitete Li Tai Pe seine Gäste durch den leise klirrenden Perlenvorhang wieder ins Freie, brachte sie an die Dschunke und wünschte ihnen viele glückliche Jahre.

Dann flog die Dschunke über das dunkelnde Meer wieder der chinesischen Küste entgegen.

Die Welt war jetzt merkwürdig verändert: Die Sonne im Westen drehte sich wie ein Feuerrad glühend um sich selbst, der Wind trug von irgendwoher Mandolinenklänge herüber, die Inseln und die ferne chinesische Küste hoben und senkten sich wie Walfisch- oder Delfinrücken, und die Wellen des Meeres warfen einander kleine bunte Luftblasen zu, sodass ein Schleier farbiger Kügelchen über dem Wasser schwebte.

„Ist das Einbildung oder Wirklichkeit?“, fragte Freddy, der Amerikaner, dem dies unbehaglich zu sein schien.

„Beides“, antwortete Li, der Dschunkenführer.

Das war eine Antwort, mit der Freddy wenig anfangen konnte. Aber er begriff sie halbwegs, als er bemerkte, dass die seltsamen Erscheinungen sich immer mehr verflüchtigten, je näher die Dschunke dem chinesischen Festland kam. Darüber waren alle Reisenden sehr froh, denn für Leute, die sich auf schwankenden Planken über dem Wasser befinden, müssen wenigstens die Inseln und Kontinente feststehen, sonst gibt es am Ende überhaupt nichts Festes mehr.

Mijnheer de Vilder bedauerte die armen Dichter aus dem Landhause, denn er war davon überzeugt, dass ihnen die Welt immer so erschiene, wie sie eben den Reisenden erschienen war: mit glühenden, kreisenden Sonnenbällen, Mandolinenklängen und schwankenden Ufern.

Petar, der Matrose, bemerkte hierzu, die Welt sei ewig in Bewegung. Die Dichter seien nur die Einzigen, die es wüssten.

„Ein Glück, dass sie Sandkästen und Glaskugeln besitzen“, meinte Dr. Meunier aus Paris.

Die weißhaarige Frau Steengracht schielte nach diesem Gespräch über ihren Rücken verstohlen zur Sonne hinüber. Aber die stand ruhig und rot über dem Horizont und schickte sich bereits an, ins Meer hinabzusteigen. Da atmete sie erleichtert auf und sprang zuversichtlich ans Land, als die Dschunke gleich darauf an das Ufer knirschte.

Die Reise endete, wie ein Traum endet. Man wusste nicht, ob sie Einbildung oder Wirklichkeit gewesen war. Auch verstand man einander an Land nicht mehr so leicht wie auf dem Deck der Dschunke. Als Herr Li der Frau Steengracht etwas sagen wollte, bedurfte es dazu großer Umständlichkeit.

Herr Li sagte zum Kormoran: „Ngan." Der Kormoran übersetzte es ins Französische und sagte zum Dr. Meunier: „Le monde est de nouveau tranquille." Der Arzt aus Paris übersetzte es für Mijnheer de Vilder ins Holländische: „De wereld is weder rustig." Der holländische Kaufmann übersetzte es für Miss Umbrella ins Englische: „The world is calm again." Die Engländerin mit dem Regenschirm übersetzte es für den Matrosen Petar ins Serbische: „Svet je opet mirno." Der Matrose aus Montenegro übersetzte es endlich der Frau Steengracht ins Deutsche: „Die Welt ist wieder ruhig, gnädige Frau."

„Ja", antwortete Frau Steengracht und sah Herrn Li dabei freundlich nickend an. „Das wollte ich auch gerade sagen."

Da lachte Petar und übersetzte es für Miss Umbrella. Die Engländerin lachte ebenfalls und übersetzte es für Mijnheer de Vilder. Der Holländer lachte auch, und so ging das Gelächter von einem zum anderen, bis es bei Li ankam, der es in ein sanftes Lächeln verwandelte.

Dann ging am Horizont die Sonne unter und die Reisenden trennten sich und wünschten einander in sechs Sprachen Lebewohl und gute Nacht. Der Kormoran blieb als Einziger am Ufer zurück, bis auch er sich erhob und mit großen Flügelschlägen hinausflog auf das Gelbe Meer zu einer fernen Insel.

Als die Geschichte zu Ende war, stand mein Urgroßvater schweigend aus den Hobelspänen auf, nahm seinen Gehrock von den Schultern der Ledernen Lisbeth, zog ihn umständlich an, knöpfte sorgfältig alle Knöpfe zu, sagte „danke schön" zur Ledernen Lisbeth, verbeugte sich dann und sprach zu mir folgendermaßen:

„Hiermit, mein Herr, verabschiedet sich von Ihnen der Erzähler lustiger und nützlicher Geschichten. Er wünscht Ihnen Gesundheit, Glück und Segen und ein langes Leben, und er bittet Sie, in seinem Pavillon aus Holz mit ihm anzustoßen auf die Schönheit, auf die Wahrheit und auf das gute Herz des Menschen."

Mein Urgroßvater zog aus der Tasche des Gehrocks ein Fläschchen Rum hervor, schraubte das Messingbecherchen ab, zog den Korken heraus, füllte den kleinen Becher und reichte ihn mir.

Da sprang ich herunter von der Hobelbank, verbeugte mich und sprach folgendermaßen:

„Großer Meister unter den Geschichtenerzählern, ich danke Ihnen für die vielen schönen Geschichten und verspreche Ihnen, alle Geschichten später, wenn ich erwachsen bin, aufzuschreiben zu Ehren der Schönheit, der Wahrheit und des guten menschlichen Herzens."

Ich leerte das Becherchen Rum auf einen Zug und mein Urgroßvater füllte es nach und trank es ebenfalls in einem Zuge leer.

„Es genügt ein einziger Trunk für alle drei", sagte er, „denn die Schönheit, die Wahrheit und die Güte sind ein und dasselbe."

Dann schraubte er das Fläschchen wieder zu und ließ es verschwinden in der Tiefe seiner Rocktasche.

Mir war ein wenig wirbelig im Kopfe, denn zehnjährige Buben sind starken Rum nicht gewohnt. Mir war, als schwankten die Wände der Drechselwerkstatt und als hörte ich im Holze die Würmer ticken. Auch lächelte die Lederne Lisbeth so seltsam wie die Kaiserin von China und mein Urgroßvater, der einen Arm auf ihre Schulter gestützt hatte, sah akkurat wie der Kaiser von China aus.

„Ist das nun Einbildung oder Wirklichkeit?", murmelte ich vor mich hin.

„Beides", antwortete eine Stimme, von der ich nicht wusste, ob sie von der Ledernen Lisbeth oder von meinem Urgroßvater kam.

Zum Glück hatte mein Urgroßvater Kaffeebohnen in seiner Rocktasche. Er bot mir eine kleine Handvoll an und ich kaute sie so lange, bis die Wände zu schwanken und die Holzwürmer zu ticken aufhörten. Da wurde der lächelnd gekräuselte Mund der Ledernen Lisbeth wieder zu einem ernsten schmalen Strich und aus dem Kaiser von China wurde wieder mein lieber alter Urgroßvater, der mich über die Straße hinüberführte zum Mittagessen.

Es gab gebratene Seezunge mit Kartoffelsalat und wir taten der Obergroßmutter die Ehre an, schweigend und mit Andacht zu speisen.

Nach dem Essen legte der Urgroßvater sich hin und ich half der Obergroßmutter bei den Vorbereitungen zur Geburtstagsfeier. Ich schleppte alle greifbaren Stühle ins Wohnzimmer, stellte mit ihrer Hilfe die drei Tische in einem offenen Rechteck auf, verteilte Blumen auf den Damastdecken, schmückte den Stuhl des Urgroßvaters mit Spargelkraut, malte bunte Platzkarten und verteilte sie nach den Anweisungen der Obergroßmutter auf den Tischen.

Als die Seemänner gegen zwei Uhr vom Hafen kamen, wurden sie in der Küche abgefüttert und dann hinaufgeschickt in ihre Kammern, um sich umzukleiden. Mein Obergroßvater stöhnte sehr darüber, denn er trennte sich nur ungern von seiner dicken grünen Joppe. Aber gegen Befehle der Obergroßmutter gab es keinen Widerspruch.

Punkt vier Uhr standen sämtliche Gäste vor der Tür. Auf unserer Insel ist solche Pünktlichkeit nichts Außergewöhnliches, denn die Anmarschwege sind kurz und allerhöchstens zehn Minuten lang.

Die Obergroßmutter teilte die Geburtstagsgäste sogleich in zwei Haufen: Die Frauen wurden unter geheimnisvollem Flüstern in die Küche geführt. Wir Männer durften in feierlicher Prozession in die Wohnstube marschieren.

Wir trugen alle dunkelblaue Anzüge aus dickem englischem Tuch. Auch mein Freund Henning und ich mussten unbequeme lange Hosen tragen. Keiner von uns Männern fühlte sich wohl in der dicken Feiertagsmontur, und kaum hatte sich die Wohnzimmertür hinter uns geschlossen, als wir die Jacketts auszogen und sie kreuz und quer über die Stühle hängten.

Die Frauen brachen in zorniges Geschrei aus, als sie endlich mit den Torten und Kuchen hereinkamen.

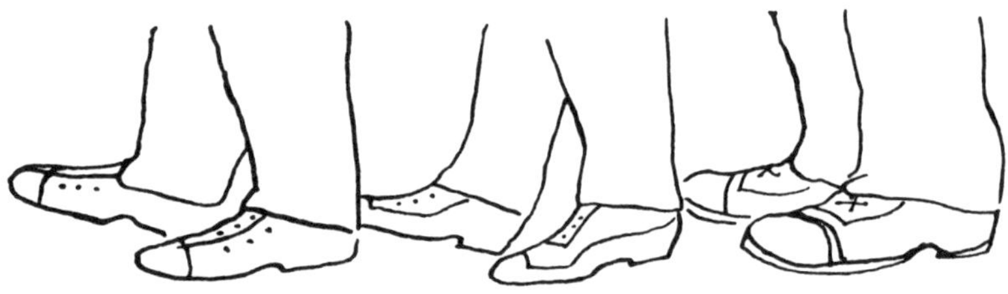

„Wie sieht denn das Zimmer aus?“, rief meine Mutter und schlug die Hände über dem Kopf zusammen.

„Wie ein Zirkus“, sagte meine Untergroßmutter.

Die Obergroßmutter aber brummte: „Sodom und Gomorrha!“ Dann befahl sie uns barsch, die Jacketts wieder anzuziehen, und alle Männer kamen dem Befehl seufzend und eilfertig nach.

Nun regierten die Frauen die Stunde. Alle setzten sich manierlich auf ihre Plätze. Kuchen, Torten und Tassen wurden hübsch verteilt, und da erschien auch schon der Urgroßvater und nahm zwischen der Obergroßmutter und der Präsidenten-Helga Platz. Er musste die Geschenke auswickeln, und das tat er mit vielen gereimten Randbemerkungen. Er sagte:

„Ah, die schöne Schiffermütze
Mit dem blanken Schirm daran!
Dass sie mich vor Regen schütze,
Nehme ich sie dankend an.“

Oder:

„Vielen Dank für diesen feinen
Weißen Schal!
Damit kann ich kühn erscheinen
Überall.“

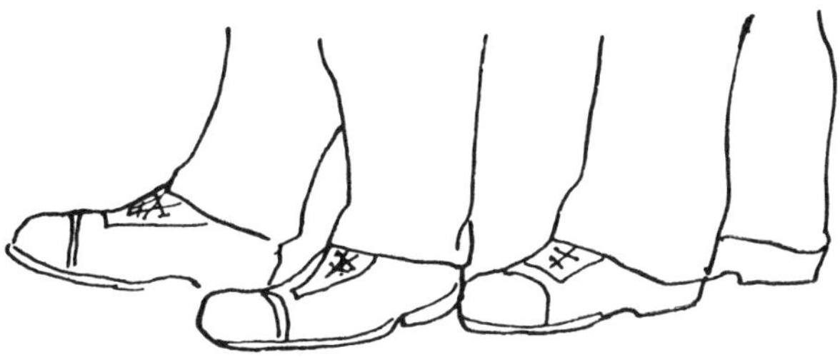

Mein Vater war sehr verblüfft über die Reimgewandtheit meines Urgroßvaters.

„Das ist ja fast ein nützliches Handwerk“, sagte er, und das war ein großes Lob in seinem Munde, denn nützliche Handfertigkeiten stellte er über jedes Talent.

Nach dem Auswickeln der Geschenke folgte der wichtigste Teil des Geburtstages, das Verzehren der Torten und Kuchen. Mein Freund Henning und ich leisteten dabei Erstaunliches: Wir aßen jeder zwei Stück Buttercremetorte, zwei Erdbeertortenschnitten, drei Stück Butter- und ein Stück Streuselkuchen. Das war der Rekord beim Geburtstagsschmaus.

Glücklicherweise nahm mein Urgroßvater von unseren Heldentaten beim Kuchenessen keine Notiz. Sonst hätte er sicher einen bissigen Vers über den Unterschied zwischen Menschen und Wölfen gedichtet.

Das große Gelage dauerte geschlagene zwei Stunden. Es wurde viel gegessen, viel geschwatzt und viel Kaffee getrunken. Aber während der ganzen Zeit ließ die Obergroßmutter kein Wort über die angekündigte große Geburtstagsüberraschung fallen. Ich machte ihr mehrere Male verstohlene Zeichen. Aber sie tat, als bemerke sie es nicht.

Erst als es draußen dunkelte und drinnen die Lichter ange-

zündet waren, rückte sie mit ihrer Überraschung heraus. Sie rief: „Meine Damen, es kann losgehen!“

Da wurden fünf Handtaschen geöffnet, fünfzig flinke Frauenfinger zogen blütenweise Papierröllchen mit roten Bändchen hervor, und dann begann zur Verblüffung der Männer ein Vortragsabend mit unseren Gedichten, die die Obergroßmutter säuberlich abgeschrieben und gesammelt hatte. Meine Mutter las mein Frauen-Abc sehr drollig vor. Frau Singer, die allgemein Präsidenten-Sophie genannt wurde, sagte mit schrecklich falscher Betonung das Gedicht von der klugen Frau Januzis auf. Meine Untergroßmutter sagte die beiden Gedichte her, die wir in ihrer Dachkammer auf die Bretter des auseinander genommenen Bettes gekritzelt hatten. Aber die größte Überraschung waren zwei Gedichte, die die Obergroßmutter selbst gedichtet hatte.

Unsere Seeleute waren vor Staunen platt wie Flundern, als sie feststellen mussten, dass unsere ernsthafte, arbeitsame, biedere Obergroßmutter dichtete. Der Urgroßvater hörte mit offenem Munde zu und vergaß hinterher sogar, den Mund wieder zuzuklappen, so sehr setzten ihn die beiden Gedichte in Verwunderung.

Das erste ist ein richtiges Abc-Gedicht. Es heißt:

Das moralische Abc

A, Be, Ce, Dee,
Was tut nicht weh?
Fleißig und nett zu sein,
Zeitig im Bett zu sein,
A, Be, Ce, Dee,
Das tut nicht weh.

E, Eff, Ge, Haa,
Was sagt Papa?
Mach deine Schularbeit,
Hast noch zum Spielen Zeit!
E, Eff, Ge, Haa,
Das sagt Papa.

I, Ka, Ell, Emm,
Was ist bequem?
Faul sein und schadenfroh,
Dumm sein wie Bohnenstroh,
I, Ka, Ell, Emm,
Das ist bequem.

Enn, O, Pe, Qu,
Was solltest du?
Täglich zur Schule gehn,
Niemand ein Näschen drehn,
Enn, O, Pe, Qu,
Das solltest du.

Er, Ess, Te, U,
Was gibt uns Ruh?
Fleißig gewesen sein,
Klug und belesen sein,
Er, Ess, Te, U,
Das gibt uns Ruh.

Vau, We und Ix,
Was nützt uns nix?
Grob wie ein Stein zu sein,
Immerzu „nein“ zu schrein,
Vau, We und Ix,
Das nützt uns nix.

Ypsilon, Zett,
Wer liebt das Bett?
Wer nicht den ganzen Tag
Faul auf dem Sofa lag,
Ypsilon, Zett,
Der liebt das Bett.

„Ojemine, Margaretha!“, sagte meine Untergroßmutter zur Obergroßmutter. „Du hast ja verborgene Tiefen!“

„Humm“, machte mein Urgroßvater, klappte den Mund zu und sagte: „Unglaublich, Margaretha! Das ist ja ein richtiges, hübsches Abc-Gedicht!“

Die Obergroßmutter weidete sich am Lob und Erstaunen ringsum und sagte dann: „Ruhe, bitte, ich habe noch ein Gedicht gedichtet.“

„Ein Abc-Gedicht?“, fragte ich.

„Jawohl, ein Abc-Gedicht!“ Und tatsächlich las sie noch ein zweites selbst gereimtes Gedicht vor. Sie sagte es sogar mit hübscher Betonung auf. Es heißt:

Die A-Bee-Cedern ragen
Bis zu den Wolken fast.
Die Dee-E-Effchen wagen
Sich kühn von Ast zu Ast.
Die Gee-Haa-Igel krauen
Sich nie am spitzen Fell.
Die Jott-Ka-Elstern klauen
Fast alles und sehr schnell.
Die Emm-Enn-Ottern und -Nattern
Sind schlank und schnell und schlau.
Die Pee-Qu-Erpel schnattern
Mit ihrer Entenfrau.
Die Ess-Tee-Uhus haben
Ein komisches Gesicht.
Die Vau-Wee-Ixen-Raben,
Die gibt es leider nicht.
Die Ypsilon Zentauren
Gibt's gleichfalls nirgendwo.
Das ist sehr zu bedauren,
Und darum schließt der Zoo.

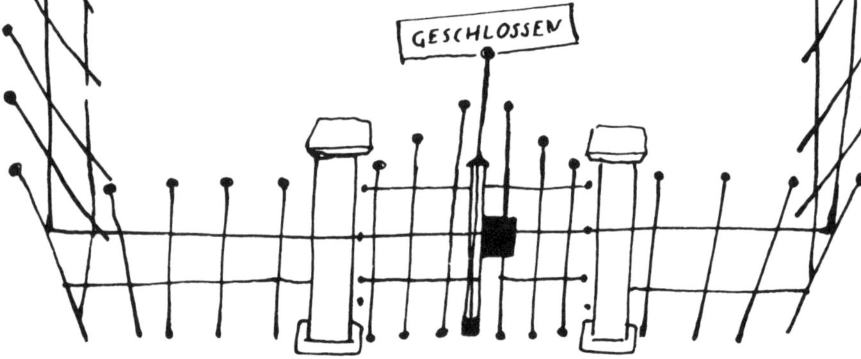

„Was für ent-zü-cken-de Einfälle, Margaretha!“, rief mein Urgroßvater. „Wer hätte das geahnt!“

„Ich habe es geahnt!“, rief ich. „Ich habe dir schon seit Tagen erklärt, dass die Obergroßmutter heimlich dichtet.“

„Ja, Boy, das stimmt!“, rief der Urgroßvater.

Die Geburtstagsgäste fingen hierüber schrecklich zu lachen an, was ich sehr ungehörig fand, denn ich merkte, dass sie mich nicht ganz ernst nahmen.

Zum Glück reichte die Obergroßmutter mir eine Papierrolle herüber, auf die sie mein Abc-Gedicht zum Geburtstag des Urgroßvaters geschrieben hatte. Da konnte ich endlich beweisen, dass ich über Gedichte ein ernstes Wort mitzureden hatte. Ich klopfte mit dem Löffel an meine Tasse, sagte: „Ruhe, bitte!“ und las dann das Abc-Gedicht schwungvoll vor:

Das Urgroßvater-Abc

Alle Tage nett und munter,
Bübisch und verschmitzt mitunter,

Chef und Hauptmann der Familie,
Dornenlos wie eine Lilie,

Edelmütig, klug und weise,
Fröhlich über Trank und Speise,

Groß im Drechseln wie im Dichten,
Hingerissen von Geschichten,

Immer maßvoll, arglos, offen,
Jedem Freund in Leid und Hoffen,

Keinem Menschen lange böse,
Lachend, scherzend auf graziöse,

Menschenfreundlich-milde Art,
Niemals alt trotz Gicht und Bart,

Ohne Spott und Schadenfreude,
Prächtig ohne Samt und Seide,

Quicklebendig in Gedanken,
Reimgewandt auf Kiefernplanken,

Selten mürrisch, nie verlegen,
Tritt er uns vergnügt entgegen,

Unser Urgroßvater Boy.
Vivat hoch der Urgroßvater!

Wie viel kluge Dinge tat er!
X – zu Ende ist das Brett,

Ypsilon und
Zett.

Die Geburtstagsgäste klatschten. Mein Freund Henning flüsterte: „Mensch, prima!“ Frau Lingen rief: „Wunderschön! Direkt nach dem Leben gezeichnet!“ Und auch sonst gab es viel Lob für mein Gedicht.

Nur mein Urgroßvater schüttelte den Kopf. „Du tust mir zu viel Ehre an, Boy!“, sagte er. „Aber weil ich Geburtstag habe, will ich fünf gerade sein lassen. Sonst ist das Gedicht sehr hübsch, das muss ich zugeben.“

Wieder lachten die Geburtstagsgäste unverständlicherweise. Dann war das Vorlesen der Gedichte zu Ende. Unsere Seeleute waren sichtlich erleichtert. Denn Verse waren gar nicht nach ihrem Geschmack. Sie hatten die Gedichte aus purer Höflichkeit gelobt und nur bei einem wirkliches Interesse gezeigt, nämlich bei dem Gedicht „Die unberechenbare Yacht“. Jetzt erholten sie sich bei sauren Heringen und bei dampfendem Grog von den Strapazen des Zuhörens und zogen sogar ihre Jacketts aus, weil es im Zimmer sehr warm geworden war.

Mein Freund Henning und ich wurden gegen neun Uhr nach Hause geschickt. Wir maulten zwar und redeten von Ungerechtigkeit und Verständnislosigkeit. Aber das nützte nichts. Die Obergroßmutter überwachte persönlich unseren Abzug.

So nahm ich den Seesack, in dem meine Sachen verstaut waren, setzte die Pudelmütze auf, zog die Winterjoppe an und verließ mit Sack und Pack das großelterliche Haus.

Mein Urgroßvater kam an die Tür, um mir auf Wiedersehen zu sagen. Da legte ich die rechte Hand an die Pudelmütze und sagte: „Melde mich gehorsamst ab, Herr Kapitän!“

„Schade“, sagte mein Urgroßvater. „Schade, dass du abheuern musst! Aber du kommst mich hoffentlich mal wieder besuchen, Boy.“

„Klar, Urgroßvater! Ich weiß ja oft gar nicht, was ich anfangen soll ohne dich.“

„Spiele und lerne, Boy! Das Leben ist kurz!“

Mein Urgroßvater legte grüßend eine Hand an die Mütze, kniff ein Auge zu, drehte sich um und ging zurück ins Haus.

Ich aber wanderte mit meinem Seesack durch die nächtlichen Straßen meinem Elternhause zu.

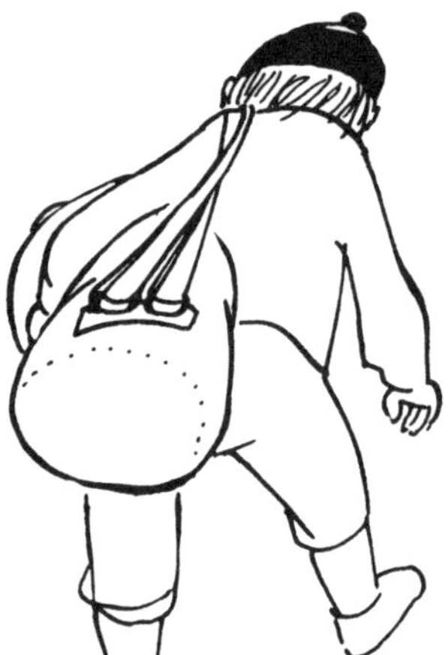

In der Reihe
Süddeutsche Zeitung Junge Bibliothek
sind bereits erschienen:

3-86615-103-9

3-86615-105-5

3-86615-109-8

3-86615-111-X

Weitere Werke von James Krüss

Timm Thaler oder Das verkaufte Lachen

Die Weihnachtsmaus

Die Maus Kathrein

Die kleinen Pferde heißen Fohlen

Diese Werke sind im Verlag Friedrich Oetinger erschienen.